ELEPHANTS CAN REMEMBER

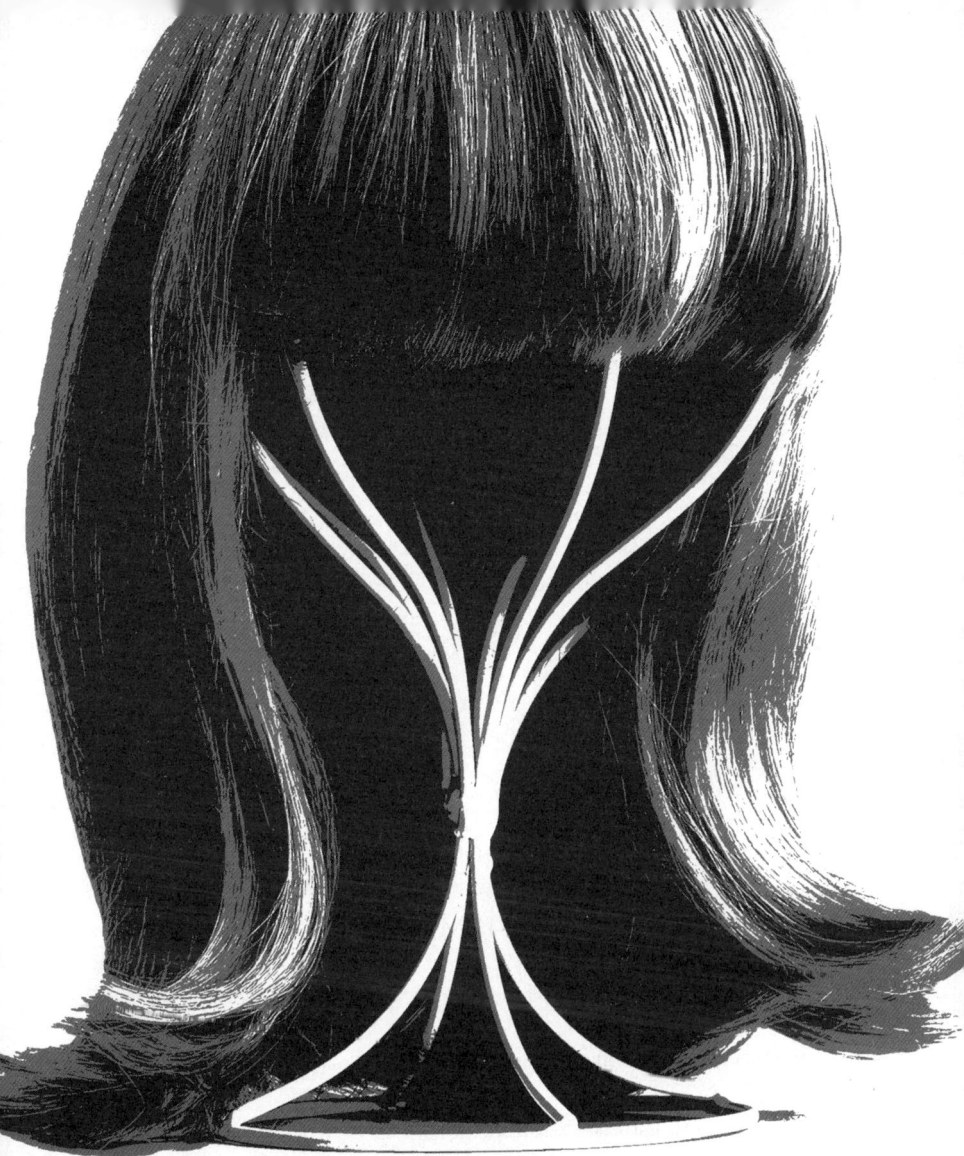

AGATHA CHRISTIE COMPLETE COLLECTION

ELEPHANTS CAN REMEMBER

코끼리는 기억한다 애거서 크리스티 장편 소설 | 김근희 옮김

황금가지

정식 한국어 판 출간에 부쳐

나는 한국에서 우리 할머니의 작품을 정식으로 출간한다는 소식을 듣고 무척 기뻤다. 할머니가 1920년부터 1970년 무렵까지 오랜 세월에 걸쳐 집필한 작품들은 21세기인 지금 읽어도 신선하고 재미있다. 등장 인물들이 워낙 자연스러워서 요즘 사람들과 다를 바 없고 이들이 등장하는 상황과 장소가 전 세계 사람들의 애정과 향수를 자극하기 때문이다. 한국 독자들은 이번에 새로 나온 정식 한국어 판을 통해 그 동안 접하지 못했던 애거서 크리스티의 일부 작품들을 읽을 수 있을 것이다. 덕분에 한국에 새로운 세대의 애거서 크리스티 팬들이 탄생할지도 모르겠다는 생각을 하면 가슴이 벅차다.

애거서 크리스티는 대표적인 두 명의 주인공으로 기억되는 작가이다. 14권의 작품에 등장하는 마플 양은 영국의 작은 시골 마을에서 평온한 나날을 보내며 뜨개질과 수다로 소일하는 미혼의 할머니이지만, 놀라운 기억력과 날카로운 두뇌 회전으로 주변에서 벌어진 살인 사건을 해결한다.

그리고 마플 양과 상반되는 성격을 지닌 에르퀼 푸아로는 자신만만하고 콧수염을 포함한 자신의 외모와 벨기에라는 국적에 대한 자부심이 상당하다. 그는 이집트와 이라크를 비롯한 세계 각지에서 수수께끼를 해결하며 『오리엔트 특급 살인*Murder On The Orient Express*』, 『나일 강의 죽음*Death On The Nile*』, 『애크로이드 살인 사건*The Murder Of Roger Ackroyd*』 등 애거서 크리스티의 여러 대표작에 모습을 드러낸다.

황금가지의 대담하고 참신한 표지와 전반적인 디자인 덕분에 작품의 성격이 잘 살아난 것 같아 기쁘다. 또한 한국 독자들이 할머니의 원작이 지닌 참된 묘미를 느낄 수 있도록 충실한 번역을 위해 애써 준 점도 높이 사고 싶다.

할머니의 작품이 20세기의 그 어떤 작가들보다 많이 팔리고 있는 이유는 나이와 국적에 상관없이 읽을 수 있는 재미와 감동을 갖추었기 때문이다. 모쪼록 한국 독자들도 황금가지에서 선보이는 애거서 크리스티 작품들을 즐겁게 감상하기를 바란다.

매튜 프리처드

애거서 크리스티의 손자

ACL 이사장

몰리 마이어스에게
친절에 감사드리며

차례

오찬 문학회

올리버 부인은 거울 속에 비친 자신의 모습을 보고는 벽난로 위에 놓인 시계로 슬쩍 시선을 옮겼다. 시계가 20분 정도 늦게 가는 것 같았다. 그녀는 머리 장식을 다시 살펴보기 시작했다. 올리버 부인 스스로도 인정하는 그녀의 문제는 머리 모양이 시도 때도 없이 바뀐다는 점이었다. 올리버 부인은 세상에 있는 머리 모양 대부분을 돌아가며 시도했다. 앞머리를 크게 부풀려서 높이 빗어 올렸다가는, 바람에 날리는 듯한 분위기로 다듬어 머리칼을 넘길 때마다 지적인 눈썹이 드러나도록 (그녀는 늘 자신이 지적으로 보이기를 바랐다.) 손질하기도 했다. 빈틈없이 정돈된 컬을 만들었다가, 예술적인 분위기로 헝클어뜨려도 봤다. 하지만 오늘은 머리 모양이 그리 중요하지 않다는 사실을 인정해야 했다. 그녀에겐 드문 일이지만, 오늘은 모자를 쓰기로 했기 때문이다.

올리버 부인의 옷장 맨 위 선반에는 모자 네 개가 얌전히 놓여 있었다. 하나는 결혼식 참석용이었다. 결혼식장에 가려면 모자는 '필수'였다. 하지만 올리버 부인의 결혼식용 모자는 두 개였다. 둥근 판지 상자에 든 것은 깃털 모자였다. 이것은 머리에 꼭 맞는 데다 갑자기 퍼붓는 빗줄기에도 끄떡없어서, 차에서 내려 교회나 요즘 흔히들 찾는 호적 등기소(영국에서는 등기소에서 약식으로 결혼하는 경우가 많다 — 옮긴이)로 들어갈 때도 걱정이 없었다.

그보다 좀 더 정교한 또 하나의 모자는 여름날 토요일 오후의 결혼식에 참석하기 위한 것이었다. 이것은 꽃과 시폰으로 장식되고 미모사 꽃이 달린 노란 망사로 감싸여 있었다.

선반 위의 다른 모자 두 개는 여러 용도로 사용되는 편이었다. 하나는 올리버 부인이 '시골집 모자'라고 부르는 것으로, 갖가지 무늬의 트위드 옷에 어울릴 법한 다갈색 펠트 천으로 만들어졌고 챙을 올리거나 내릴 수 있었다.

올리버 부인에겐 따뜻한 캐시미어 스웨터 한 벌과 더운 날씨에 입을 얇은 스웨터 한 벌이 있었는데, 둘 다 이 모자와 어울리는 색상이었다. 하지만 스웨터들은 자주 입는 데 반해 모자는 쓸 일이 거의 없었다. 솔직히 시골 가서 친구들과 밥 한 끼 먹는데 뭐 하러 모자를 쓰겠는가?

네 번째 모자는 이 중 가장 비싸면서도 특별히 훌륭한 것이었다. 너무 비싼 모자라서 그런지도 모른다고 올리버 부인은 가끔 생각했다. 대조되는 색상의 벨벳 여러 겹으로 만든 터번 스타일의 모자로,

색조가 파스텔처럼 은은해서 어떤 옷과도 잘 어울렸다.

올리버 부인은 마음을 정하지 못하고 잠시 서 있다가 도움을 요청했다.

"마리아."

그러곤 목소리를 높였다.

"마리아. 잠시 이리 와 봐."

마리아가 왔다. 그녀는 올리버 부인이 무엇을 걸치면 좋을지 조언을 주곤 했다.

"그 예쁘고 맵시 있는 모자를 쓰시려고요?"

"응. 이렇게 쓰는 게 나은지, 아니면 다르게 쓰는 게 나은지 좀 봐줬으면 해서."

마리아는 뒤로 물러서서 살펴보았다.

"글쎄요, 지금 뒤를 앞으로 돌려서 쓰고 계시네요?"

"그래, 나도 알아. 아주 잘 안다고. 하지만 이렇게 쓰는 게 더 괜찮아 보이지 않나 싶어."

"오, 왜요?"

"원래 그런 것 같아. 이 모자를 판 가게에서도 그랬고 나도 그렇게 생각해."

"어째서 거꾸로 쓰는 게 더 괜찮아 보인다고 생각하세요?"

"푸른색과 짙은 갈색이 귀엽잖아. 난 앞부분의 초록색과 붉은색, 초콜릿색보다 뒤쪽의 이게 더 예쁜 것 같아."

그러면서 올리버 부인은 모자를 벗었다가, 앞면이 뒤로 가게 썼다가 똑바로 썼다가를 반복했다. 한 번은 옆으로 가도록 써 보았는데, 그건 영 아니었다.

"넓게 쓰시는 건 안 되겠어요. 부인 얼굴엔 잘 맞지 않아요. 누가 써도 마찬가지일 거예요."

"그래. 안 되겠다. 그냥 똑바로 써야지."

"네. 그게 무난할 것 같아요."

올리버 부인은 모자를 벗었다. 마리아는 부인이 잘 재단된 암갈색 얇은 모직 드레스를 입는 것을 거들고는, 모자를 제대로 쓸 수 있도록 도와주었다.

"굉장히 맵시 있어 보이세요."

올리버 부인이 마리아에게서 가장 마음에 드는 점이 바로 이거였다. 특별한 이유가 없을 때에도 마리아는 항상 맞장구를 치며 사람을 추켜올리곤 했다.

"오찬 때 사람들 앞에서 한 말씀 하실 거죠?"

올리버 부인은 소름이 끼친다는 듯 말했다.

"한 말씀이라니! 천만에, 안 해. 난 절대 앞에 나가서 얘기하지 않는 거 알잖아."

"하지만 오찬 문학회에선 다들 그러는 줄 알았는데요. 거기 가시려는 거 맞죠? '1973년의 유명 작가들' 하는 식으로 해마다 열리는 올해의 작가들 모임 말이에요."

"난 앞에 나가서 얘기하지 않아도 돼. 나서기 좋아하는 사람들이 알아서 할 거야. 그런 건 그 사람들이 나보다 훨씬 낫다고."

"부인께서도 마음만 먹는다면 근사하게 말씀을 하실 수 있어요."

마리아의 목소리는 마치 사람을 살살 꾀는 악마처럼 들렸다.

"아냐, 안 돼. 난 내가 할 수 있는 것과 없는 것을 구분할 줄 알아. 남들 앞에서 나가면 잔뜩 걱정이 되고 신경이 곤두서서 말을 더듬 거나 했던 얘길 또 하게 돼. 멍청해진 기분이 들 거고 남들도 날 멍 청하게 볼 거야. 하지만 글은 괜찮지. 글이야 종이에 쓰면 되고, 기계에 대고 말하거나 받아쓰기를 시킬 수도 있으니까. 남 앞에서 말 하는 것만 아니라면 글로 쓰는 건 할 수 있어."

"알았어요. 다 잘됐으면 좋겠네요. 분명 잘될 거예요. 꽤 격조 높 은 오찬 모임이죠?"

"그래. 아주 격조 높은 모임이야."

올리버 부인은 풀 죽은 목소리로 말했다.

올리버 부인은 대체 왜 자신이 그런 곳에 가려는지 고민했지만 입 밖에 내지는 않았다. 그녀는 작은 이유라도 생각해 보려고 애썼 다. 일단 저질러 놓고 그 이유를 생각하는 것보다는, 자신이 하려는 일을 분명히 알고 임하는 게 좋았기 때문이다.

마리아는 스토브 위에 올려 두었던 잼이 넘치는 냄새를 맡고 이 미 허둥지둥 부엌으로 돌아가 버린 뒤였다.

"어떤 기분이 들지 궁금해서 가고 싶은 건지도 모르지. 오찬 문학 회 같은 행사에 와 달라는 부탁이야 항상 받지만, 한 번도 가지 않 았잖아."

그녀는 혼자 중얼거렸다.

근사한 오찬 코스 요리의 마지막 음식이 나오자 올리버 부인은 만족스러운 한숨을 내쉬며 접시에 남은 머랭 부스러기를 만지작거렸다. 그녀는 특히 머랭을 좋아했는데, 대단히 맛있는 오찬 코스의 마지막 요리라는 생각이었다. 하지만 나이가 중년에 이르면 머랭 과자를 조심해야 한다. 치아? 그녀의 치아는 괜찮아 보였다. 아프지도 않고 하얗고 꽤 보기 좋았다. 꼭 진짜 같았다. 하지만 진짜가 아니라는 것은 어디까지나 사실이었다. 틀니는 상류층다운 물건이 못 된다는 게 올리버 부인의 생각이었다. 개의 이빨은 진짜 상아질이지만, 인간의 이는 단순한 뼈라는 것을 올리버 부인은 알고 있었다. 틀니의 주재료는 아마도 플라스틱이리라. 어쨌든 남 앞에서는 창피하지 않을 정도의 외모를 갖추는 일이 중요한데, 틀니는 자칫하면 흉해 보일 수 있었다. 상추, 소금을 뿌린 아몬드, 가운데가 딱딱한 초콜릿, 캐러멜이나 머랭처럼 달콤하면서 이에 쩍쩍 달라붙는 과자 등이 골칫거리였다. 그녀는 만족스러운 한숨을 내쉬면서 마지막 조각을 입에 넣었다. 맛 좋은 한 끼 식사였다. 대단히 훌륭했다.

올리버 부인은 삶의 기쁨을 누렸다. 기분 좋게 점심 식사를 즐겼고, 함께 앉은 사람들과의 교류는 유쾌했다. 이 오찬 모임은 저명한 여성 작가들을 위한 것이었지만 다행히 여성 작가들에게만 열려 있지는 않았다. 다른 작가들과 비평가들 외에도 그들이 쓴 책을 읽는 독자들도 이 자리에 참석했다. 올리버 부인은 아주 매력적인 남자 두 사람 사이에 앉게 되었다. 에드윈 오빈은 그녀가 즐겨 읽는 시를 쓴 작가로 대단히 유쾌한 사람이었다. 그는 해외를 여행하며 겪은 갖가지 재미있는 일들과 문학적, 개인적 체험담들을 들려주었다. 또 음식점과 요리에 관심이 있었기에 문학은 제쳐 두고 그녀와 음식에 관한 얘기들을 신나게 주고받았다.

다른 편에 앉은 웨슬리 켄트 경 역시 함께 식사하기 좋은 사람이었다. 올리버 부인의 책에 좋은 평을 해 주기도 했던 그는 재치가 있어서 사람들의 말에 쉽게 상처받는 그녀가 당혹감을 느끼지 않을 이야기들만 골라 했다. 켄트 경이 그녀의 책을 좋아한다는 이유들이 모두 딱 맞는 얘기들이었기에, 그것만으로도 올리버 부인은 그에게 호의를 갖게 되었다. 남자들의 찬사는 언제 들어도 기분이 좋았다. 여자들은 잘난 척하며 떠들기 일쑤였다. 여자들이 써 보내는 사연들 중엔 정말 못 들어줄 정도인 것도 있었다! 물론 여자들만 그러지는 않았다. 때로는 감정을 주체할 줄 모르는 젊은 남자들이 멀리 떨어진 나라에서 편지를 보내오기도 했다. 지난주에 받은 팬레터 한 통은 이렇게 시작되었다. '부인의 책을 읽으며 생각했는데, 아주 고결하신 분 같습니다……' 그는 『두 번째 금붕어』를 읽고 강렬한 문학적 희열에 사로잡혔다고 썼는데 올리버 부인이 보기엔 터무니없는 소리였다. 올리비 부인은 지나치게 겸손한 사람은 아니었다. 자신이 쓰는 추리 소설은 그 분야에서 꽤 괜찮은 편이라고 믿었다. 어떤 것들은 그다지 뛰어나지는 않았지만 몇몇은 제법 훌륭했다. 하지만 그녀가 생각하기에도 자신을 고결하다고 판단케 할 이유는 작품 어디에도 없었다. 수많은 사람들이 읽고 싶어 하는 글을 쓰는 재주를 지녔다는 점에서 그녀는 운이 좋았다. 얼마나 멋진 행운이

냐고 생각하기도 했다.

　모든 면에서 올리버 부인은 오늘의 시련을 잘 견뎌 냈다. 즐거운 시간을 보냈고, 좋은 사람들과 얘기도 나눴다. 이제는 장소를 옮겨서 커피를 들고, 다른 대화 상대를 만나 수다를 떨 시간이었다. 올리버 부인은 이런 때야말로 위험한 시간임을 잘 알고 있었다. 이제는 다른 여자들이 와서 그녀를 공격할 것이다. 억지스러운 찬사들이 올리버 부인을 덮치겠지만, 그녀는 비참하게도 적절한 대꾸 한마디 못 하리라. 적절한 대답이랄 것이 없기 때문이다. 그것은 마치 정해진 문구가 적힌 해외여행 책자와도 같았다.

　'제가 부인의 책을 얼마나 좋아하는지 몰라요. 참 훌륭한 작품들이에요.'

　'아, 친절한 말씀 감사합니다. 다행이군요.'

　'부인을 만나고 싶어서 몇 달을 기다렸어요. 정말 굉장하네요.'

　'오, 좋은 말씀 감사합니다. 무척 감사드려요.'

　대충 그런 식이었다. 누구도 관심사 밖의 일에 대해서는 얘기할 줄 모르는 듯했다. 죄다 자기 책 얘기가 아니면 다른 여자의 책 얘기였다. 그 여자가 무슨 책을 썼는지 알 경우에 말이다. 문학이라는 거미줄에 걸려 있으면서도 올리버 부인은 이런 일에 능숙하지 못했다. 곧잘 대처하는 사람도 있지만, 자신에겐 그런 능력이 없음을 올리버 부인은 통감하고 있었다. 한 번은 외국 대사관에 머물렀을 때, 한 외국 친구가 잔소리를 하기도 했다.

　알베르티나라는 그 친구는 낮고 매력적이면서 이국적인 억양으로 이런 말을 했다.

"신문사에서 부인을 인터뷰하러 온 그 젊은이에게 하시는 말씀 들었는데요. 부인께는…… 없어요! 자기 작품에 대해 가져야 할 자부심이 없다고요. 이렇게 말씀하셔야죠. '네, 나는 글을 잘 써요. 추리 작가들 중에선 내가 최고죠.'"

"하지만 그렇지 못한 걸요. 내가 글을 못 쓰는 편은 아니지만……."

"아, '그렇지 못하다' 같은 말씀은 하지 마세요. 잘 쓴다고 하셔야죠. 글을 잘 쓴다고 생각지 않더라도 말씀은 그렇게 하시는 거예요."

"알베르티나, 당신이 나 대신 인터뷰하는 게 더 좋겠어요. 당신 같으면 잘할 텐데. 하루만 당신이 나인 척하고, 난 문 뒤에서 엿들으면 안 될까요?"

"네, 되기야 되겠죠. 재미도 있겠고. 하지만 기자들은 금방 알아차릴 거예요. 부인의 얼굴을 아니까. 어디서나 이렇게 말씀하세요. '네, 그래요. 내가 최고라는 건 나도 알아요.' 남에게 알리셔야 해요. 그래야 소문이 나죠. 부인이 가만히 앉아서 마치 사과하는 듯이 말씀하시는 걸 듣자면 끔찍해요. 그런 식으로 하시면 안 돼요."

올리버 부인은 배역을 익히려고 애쓰면서도 감독의 지시를 좀처럼 받아들이지 못하는 구제 불능의 신인 배우가 된 듯한 기분을 느꼈다. 하지만 뭐, 오늘 같은 자리엔 별로 어려울 게 없었다. 식탁에서 일어나자 몇 명의 여성이 기다리고 있었다. 한두 명은 벌써부터 주위를 맴돌았다. 별 상관은 없다. 다가가서 미소 지으며 친절한 태도로 말하면 된다.

"참 친절하시군요. 정말 기뻐요. 제 책을 좋아하는 분들을 만나면 기분이 좋답니다."

뭐 이런 진부한 표현을 말이다. 마치 상자에 손을 넣어 구슬 목걸이처럼 줄줄이 엮인 유용한 단어들을 끄집어내는 것과 같다고나 할까. 그런 뒤에는 너무 늦지 않게 자리를 뜨면 되는 것이다.

올리버 부인은 예비 추종자들 외에 친한 얼굴이 없을까 해서 탁자 주위를 둘러보았다. 저 멀리 모린 그랜트가 보였다. 모린은 유쾌한 사람이었다. 마침내 여성 문인들이 오찬에 함께 온 남성들과 더불어 자리에서 일어서는 순간이 왔다. 그들은 의자나 커피 테이블, 소파, 혹은 구석진 자리들을 찾아 움직였다. 칵테일 파티 같으면 대체로 지금을 재난의 순간이라고 생각했겠지만 문인들의 파티에서는 그렇게 여길 일이 없었다. 후자의 모임에 참석하는 일이 거의 없었기 때문이다. 언제 위험한 상황이 일어날지 몰랐다. 그녀는 상대방을 기억하지 못하지만 상대방은 그녀를 기억하는 경우라든가, 말을 섞고 싶지 않은데 그렇다고 뒤로 뺄 수도 없을 때 등이 그랬다. 곧 오늘의 첫 번째 딜레마가 찾아왔다. 상대는 거구의 여자였다. 살집이 푸짐하고 크고 흰 이는 튼튼해 보였다. 프랑스어로 하자면 '엉팜 포르미다블(무시무시한 여자)'이었지만, 프랑스식으로 '포르미다블'하다는 것 외에도 영어로 말해서 '심하게 으스대는' 스타일 같았다. 올리버 부인을 알고 있거나, 오늘 이 자리에서 안면을 트려는 의도임이 분명했다. 두 번째 추측이 옳았다.

그녀는 카랑카랑한 목소리로 말했다.

20

"올리버 부인. 오늘 뵙게 되어 얼마나 기쁜지 몰라요. 오래전부터 뵙고 싶었답니다. 제가 부인의 책을 정말 좋아하거든요. 제 아들도 그렇고요. 저희 남편은 어디 갈 일이 있으면 부인의 책을 적어도 두 권은 꼭 챙겨 갖고 다니죠. 이쪽으로 오셔서 앉으세요. 여쭤보고 싶은 것들이 아주 많거든요."

'이를 어째, 내가 좋아하는 유형은 아니군.'

올리버 부인은 생각했지만 이 여자가 아니어도 어차피 겪을 일이었다.

여자는 경찰관처럼 다소 단호하게 올리버 부인을 이끌어 저쪽 벽면에 놓인 2인용 의자로 데리고 간 뒤, 커피를 받아다가 앞에 한 잔 놓아 주었다.

"자, 이제 됐네요. 제 이름을 모르시겠죠. 전 버튼콕스 부인이에요."

"아, 그래요."

올리버 부인은 언제나처럼 당혹감을 느꼈다. 버튼콕스 부인? 이 여자도 작가였던가? 아니다, 이 여자에 관한 것은 전혀 기억나는 바가 없었다. 하지만 이름만은 들은 적이 있는 것 같았다. 뭔가가 어렴풋이 떠올랐다. 정치학에 관한 책, 뭐 그런 거였나? 소설도 아니고, 재미있는 책도 아니고, 범죄에 관한 것도 아니고. 현학적이고 정치적 편견이 들어간 서적이었던가? 그럼 쉽겠다는 생각에 올리버 부인은 안심했다. 얘기를 들어주면서 이따금 맞장구나 치면 되니까.

"제 얘길 들으시면 정말 깜짝 놀라실 거예요. 하지만 쓰신 책으로 봐서, 부인께선 무척이나 동정심이 강하고 인간의 본성을 잘 이해하는 분 같아요. 부인이야말로 제 질문에 답을 줄 수 있는 분이에요."

"솔직히 저는……."

올리버 부인은 그 정도까지는 자신 없다는 답을 전하기에 적당한 단어를 생각해 내려고 애썼다.

버튼콕스 부인은 커피에 각설탕을 하나 넣고 뼈다귀를 으깨듯 거칠게 짓눌러 부쉈다. 상아를 부수는 것 같다고 올리버 부인은 생각했다. 상아? 상아는 개나 바다표범, 코끼리에게나 있는 것이다. 엄청나게 커다랗고 뾰족한 엄니 말이다. 버튼콕스 부인이 입을 열었다.

"제일 먼저 여쭤볼 것은, 필시 틀림없겠지만요, 대녀(代女)가 하나 있지 않으세요? 실리아 레이븐스크로프트라는 대녀 말이에요."

"오."

올리버 부인은 놀랐지만 기분은 좋았다. 대녀 얘기라면 감당이 될 것 같았다. 그녀에겐 대녀가 꽤 많았다. 대녀뿐 아니라 대자(代子)들도 있었다. 나이가 들면서 가끔은 그들을 전부 기억하지 못할 때도 있지만, 그녀는 정해진 의무를 다했다. 크리스마스 때면 어린 대자 대녀들에게 장난감을 보냈고, 아이들과 부모들을 찾아가거나, 가르침을 주기 위해 집에 초대하기도 했으며, 소년 소녀들을 학교에서 데리고 오기도 했다. 그런 뒤에는 영광의 날들이 찾아왔다. 아이들의 스물한 번째 생일이 되어 대모로서 할 일을 훌륭히 수행했음을 승인받는 때나, 정해진 선물을 주고 물심양면으로 축복하는 결혼식 날 등이 그것이었다. 그러고 나면 대자 대녀들은 좀 떨어진 곳으로 이사해 가거나 멀리 떠나 버렸다. 결혼해서 외국으로 나가거나, 외국 대사관으로 발령받거나, 외국 학교의 교사로 가거나, 사회적 사업을 떠맡는 것이다. 그렇게 그들은 조금씩 그녀의 인생에서 희미하게 멀어져 갔다. 그러다가 어느 날 갑자기 수평선 위로 떠오르듯 아이들을 보게 되면 그렇게 기쁠 수가 없었다. 다만 그들을 마지막으로 만난 때가 언제인지, 그들이 어느 집 자식인지, 어떤 인연으로 자신을 대모로 택했는지를 잊어서는 안 되었다.

올리버 부인은 최선을 다했다.

"실리아 레이븐스크로프트요. 네, 그럼요. 물론이죠. 예, 맞아요."

실리아 레이븐스크로프트의 얼굴이라면 아주 어릴 때를 제외하고는 거의 떠오르지 않았다. 실리아의 세례식 날, 그녀는 아주 좋은 '퀸 앤' 제품의 은제 체를 선물로 들고 참석했다. 체는 아주 고급품이었다. 우유를 거르는 데도 그만이고, 혹시 언제고 돈이 필요하면 꽤 괜찮은 가격에 팔아넘길 수도 있을 물건이었다. 그렇지. 그녀는 그 체를 아주 잘 기억하고 있었다. 퀸 앤……. 1711년 제품으로 브리타니아 마크가 찍혀 있었다. 아이 자체보다도 은제 커피 주전자나 체, 세례용 머그잔 따위를 떠올리는 것이 훨씬 쉬웠다.

"네, 그래요, 물론이죠. 하지만 실리아를 만나지 못한 지 꽤 오래됐어요."

"아, 그래요. 그야 그 앤 좀 충동적이니까요. 노상 이랬다 저랬다 했죠. 물론 대단히 똑똑하고 대학에서 공부도 잘했지만, 정치적 견해는……. 요즘 젊은 애들은 누구나 정치적 견해가 있잖아요."

"전 정치 얘기에는 자신이 없어요."

올리버 부인은 정치라면 질색이었다.

"솔직히 말씀드릴게요. 제가 알고 싶은 것을 정확히 여쭈려는 거예요. 기분 나빠 하시진 않겠죠? 부인께서 얼마나 친절하고 맘 넓으신 분인지는 여러 사람에게 들어서 알고 있거든요."

돈이라도 꾸려는 건가 하고 올리버 부인은 생각했다. 그녀는 이런 식으로 시작되는 대화에 익숙했다.

"제겐 정말이지 중요한 문제라서요. 반드시 알아내야 할 것 같아요. 글쎄, 실리아가 결혼한다지 뭐예요……. 걔 혼자 생각인지도 모르지만요. 상대는 제 아들 데즈먼드랍니다."

"어머, 정말요!"

"현재로선 둘이 그래요. 그러자면 당연히 사람을 먼저 알아봐야 하는 거잖아요. 제가 정말 알고 싶은 게 있는데요. 남에게 묻기에는 좀 특이한 거라서 그럴 수가 없었어요. 그러니까, 제 말씀은……. 낯선 사람에겐 선뜻 질문할 수가 없는 문제라는 거죠. 하지만 부인은 낯선 사람 같지가 않아요, 올리버 부인."

낯선 사람으로 여겨 주면 좋으련만. 올리버 부인은 이제 슬슬 불안해지고 있었다. 실리아가 사생아를 낳았는지 아니면 혼전 임신을 했는지는 모르지만 왜 자신이 그런 일까지 보고받고 자세히 설명해야 하는지 의아했다. 꽤나 거북한 일이었다. 한편으로 얼굴 본 지도 5, 6년이 지났고 실리아도 이젠 나이가 스물 대여섯은 되었을 테니, 모른다고 해 버리면 그만이라는 생각이 들었다.

버튼콕스 부인은 상체를 앞으로 내밀고 거친 숨을 쉬었다.

"말씀해 주셨으면 해요. 어쩌다 그랬는지 부인께선 알고 계시잖아요. 그 애 어머니가 아버지를 죽인 건가요, 아니면 아버지가 어머니를 죽인 건가요?"

올리버 부인은 이런 얘기가 나오리라고는 꿈에도 생각하지 못했다. 그녀는 믿을 수 없다는 표정으로 버튼콕스 부인을 바라보았다.

"하지만 저는……."

그녀는 잠시 말을 멈췄다가 다시 이었다.

"저는……. 이해가 안 가네요. 그러니까……. 무엇 때문에……."

"올리버 부인, 아시면서 그러세요. 그 유명한 사건을……. 하긴 벌써 오래전 일이니. 그게 그러니까 10년인가, 적어도 12년은 된 일이네요. 하지만 워낙 떠들썩했으니까요. 생각나실 거예요. 분명 기억하고 계실 거라고요."

올리버 부인은 필사적으로 머리를 굴렸다. 실리아는 그녀의 대녀다. 그것은 사실이었다. 실리아의 어머니……. 그래, 맞다. 실리아의 어머니 몰리 프레스턴그레이는 특별히 막역하진 않았어도 그녀의 친구였고, 군인과 결혼했다. 맞아. 그런데 그 남자 이름이 뭐더라……. 무슨 레이븐스크로프트 경이었는데. 아니, 대사였던가? 희한하게도 이런 것들이 통 기억나질 않았다. 그녀 자신이 몰리의 들러리였는지조차도 생각이 안 났다. 아마 들러리를 서긴 했을 것이다. 가즈 예배당이나, 그 비슷한 곳에서 거행된 세련된 결혼식이었겠지. 하지만 기억이 나질 않았다. 그 뒤로 오랫동안 보지 못한 것은 그들이 외국에 나가 있었기 때문이다. 중동이었던가? 페르시아? 이라크? 이집트로 간 적이 있었나? 말레이반도? 아주 가끔 그들 부부가 영국으로 돌아올 때면 올리버 부인은 두 사람과 재회하곤 했지만 그들은 사진 속의 사람들이나 다름없었다. 누구의 사진인지 어렴풋이 알고는 있지만, 이젠 너무 희미해서 제대로 알아보거나 기억을 떠올릴 수가 없는 사진. 이름을 알 길 없는 레이븐스크로프트 경과 몰리 프레스턴그레이, 즉 레이븐스크로프트 부인이 그녀의 인생에 어느 정도 비중을 차지했는지 기억조차 나지 않았다. 그리 중요한 사람들은 아니었으리라. 하지만……. 버튼콕스 부인은 여전히 그녀를 바라보고 있었다. 임기응변이 부족하고 세상이 다 알던 사건조차 기억하지 못하는 올리버 부인에게 실망한 듯한 표정이었다.

"죽였다고요? 아니……. 사고라는 말이죠?"

"오, 아뇨. 사고가 아니었어요. 해안가 저택에서 그랬잖아요. 거기가 콘월이었던가? 바위가 많은 곳 말예요. 어쨌든 그 부부 집이 거기 있었는데요, 두 사람 모두 총에 맞은 채 절벽 위에서 발견됐어요. 하지만 아내가 남편을 쏘고 자살했는지, 남편이 아내를 쏘고 나서 자살했는지 알려 주는 단서는 아무것도 없었죠. 경찰이 총알과 여러 가지를 조사해 봤지만, 보통 어려운 일이 아니었어요. 동반 자살이라고들 했는데, 무엇 때문인지는 잊어버렸네요. 사고로 죽었거나, 뭐 그랬을 수도 있죠. 하지만 실수로 죽은 게 아니란 건 다들 알았어요. 물론 수만 가지 소문이 무성했고……."

"다 꾸며 낸 얘기들이겠죠."

올리버 부인은 혹시 생각나는 소문이 하나라도 있을까 싶어 기억을 되살리려고 애썼다.

"네, 아마 그럴 거예요. 알아낼 방도가 없으니까요. 당일이나 그 전날 둘이 싸웠다는 말도 있었고, 늘 나오는 얘기지만 다른 남자나 다른 여자가 있었다는 소문도 돌았어요. 진짜 사연이야 누가 알겠어요. 하지만 어찌어찌 봉합이 되었죠. 아마도 레이븐스크로프트 장군의 지위가 꽤 높았고, 장군이 요양원에 들어갔다 나온 지 얼마 안 되었던 데다 워낙 기력이 쇠했으니 그의 판단력이 흐려졌을 거라는 이유 때문이었을 거예요."

올리버 부인은 단호하게 말했다.

"정말 죄송하지만 저는 그 일에 관해 전혀 아는 바가 없어요. 부인 얘길 들으니 그런 일이 있었던 것도 생각나고, 그런 이름의 사람들을 알았던 것도 사실이지만, 무슨 일이 있었는지에 대해서는 전혀 아는 것이 없어요. 정말 아무것도 모르겠네요."

올리버 부인은 그리고 대체 댁이 뭔데 나도 모르는 그런 일을 묻느냐고 한마디 쏴 줄 용기가 있으면 좋겠다는 생각을 했다.

구슬 같은 버튼콕스 부인의 눈동자가 번뜩이기 시작했다.

"전 정말 꼭 알아야 해요. 중요한 일이에요. 제 귀여운 아들이 실리아와 결혼하겠다고 한다니까요."

"도움이 되어 드리지 못해 죄송하군요. 전 아무 얘기도 듣지 못했어요."

"하지만 아실 것 아니에요. 부인께선 훌륭한 소설을 쓰시니까, 범죄에 관해서는 모르시는 게 없잖아요. 범죄를 저지르는 사람이 누구이며 그 이유는 무엇인지도 아실 거고, 밤낮으로 그런 걸 생각하시는 분이니 온갖 사람들에게서 사건의 뒷이야기들을 전해 들으실 거 아녜요."

"저는 아무것도 몰라요."

이제 올리버 부인의 목소리에선 정중한 태도가 사라졌고 혐오스러운 기색만 완연했다.

"제게 달리 물어볼 데가 없는 거 아시잖아요? 이제 와서 경찰에 물어볼 수도 없고, 가서 묻는다 해도 경찰이 이야기해 주지도 않을 거예요. 경찰은 사건을 덮으려고만 했으니까요. 하지만 저는 꼭 진실을 알아내야 해요."

올리버 부인은 차갑게 말했다.

"저는 책을 쓸 뿐이에요. 책은 완전한 허구죠. 저 개인적으로는 범죄에 관해 아는 것도 없고 범죄학적인 식견도 없어요. 죄송하지만 어떤 도움도 되어 드릴 수가 없군요."

"부인의 대녀에게 물어보시면 되잖아요. 실리아에게 물어보시면 어때요?"

올리버 부인은 재차 버튼콕스 부인을 노려보았다.

"실리아에게 물어보라고요! 그럴 수가 없을 것 같네요. 그 애는…… 그런 비극이 벌어졌을 때 겨우 어린애에 불과했을 테니까요."

"오, 하지만 그 애는 전부 알고 있을 거예요. 아이들은 모르는 게 없잖아요. 그 애가 말씀드릴 거예요. 부인에게라면 분명히 말씀드릴 거라고요."

"그럼 직접 가서 물어보시지 그러세요."

"전 그럴 수 없을 것 같아요. 데즈먼드가 좋아하지 않을 거예요. 그 애는……. 제가 실리아 얘기만 꺼내면 어찌나 성질을 내는지, 아무래도 안 될 거예요. 부인에게라면 실리아도 분명 얘길할 테죠."

"그 애에게 물어보다니 꿈도 못 꿀 일이네요."

올리버 부인은 손목시계를 보는 척했다.

"세상에, 즐거운 오찬을 나누다 보니 시간이 한참 지났군요. 전 이제 가 봐야겠어요. 아주 중요한 약속이 있어서요. 안녕히 계세요, 뭐더라……. 베들리콕스 부인. 제가 도움이 못 되었군요. 이런 일은 좀 조심스럽잖아요. 부인이 보시기엔 정말 그게 그렇게 중요한 문제인가요?"

"오, 중요하고말고요."

바로 그때 올리버 부인이 잘 아는 문인 한 사람이 지나갔다. 올리버 부인은 펄쩍 뛰어 일어나서 그녀의 팔을 붙잡았다.

"루이스, 너무 반갑구나. 너도 온 줄 몰랐어."

"오, 아리아드네, 나야말로 너 본 지 오랜만이다. 살이 많이 빠진 것 같은데, 맞지?"

"얘는 늘 듣기 좋은 말만 골라서 한다니까. 난 약속이 있어서 급히 가려던 참이야."

올리버 부인은 친구의 팔을 잡고 자리에서 멀어졌다.

"너 저 끔찍한 여자한테 붙잡혀 있었구나, 그렇지?"

친구는 이렇게 말하며 버튼콕스 부인을 슬쩍 돌아보았다.

"정말 희한한 걸 다 물어보지 뭐야."

"오. 그래서 제대로 대답을 못 했어?"

"그래. 내가 왈가왈부할 일도 아니었거든. 아는 게 뭐 있어야 말이지. 어쨌든 알았더라도 대답해 주기 싫었을 거야."

"재미있는 얘기야?"

올리버 부인은 일부러 딴생각을 하려고 했다.

"그럴 수도 있어. 재미있을 수도 있겠지. 다만……."

"저 여자가 널 쫓아오려고 일어섰다. 가자. 차를 안 가져왔다면 원하는 곳까지 내가 태워다 줄게."

"난 런던에서는 차를 절대 갖고 다니지 않아. 주차하기가 너무 힘들어서."

"나도 알아. 주차난이 지독하지."

올리버 부인은 예의를 갖춰서 감사의 말과 함께 점잖은 단어들로 즐거웠음을 표현하는 작별 인사를 건넸다. 잠시 뒤, 그녀는 상냥한 친구의 차를 타고 런던 광장 근처를 달리고 있었다.

"이튼 테라스, 맞지?"

"응. 하지만 다른 곳부터 가야겠어. 이름이……. 화이트프라이어즈 맨션일 거야. 이름은 정확히 기억나지 않지만, 어디 있는지는 알아."

"아, 아파트 말이구나. 꽤 현대적이던데. 네모지고 기하학적인 건물 말이지."

"맞아."

코끼리에 관한 첫 번째 언급

친구인 에르퀼 푸아로가 집에 없었기 때문에 올리버 부인은 전화를 걸어야만 했다.

"혹시 오늘 저녁에는 집에 들어오시나요?"

올리버 부인은 전화기 옆에 앉아 불안해하며 손가락으로 테이블을 톡톡 두드렸다.

"전화 거신 분은……?"

"아리아드네 올리비예요."

올리버 부인은 자신의 이름을 말해야 한다는 데 매번 놀라곤 했다. 다른 친구들이 목소리를 듣자마자 금방 그녀라는 걸 알아차리기를 바랐기 때문이다.

"그래요. 오늘 저녁에는 내내 집에 있을 겁니다. 그렇다면 부인의 방문을 받는 즐거움을 제게 주신다는 건가요?"

"그렇게 말씀해 주시니 고맙네요. 제 방문이 그렇게 즐거울지는 모르겠지만요."

"부인을 만나는 것은 언제나 즐거운 일이죠, 셰르 마담(친애하는 부인)."

"모르겠어요. 어쩌면 저 때문에……. 귀찮으실 수도 있거든요. 몇 가지 여쭤보려고 해요. 뭔가에 관해 무슈 푸아로의 의견을 듣고 싶어서요."

"그거라면 언제든 누구에게나 말씀드릴 준비가 되어 있죠."

"무슨 일이 생기려 하고 있어요. 아주 성가신 일인데 어떻게 해야 할지 모르겠네요."

"그래서 저를 찾아오시겠다고요. 기분 좋은데요. 대단히 기분 좋습니다."

"몇 시가 좋으시겠어요?"

"9시 정도? 함께 커피나 들죠. 부인께서 석류 주스나 시롭 드 카시스(까막까치밥나무 열매 시럽 — 옮긴이)를 더 좋아하시지 않는다면 말입니다. 하지만 부인은 그런 걸 즐기지 않으시죠. 기억납니다."

푸아로는 지극히 아끼는 하인에게 말했다.

"조지. 오늘 밤 올리버 부인이 우릴 찾아오신다네. 커피하고 알코올 음료를 적당히 준비해 두면 어떨까 싶은데. 부인이 뭘 좋아하시는지 몰라서 말이야."

"그레나딘(석류 시럽 — 옮긴이)을 드시는 걸 본 적이 있습니다, 주인님."

"크렘 드 망트(박하를 넣은 리큐어 — 옮긴이)도 괜찮겠지. 하지만 그레나딘을 더 좋아하실 것 같군. 그럼 좋아. 그걸로 준비해 주게."

올리버 부인은 시간에 딱 맞게 도착했다. 푸아로는 저녁을 먹으면서 올리버 부인이 무엇 때문에 자기를 방문하려 하는지, 그리고 어째서 그토록 망설였는지 의아하게 생각했다. 뭔가 어려운 문제를 들고 온다거나, 어떤 범죄에 관한 정보를 주려는 걸까? 푸아로가 잘 아는 대로, 올리버 부인은 뭘 내놓을지 모르는 사람이었다. 지극히 하잘것없는 일일 수도 있고, 지극히 특이한 일일 수도 있었다. 마치 그녀 자신처럼 말이다. 걱정이 있는 듯하던데.

그래도 올리버 부인하고는 말이 통했다. 언제나 그랬다. 가끔은 올리버 부인 때문에 미치도록 화날 때도 있지만, 그러면서도 푸아로는 그녀에게 굉장히 끌렸다. 그들은 많은 경험과 실험을 함께 해 왔다. 오늘 이침 신문에 올리버 부인에 관한 이야기가 실렸던데……. 저녁 신문이었던가? 그녀가 오기 전에 기억해 내야 했다. 막 기억을 되살린 찰나 하인이 그녀의 도착을 알렸다.

올리버 부인이 방으로 들어오는 순간 푸아로는 그녀에게 근심이 있는 것 같다는 추측이 옳았다고 판단했다. 잔뜩 공들였을 머리 모양은 그녀가 가끔 그러하듯 정신없이 손으로 마구 쓸어 넘기는 바람에 헝클어져 있었다. 그는 즐거운 기색으로 올리버 부인을 맞아들여 의자에 앉힌 다음, 커피를 따라 주고 그레나딘을 한 잔 건넸다.

올리버 부인은 안도의 한숨을 내쉬며 말했다.

"아! 아마 제가 굉장히 어리석다고 생각하시겠지만……."

"알아요. 오늘 오찬 문학회에 참석하셨다는 소식을 신문에서 읽었어요. 유명한 여류 작가들의 모임 같더군요. 부인은 그런 장소에 가시지 않는 줄 알았습니다만."

"보통은 가지 않죠. 앞으로 절대 가지 않을 거예요."

"아. 많이 힘드셨나 보군요?"

푸아로는 동정심을 느꼈다.

그는 올리버 부인이 어떨 때 당황스러워하는지 알고 있었다. 올리버 부인은 자기 책에 관한 과도한 찬사를 들으면 뭐라고 대답해야 할지 몰라서 허둥댄다고 푸아로에게 말한 적이 있었다.

"즐겁지 않으셨나 봐요?"

"처음엔 즐거웠는데, 어느 순간 아주 골치 아픈 일이 생겼어요."

"아. 그 일로 저를 만나러 오셨군요."

"네, 하지만 왜 왔는지 모르겠어요. 무슈 푸아로와는 관계도 없고, 이런 일엔 관심도 없으실 텐데 말예요. 저도 그다지 관심은 없어요. 하지만 최소한 관심을 가져야 한다는 책임감이 들어요. 그러지 않았다면 무슈 푸아로의 의견을 물으러 오지도 않았을 거예요. 그러니까…… 무슈 푸아로 같으면 어떻게 하실 건지 말이에요."

"마지막 말씀은 아주 어려운 질문이군요. 저 에르퀼 푸아로가 어떻게 행동할 것인지는 알지만, 부인이 저라면 어떻게 하실 것인지는 모르겠습니다. 부인을 잘 아는데도요."

"지금쯤은 아셔야죠. 절 알고 지낸 지 오래되었잖아요."

"그게……. 한 20년 되었나요?"

"모르겠어요. 저는 연도나 날짜 따위는 기억하지 못하거든요. 완전히 뒤죽박죽이 되어서요. 1939년은 알아요. 전쟁이 시작된 해니까요. 그 외에 여기저기서 괴상한 일들이 벌어진 날짜들도 알고 있어요."

"어쨌든 오찬 문학회에 갔는데 별로 즐겁지가 않으셨다는 거죠."

"오찬 자체는 좋았지만, 식사 후에……."

"사람들이 뭐라고 했군요."

푸아로는 증상을 묻는 의사처럼 친절하게 말했다.

"사람들이 저한테 얘기를 걸어오려던 차에, 갑자기 몸집 큰 여자 하나가 거들먹거리면서 저한테 오더라고요. 왜, 항상 남들을 휘둘러야 직성이 풀리고 사람을 불안하게 하는 부류들이 있잖아요. 곤충망 하나만 있었다면 꼭 나비를 잡으러 다니는 사람 모양이었을 거예요. 그 여자가 저를 구석으로 몰아넣어 의자에 앉히더니 제 대녀 얘기를 꺼내는 거예요."

"아, 네. 부인이 좋아하는 대녀인가 보죠?"

"아주 오랫동안 그 애를 보지 못했어요. 모든 대자 대녀들을 일일이 챙길 수는 없잖아요. 그런데 그 여자가 정말 걱정스러운 질문을 하더군요. 저한테……. 오, 이런, 얘길 꺼내기가 참 어려운데……."

푸아로는 친절하게 말했다.

"아뇨, 그렇지 않아요. 아주 쉬워요. 사람들은 제게 뭐든 다 얘기하거든요. 아시다시피 제게는 거리낄 것이 없죠. 제가 외국인에 불과하니까 쉽게 느껴지실 겁니다."

"글쎄, 선생께는 말씀드리기가 좀 쉽긴 하죠. 그 여자가 저한테 그 애의 부모에 관한 것을 묻지 않겠어요. 그 애 아버지가 어머니를 죽였느냐, 아니면 어머니가 아버지를 죽였느냐고요."

"지금 뭐라고 하셨죠?"

"미친 소리 같다는 것 알아요. 저도 그렇게 생각했으니까요."

"부인 대녀의 어머니가 그 애의 아버지를 죽인 것이냐, 아니면 아버지가 어머니를 죽인 것이냐고요?"

"글쎄, 둘 다 총에 맞아 죽은 채로 발견됐대요. 절벽 꼭대기에서요. 콘월이었나 코르시카였나 생각은 나지 않는데, 그런 이름이었어요."

"그럼 그 여자가 한 얘기가 사실인가요?"

"네, 그 부분은 사실이에요. 오래전 일이었죠. 하지만……. 왜 저에게 왔을까요?"

"순전히 부인이 범죄 소설 작가라서 그랬겠죠. 범죄라면 훤하시지 않냐면서요. 그런데 정말 그런 일이 있었나요?"

"보통은 그렇게 하지 않을 텐데……. 어머니가 아버지를 죽였거나, 아버지가 어머니를 죽였다면 대개 그런 식으로는 하지 않을 거예요. 어쨌든 실제로 있었던 일이기는 해요. 무슈 푸아로에게 죄다 말씀드리는 게 좋겠네요. 전부 다 기억나지는 않지만, 그 일은 한때 모르는 사람이 없었어요. 아마……. 적어도 12년은 되었겠네요. 제가 알던 사람들이기 때문에 이름은 기억이 나요. 아내 쪽이 함께 학교를 다녀서 저도 잘 알던 사람이에요. 친구였거든요. 신문마다 기사가 실릴 정도로 아주 유명한 사건이었죠……. 앨리스터 레이븐스크로프트 경과 레이디 레이븐스크로프트 둘은 대단히 행복한 부부였어요. 남자는 대령인가 장군인가 그랬고 부부가 함께 세계 곳곳을 돌아다녔죠. 그러다 어딘가에 집을 샀는데……. 외국이었던 것 같긴 한데 기억이 나질 않네요. 그런데 어느 날 갑자기 신문마다 이 사건 기사가 난 거예요. 제3자가 그들을 죽였느냐, 둘 다 암살당했느냐, 아니면 부부가 서로를 죽였느냐 하면서요. 오랫동안 집에 보관되어 있던 연발 권총이 사용되었던 것 같아요. 제가 기억하는 내용은 이게 전부예요.”

올리버 부인은 조금 침착해진 태도로 자신이 들은 사건의 개요를 대체로 분명하게 푸아로에게 전했다. 푸아로는 들으면서 이따금씩 요점을 확인했다.

푸아로는 마침내 입을 열었다.

“하지만 왜 그랬을까요? 그 여자는 왜 그걸 꼭 알려고 하죠?”

“저도 그걸 알고 싶어요. 실리아에게 연락할 순 있을 거예요. 아직 런던에 살거든요. 케임브리지든가, 옥스퍼드든가 그래요. 학위를 따고는 대학에서 강의하거나, 어디서 학생들을 가르치는 일을 하고 있겠죠. 아주 현대적인 애랍니다. 괴상망측한 옷을 입고 머리를 기른 사람들과 어울리고요. 마약을 하지는 않는 것 같아요. 꽤 잘 지내고 있고……. 아주 가끔은 제게 소식을 전해 오기도 해요. 크리스마스 때 카드를 보낸다든지요. 살다 보면 대자 대녀들 생각만 할 순 없잖아요. 그 애 나이가 스물다섯인가 여섯일 거예요."

"미혼인가요?"

"네. 결혼하려나 보던데……. 적어도 생각은 그렇게……. 그 여자
이름이 뭐라고 했더라? 아, 맞다. 브리틀……. 아니지. 버튼콕스 부
인의 아들과 결혼을 앞둔 사이라더군요."

"그래서 버튼콕스 부인은 아들이 그 아이와 결혼하기를 원하지
않는군요? 그 애 아버지가 어머니를 죽였거나, 어머니가 아버지를
죽였다는 이유로 말이죠."

"그런 것 같아요. 그렇게밖에 생각되지 않아요. 하지만 어느 쪽이
죽였나가 중요한가요? 설령 부모가 서로를 살해했더라도, 결혼할
남자의 어머니에게 그게 그렇게 문제가 되나요?"

"그렇게 생각할 수도 있죠. 그래요. 아주 흥미롭군요. 앨리스터 레
이븐스크로프트 경이나 레이디 레이븐스크로프트의 이야기가 흥미
롭다는 게 아닙니다. 어렴풋이 기억은 나는데……. 이와 비슷한 사
건이었는지, 바로 이 사건이었는지 모르겠네요. 하지만 버튼콕스 부
인은 아주 이상하군요. 조금 정상이 아닌가 봅니다. 아들을 끔찍이
귀여워하나 보죠?"

"그런가 봐요. 아들이 얘하고 결혼하는 걸 전혀 바라지 않는 것
같아요."

"사랑하는 남자를 살해하는 성향을 물려받았을까 봐서 말이죠?"

"제가 어떻게 알아요? 저한테 얘기해 달라면서도 정작 자신은 저
한테 이렇다 할 얘기도 해 주지 않으니 말예요. 하지만 그 여자가

왜 그랬다고 생각하세요? 무슨 이유로? 무슨 뜻으로 그랬을까요?"

"알아보면 꽤 재미있겠군요."

"그렇기 때문에 선생님을 찾아온 거예요. 무슈 푸아로는 이유를 알 수 없는 일들에 관해서 캐내는 걸 좋아하시잖아요. 누구도 알지 못하는 이유들을 말이죠."

"버튼콕스 부인은 어느 쪽이 더 낫다고 보는 것 같습디까?"

"남편이 아내를 죽인 것과, 아내가 남편을 죽인 것 중에 말이에요? 그런 생각은 안 할 걸요."

"부인의 고충은 알겠습니다. 아주 흥미진진한데요. 파티에 다녀온다, 그곳에서 불가능에 가까울 정도로 어려운 일을 부탁받는다, 그리고……. 그런 일을 적절히 처리할 방도를 고심한다."

"그 방도가 뭐라고 생각하세요?"

"저로서는 판단하기가 쉽지 않군요. 전 여자가 아니니까요. 부인이 알지도 못하는, 파티에서 처음 만난 여자가 부인 앞에 이런 문제를 내놓고는, 좀 도와 달라고 부탁하면서 분명한 이유도 제시하지 않았다……."

"맞아요. 지는 어쩌면 좋을까요? 만일 무슈 푸아로가 이런 내용을 신문에서 읽었다면 어떻게 하시겠어요?"

"글쎄요. 할 수 있는 일은 세 가지가 있겠죠. 하나는 버튼콕스 부인에게 이런 편지를 쓰는 겁니다. '죄송하지만 이번 부탁은 정말 들어드릴 수가 없습니다.' 같은 표현으로요. 두 번째 방법은 대녀에게 연락해서 사귀는 남자아이인가, 청년인가, 어쨌든 결혼하려는 남자

의 어머니에게서 이런 부탁을 받았다고 알려 주는 거지요. 그러면
정말 그 청년과 결혼할 뜻이 있는지 대녀가 털어놓을 것 아닙니까.
만일 결혼할 생각이라면 그런 사실을 알고는 있는지, 남자에게서
그쪽 어머니의 생각을 전해 들었는지도 알려 줄 테고요. 그밖에도
재미있는 이야깃거리가 많을 겁니다. 결혼할 청년의 어머니에 대한
이 아이의 생각 같은 거요. 세 번째로 할 수 있는 것은, 저는 이 방법
을 강력히 권해 드리고 싶은데…….”

“뭔지 알겠어요.”

“가만히 있는 겁니다.”

“바로 그거예요. 간단하면서도 적절한 방법이군요. 가만히 있는
것. 어린 대녀에게 가서 예비 시어머니가 남들에게 무슨 소리, 무슨
부탁을 하며 다니는지 알려 주는 건 너무 뻔뻔한 일이니까요. 하지
만…….”

“압니다. 그것이 인간의 호기심이죠.”

“그 밉살스러운 여자가 어째서 나한테 그런 말을 했는지 알고
싶어요. 대수롭지 않게 넘기고 싹 잊어버리면 된다는 걸 알면서
도…….”

“그래요. 밤잠이 오지 않으시겠죠. 하지만 제가 아는 부인이라면
자다 말고 특이하고 기발한 아이디어들을 떠올리며, 사람의 마음을
끄는 범죄 소설을 금방 구성해 내실 겁니다. 사실에 기반한 한 편의
추리 소설이자 스릴러를 말이죠. 갖가지 요소로 가득 찬.”

“그렇게 생각하면 그럴 것도 같아요.”

올리버 부인의 눈이 살짝 빛을 발했다.

"그러니 이 일은 내버려 두세요. 소설이 아닌 이런 현실의 플롯은 감당하기 어려우실 겁니다. 끼어들 이유가 마땅히 없어요."

"하지만 정말 마땅한 이유가 없는지 바로 그 점을 확실히 하고 싶은걸요."

푸아로는 한숨을 내쉬었다.

"인간의 호기심이란 아주 흥미로운 것이죠. 그 덕에 역사가 발전해 왔다는 점을 생각하면요. 호기심이라. 호기심이라는 것을 누가 발명했는지 모르겠군요. 대개 호기심을 고양이와 엮어서 얘기하곤 하죠. 호기심 때문에 고양이가 죽는다면서요. 하지만 저는 호기심을 창조한 것이 그리스인이라고 생각합니다. 그들은 알고 싶었던 겁니다. 제가 아는 한 그리스 시대 이전의 사람들은 그렇게 많은 것을 알려 하지 않았어요. 자신들이 사는 국가의 규칙이나 교수형이나 말뚝에 꿰이는 형벌을 면할 방법, 그리고 별로 달갑지 않은 일을 피하며 사는 법 정도만을 알려고 했죠. 복종 아니면 불복했을 뿐이지, '왜'인지는 알려 하지 않았죠. 하지만 그 뒤로 많은 사람들이 '왜'인지를 알고 싶어 함으로 인해 모든 것이 생겨난 겁니다. 배, 기차, 비행기, 원자 폭탄, 페니실린, 그리고 다양한 질환의 치료법들도 말이죠. 한 소년이 수증기 때문에 어머니의 주전자 뚜껑이 들썩거리는 걸 지켜봅니다. 그러다가 열차가 생기고, 자연스럽게 철도 파업도 일어났어요. 그런 식으로 다른 것들도 발전한 거예요."

"혹시 제가 오지랖이 넓다고 생각하세요?"

"아뇨, 그렇지 않아요. 부인이 대단한 호기심을 지닌 분이라곤 생각하지 않습니다. 하지만 문학회에서는 사람들의 지나친 친절과 과도한 찬사 속에서 자기방어를 하느라 조금 흥분한 상태셨을 테죠. 그러다 보니 아주 거북한 입장이 되었고, 부인을 그렇게 만든 사람에 대해 강한 혐오감을 갖게 된 거고요."

"그래요. 아주 피곤한 여자였어요. 굉장히 불쾌한 여자였다고요."

"요는, 금슬 좋게 잘 지냈고 싸움이라곤 한 적이 없다는 이 부부의 사망 사건이 세상에 알려졌지만 그 원인에 대해서는 누구도 아는 바가 없다는 말씀이시죠?"

"총에 맞았대요. 그래요, 총에 맞았어요. 동반 자살이었을지도 모르죠. 경찰도 처음에는 그렇게 생각했나 봐요. 물론, 그 이상 알려진 것은 아무것도 없어요."

"오, 그렇군요. 제가 좀 알아봐야겠는데요."

"혹시……. 무슈 푸아로의 활달한 친구들을 통해서 말씀인가요?"

"그 친구들을 활달하다고 하기는 좀 그렇군요. 실력 있는 친구들이 있기는 합니다. 어떤 기록들을 손에 넣고 과거의 범죄에 관한 이야기들을 찾을 줄 아는 친구들입니다. 그 친구들 덕분에 제가 기록들을 입수할 수 있는 거죠."

"무슈 푸아로가 좀 알아보고 제게 말씀해 주세요."

올리버 부인은 기대에 부푼 마음으로 말했다.

"그래요. 어떻게든 그 사건의 전말을 완전히 아실 수 있도록 도와드리죠. 하지만 시간이 좀 걸릴 겁니다."

"제 청을 들어주신다니 저도 뭔가를 해야겠네요. 그 애를 만나야 겠어요. 그 일에 대해 아는 것이 있는지 물어보고, 미래의 시어머니를 비웃어 줬으면 하는지, 아니면 다른 도움을 줬으면 하는지 물어보겠어요. 그 애가 결혼하려는 남자도 만나 보고 싶고요."

"옳은 말씀. 대단하십니다."

"제 짐작이지만 어떤 사람들은……."

올리버 부인은 말하다 말고 얼굴을 찌푸렸다. 에르퀼 푸아로가 말을 이었다.

"사람들은 잊었을 겁니다. 이건 옛날 일이에요. 세상을 떠들썩하게 했던 사건이죠. 하지만 생각해 보십시오. 세상이 떠들썩한 사건이라는 게 과연 뭘까요? 깜짝 놀랄 만한 결말이 있어야 하는데, 여기엔 그런 게 없었어요. 그러니 아무도 기억하지 못하는 겁니다."

"그래요. 옳은 말씀이에요. 한동안 신문에 기사도 많이 실리고 말도 많았다가, 그냥……. 어물쩍 끝나 버렸거든요. 요즘 세상이 그렇잖아요. 요전에 그 여자아이도 그래요. 집을 나간 뒤로 아무도 본 사람이 없던 꼬마 말이에요. 어느 날 남자아이 하나가 모래 더미인가 자갈 더미에서 놀던 중에 갑자기 그 소녀의 시체가 튀어나왔죠. 오륙 년이 지나서 말이에요."

"사실입니다. 그래도 그 시체를 근거로 죽은 지 얼마나 되었고 그날 무슨 일이 있었는지를 알아내고, 문자로 기록된 여러 가지 사건들을 되짚어 보아 결국 살인범을 찾을 수 있으리라는 것 역시 사실이죠. 하지만 부인이 들고 오신 문제 쪽이 더 어려울 것 같군요. 답은 둘 중 하나일 테니까요. 남편이 아내를 싫어해서 제거하려 한 게 아니면, 아내가 남편을 미워했거나 애인을 두고 있었다는 뜻입니다. 따라서 치정 범죄였거나 아니면 꽤 다른 사건이었겠죠. 필시 아무 것도 알아낼 수 없을 겁니다. 사건 당시 경찰이 알아내지 못했다면, 살인 동기를 추측하기가 굉장히 어려웠다는 얘기예요. 그러니 잠시 세간의 화젯거리가 되었다가 곧 잊힌 거죠."

"제가 실리아에게 가 보겠어요. 어쩌면 그 밉살스러운 여자가 노린 게 바로 이거였는지도 몰라요. 그 애가 뭔가 알리라 생각한 거죠. 어쩌면 뭔가 정말 알고 있을 수도 있어요. 애들은 뭐든 알잖아요. 애들은 아주 특이한 일들까지 기억하고 있거든요."

"사건 당시 부인의 대녀가 몇 살이었는지 혹시 아십니까?"

"계산해 보면 알겠지만, 그냥은 잘 모르겠어요. 아마 9살이나 10살? 그보다 더 많았는지도 몰라요. 그때 학교에 다니고 있었을 거예요. 하지만 당시의 신문 기사들을 읽고 제가 그냥 상상한 걸 수도 있어요."

"버튼콕스 부인이 원한 것은 그 딸에게서 정보를 얻어 내는 게 아니었을까요? 어쩌면 그 아이가 뭘 알고 있어서 그 부인의 아들에게 뭔가 말을 했고, 그래서 아들이 어머니에게 얘기했을 수도 있어요. 아마도 버튼콕스 부인은 그 여자아이에게 직접 물어보려다가 퇴짜를 맞고서는, 그 애의 대모이자 범죄학적 지식이 풍부한 유명 인사 올리버 부인에게서라면 정보를 얻을 수 있으리라 생각했을 겁니다. 그것이 그 여자에게 왜 중요한 문제인지는 아직 모르겠지만요. 부인이 모호하게 '사람들'이라 부르는 존재들이 이제 와서 도움이 될지 의문이군요. 사람들이 그걸 기억할까요?"

"기억할 거라고 생각해요."

"저를 놀라게 하시는군요. 사람들이 정말 기억을 한단 말인가요?"

푸아로는 다소 곤혹스러운 표정으로 그녀를 바라보았다.

"글쎄요. 사실 저는 코끼리 생각을 했어요."

"코끼리요?"

전에도 종종 느낀 것이지만, 과연 올리버 부인은 속을 알 수 없는 여자였다. 뜬금없이 웬 코끼리인가?

"어제 오찬에서 코끼리들을 생각했다고요."

"코끼리 생각은 왜 하신 겁니까?"

푸아로는 호기심이 일었다.

"그게, 사실은 이에 관해 생각했거든요. 틀니를 낀 사람이 음식을 먹으려고 하면 제대로 먹기가 어렵잖아요. 먹을 수 있는 것과 먹지 못하는 것을 제대로 알고 있어야 하죠."

푸아로는 깊은 한숨을 내쉬었다.

"아! 네, 맞아요. 치과 의사가 해 줄 수 있는게 많긴 해도, 다 되는 건 아니더군요."

"네. 그래서 전 생각했죠. 우리 이는 뼈에 지나지 않아서 부실한 편이지만, 개의 이빨은 얼마나 튼실하냐고요. 그런 다음 개 외에 뾰족한 이빨을 갖고 있는 것들을 생각해 봤어요. 바다표범이라든가……. 뭐, 그런 것들요. 그러다가 코끼리를 떠올렸죠. 이빨 하면 코끼리잖아요? 엄청나게 커다란 코끼리의 상아 말이에요."

"과연 그렇습니다."

푸아로는 올리버 부인이 무슨 말을 하려는 건지 알 수가 없었다.

"그래서 우리가 정말 해야 할 일은 코끼리 같은 사람들을 만나는 것이라고 생각했어요. 왜냐하면, 코끼리는 절대 잊지 않는다는 말이 있거든요."

"그런 말은 저도 들은 적이 있습니다."

"코끼리는 잊지 않는다. 어린애들이 자라면서 흔히 듣는 이야기인데, 아세요? 인도의 한 재봉사가 바늘 같은 것으로 코끼리 엄니를 찔렀대요. 아니다. 엄니가 아니라 코를요, 코끼리 코. 그러면 코끼리는 아무리 오랜 세월이 지났더라도 그 재봉사 곁을 지날 때면 입 안 가득 물을 머금었다가 몸에 쫙 뿌린다죠. 잊지 않고 기억해 둔 거예요. 그거예요. 코끼리는 기억한다. 제가 해야 할 일은 바로……. 그 코끼리들을 만나 보는 거지요."

"제가 부인의 말씀을 제대로 이해하고 있나 모르겠군요. 도대체 누가 코끼리라는 건가요? 꼭 정보를 얻으러 동물원에라도 가실 것처럼 말씀하십니다."

"꼭 그런 건 아니에요. 제가 말한 코끼리란 진짜 코끼리가 아니고, 어떤 면에서 코끼리와 비슷한 사람들이에요. 개중엔 정말 기억을 잘하는 사람들이 있어요. 괴상한 일들은 누구나 기억하죠. 저 자신도 똑똑히 기억하는 것들이 많거든요. 제 5살 생일 파티의 분홍색 케이크가 기억나네요. 예쁜 분홍색 케이크였죠. 위에 설탕으로 만든 새가 올라가 있었어요. 카나리아가 도망가 버려서 울었던 날도 기억나요. 또 어떤 때는 들판에 나가 보니 황소 한 마리가 있었는데, 그 소가 갑자기 날 받을 거라는 생각에 겁에 질려 도망치고 싶었던 것도 기억하고요. 그건 아주 생생히 기억나네요. 화요일이었다고요. 어째서 요일이 기억나는지 모르겠지만, 어쨌든 화요일이었어요. 블랙베리를 따러 나갔던 근사한 피크닉도 기억나요. 가시에 호되게 찔리면서도 블랙베리를 누구보다 많이 땄죠. 정말 근사했어요! 9살 즈음이었을 거예요. 하지만 그렇게 오래된 옛날얘기를 할 것도 없어요. 저는 지금까지 수백 군데의 결혼식을 찾아다녔지만, 결혼식을 생각할 때 그중 기억나는 것은 단 두 건뿐이랍니다. 하나는 제가 신부 들러리를 서던 날이죠. 뉴포레스트에서 식을 올렸던 것 같은데, 그 자리에 누가 있었는지는 기억나지 않아요. 아마 제 사촌 결혼식이었을 거예요. 잘 아는 사이는 아니었지만 신부가 들러리를 많이 세우고 싶어서 만만한 저에게 부탁한 거였겠죠. 또 다른 결혼식은 해군에 있는 친구의 결혼식이었어요. 잠수함에서 익사할 뻔했다가 간신히 살아난 친구인데, 약혼녀의 가족들이 결혼을 반대했지만 그런 일이 있고는 둘이 결혼식을 올렸죠. 저는 그 결혼식에 섰던 신부 들러리들 중에 하나였고요. 누구나 잘 기억나는 것들이 있게 마련이라는 얘기였네요."

"무슨 말씀인지 알겠습니다. 재미있군요. 그러니까 아 라 르셰르셰 데 젤레팡(코끼리들을 찾으러) 가시겠다는 건가요?"

"맞아요. 날짜부터 제대로 알아야 해요."

"그건 제가 도와 드리고 싶군요."

"그럼 저는 그때 알던 사람들을 생각해 볼게요. 저와 아는 사이면서 제 친구들과도 친했던 사람들요. 그런 사람들이면 죽은 장군과도 알았을 거예요. 죽은 부부와 외국에서부터 알던 사이면서 저하고도 알고 지낸 사람들이 있는데, 못 만난 지 오래됐어요. 한참 전에 연락이 끊긴 사람들도 찾아보려고요. 사람들은 추억 속의 누군가를 만나면 기억이 잘 나지 않아도 아주 반가워하거든요. 그러면 그날 있었던 일 중에 자신이 기억하는 부분을 자연스럽게 얘기하게 되겠죠."

"그거 참 재미있군요. 부인은 제의하신 일을 실행에 옮길 채비가 다 되신 것 같아요. 레이븐스크로프트 부부를 잘 알던 사람도 있고, 그렇지 않은 사람도 있겠죠. 넓은 세상 가운데 사건이 터진 바로 그곳에 살던 사람도 있겠고, 잠시 머무르다 떠난 사람도 있을 거예요. 어렵긴 하겠지만, 알아낼 수는 있을 겁니다. 그러니 이런저런 방법을 시도해 보세요. 가볍게 얘기를 꺼내면서 그날 무슨 일이 있었는지, 무슨 일이 있었다고 생각하는지, 혹시 다른 사람들의 추측을 들은 적이 있는지 등을 얘기해 보십시오. 남편이나 아내에게 애인이 있었는지, 누군가 상속받을 재산이 있었는지도요. 많은 정보를 긁어모으실 수 있을 겁니다."

"오, 세상에……. 정말 오지랖 넓은 사람이 돼 버렸네요."

"부인은 숙제를 떠맡으신 겁니다. 부인이 좋아하지도, 호의를 베풀고 싶지도 않은 사람, 부인이 지독하게 싫어하는 사람에게서 말이죠. 하지만 그건 상관없습니다. 부인은 지금 탐색을 시작했어요. 정보를 얻기 위한 여행이죠. 부인만의 길을 택하세요. 코끼리가 다

니는 길 말이에요. 코끼리들이라면 기억할지도 모르죠. 봉 보야주
(즐거운 여행 되시길)."

"뭐라고 하셨죠?"

"여행을 떠나시는 부인을 배웅하는 겁니다. 아 라 르셰르셰 데 젤
레팡(코끼리들을 찾아서)."

"제가 미쳤나 봐요."

올리버 부인은 슬프게 말했다. 또다시 두 손으로 머리를 쓸어 넘
기는 바람에 그녀의 모습은 마치 낡은 슈트루벨페터(정신과 의사 하
인리히 호프만이 쓴 동화로, 머리가 헝클어진 싸움 대장을 뜻함 — 옮긴
이) 그림책 같아 보였다.

"골든 리트리버에 관한 이야기를 써 볼까 했는데, 글이 잘 풀리질
않았어요. 시작도 못 했다고요. 무슨 뜻인지 아시겠어요?"

"알았어요. 골든 리트리버는 포기하세요. 코끼리 걱정만 하시면
됩니다."

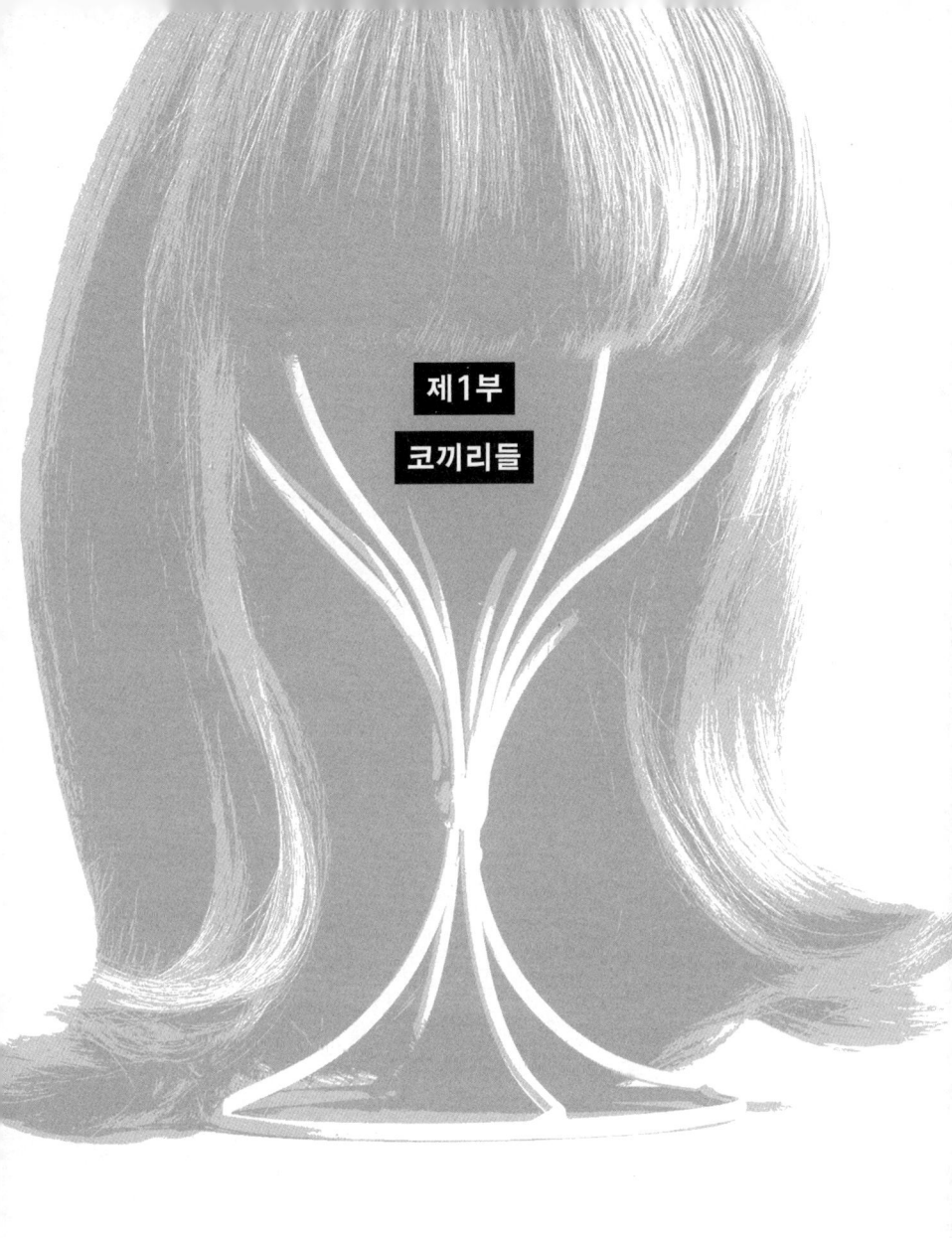

제1부

코끼리들

앨리스 대고모님의 참고서

"내 주소록 좀 찾아 주겠어요, 리빙스턴 양?"

"책상 위에 있어요, 올리버 부인. 왼쪽 구석에요."

"그 주소록 말고. 그건 내가 요즘 쓰는 거고요. 예전에 쓰던 것 말이에요. 작년인가, 재작년에 쓰던 것."

"혹시 버리시지 않았나요?"

"아뇨, 난 주소록 같은 물건은 필요할 때가 워낙 많아서 버리지 않아요. 진에 갖고 있던 주소를 새 주소록에 옮겨 적을 때 누락되는 게 있거든요. 아마 키 큰 장롱 서랍 어딘가에 들어 있을 거예요."

리빙스턴 양은 얼마 전 세즈윅 양 대신 새로 온 여자였다. 아리아드네 올리버는 세즈윅 양이 그리웠다. 세즈윅은 모르는 게 없었다. 올리버 부인이 물건을 어디에 넣어 두는지, 물건을 보관할 때는 어디에 두는지 따위를 전부 머리에 기억하고 있었다. 그녀는 올리버 부인이 정중한 편지를 보낸 사람들의 이름과, 올리버 부인이 분을 참지 못하고 다소 무례한 편지를 써 보낸 사람들의 이름도 빠짐없이 기억했다. 그녀는 이루 말할 수 없을 만큼 소중한 존재였다. 이제는 집을 떠났지만.

"세즈윅 양은 꼭……. 그 책 제목이 뭐였더라?"

올리버 부인은 기억을 더듬었다.

"아, 그래, 생각났다. 큰 갈색 표지의 책 같았어. 빅토리아 시대 사람이라면 누구나 한 권씩 갖고 있던 책 말야.『생활의 지혜를 심어 주는 만능 해결서』. 그야말로 해결서였는데! 리넨 천에 생긴 다리미 자국 없애는 법, 굳은 마요네즈 처리법, 주교님과 허물없는 편지 주고받는 법. 그 밖에도 많았지.『생활의 지혜를 심어 주는 만능 해결서』에는 없는 게 없었어."

앨리스 대고모가 노상 끼고 살았던 책이었다.

세즈윅 양은 앨리스 대고모의 책처럼 큰 도움이 되었다. 반면 리빙스턴 양은 그 발치에도 못 미쳤다. 긴 얼굴에 누르스름한 살갗의 리빙스턴 양은 늘 자리에 서서, 짐짓 유능하다는 표정을 짓고 있었다. 얼굴 구석구석에 '저는 일을 잘해요.'라는 글귀가 적혀 있는 것 같았다. 하지만 올리버 부인의 생각은 정반대였다. 그녀는 전에 자신을 고용했던 작가들이 물건을 놓아 두던 장소들만 기억했고 자기 딴에 올리버 부인이 물건을 놓아 둘 것 같은 장소를 넘겨짚었다.

"내가 찾는 것은 1970년 주소록이에요. 1969년 것하고. 최대한 빨리 찾아봐 주겠어요?"

올리버 부인은 버릇없는 아이처럼 고집스럽고 단호하게 말했다.

"물론이죠, 그럴게요."

리빙스턴 양은 그걸 듣도 보도 못했지만 분주히 움직이다 보면 운 좋게 나올지도 모르겠다는 듯이 멍한 얼굴로 주위를 두리번거렸다.

'세즈윅을 도로 데려오지 못하면 난 미쳐 버릴 거야.'

올리버 부인은 생각했다. 세즈윅이 없으니 도저히 일이 안 됐다.

리빙스턴 양은 올리버 부인이 서재 겸 집필실이라 부르는 방의 온갖 서랍들을 열어 보기 시작했다. 그녀가 기분 좋게 말했다.

"작년 것 여기 있어요. 말씀하신 것보다 요즘 거죠? 1971년요."

"1971년 것은 필요 없어요."

올리버 부인의 머릿속에 희미한 기억이 되살아났다.

"차를 넣어 두는 저 테이블 속을 찾아봐요."

리빙스턴 양은 걱정스러운 얼굴로 주위를 둘러보았다.

"저 테이블요."

올리버 부인이 손가락질을 했다.

"책상에서 쓰는 주소록이 차를 두는 테이블 속에 있을 것 같지는 않은데요."

리빙스턴 양은 일반적인 사실을 지적했다.

"아니, 들어 있을 수도 있어요. 기억이 나는 것 같아요."

올리버 부인은 리빙스턴 양을 밀치고 차를 보관하는 테이블 앞으로 다가가서 뚜껑을 들고 아름답게 조각된 내부를 들여다보았다.

"여기 있잖아요."

올리버 부인은 랍상소우총(중국 푸젠성에서 나는 홍차 — 옮긴이)을 인도 차와 섞이지 않게 보관하는 둥근 통의 혼용지(펄프에 아교를 섞어 만든 종이 — 옮긴이) 뚜껑을 들어올려, 가장자리가 말려 올라간 작은 갈색 공책을 꺼냈다.

"이거 말이에요."

"그건 1968년 것인데요, 올리버 부인. 4년 전이잖아요."

"이게 좋아요."

올리버 부인은 수첩을 들고 책상 앞으로 갔다.

"리빙스턴 양, 일단은 이거면 됐고, 이번엔 내 생일 책이 어디 있나 한 번 찾아봐 줘요."

"그런 건……."

"지금은 쓰지 않지만 전에는 있었어요. 꽤 큰 거예요. 어릴 때부터 썼던 아주 오래전 거죠. 위층 다락방에 있을 거예요. 크리스마스 때 남자아이들만 놀러오거나, 별로 중요하지 않은 사람들이 올 때 쓰는 방 있잖아요. 그 방 침대 옆에 궤짝 비슷한 작은 책상이 있어요."

"오, 가서 찾아볼까요?"

"그래요."

리빙스턴 양이 밖으로 나가자 올리버 부인은 기분이 좀 나아졌다. 올리버 부인은 문을 단단히 닫고 다시 책상 앞으로 가서 빛바랜 잉크로 적힌, 차 냄새 풍기는 주소들을 내려다보기 시작했다.

"레이븐스크로프트. 실리아 레이븐스크로프트. 그래. S.W.3, 피쉬 에이커 뮤스 14호. 첼시 지역 주소구나. 이때는 거기 살고 있었네.

하지만 그 뒤로 주소를 옮겼는데. 큐브리지 근처의 스트랜드온더그린인가 하는 곳이었어."

올리버 부인은 몇 장을 더 넘겼다.

"아, 그래. 이게 바뀐 주소인가 보다. 마다이크 그로브. 풀햄로(路) 쪽일 거야. 그 근처였어. 전화번호가 있던가? 거의 다 지워졌지만, 아마……. 그래, 이게 맞을 거야. 플랙스먼……. 어쨌든 해 보자."

올리버 부인은 방 한편의 전화기 앞으로 갔다. 문이 열리면서 리빙스턴 양이 들어왔다.

"혹시……."

"내가 원하던 주소를 찾았어요. 가서 생일 책을 찾아봐요. 중요한 거니까."

"혹시 실리 하우스에서 이사 오실 때 두고 오신 건 아닌가요?"

"아니, 아니에요. 계속 찾아봐요."

문이 닫히자 그녀는 중얼거렸다.

"한참 있다 와도 좋아요."

올리버 부인은 전화기 다이얼을 돌리고 신호를 기다리면서 문을 열고 층계 위를 향해 소리쳤다.

"스페인 궤짝을 찾아봐요. 놋쇠로 장식된 것 말이에요. 그게 지금 어디 있는지 생각나질 않는데, 아마 복도 테이블 밑에 있을 거예요."

첫 통화는 실패였다. 스미스 포터라는 여자가 받더니, 아주 짜증스럽고 불친절한 목소리로 자기는 예전에 그 아파트에 살던 사람의 전화번호가 지금 몇 번인지 모르겠다고 했다.

올리버 부인은 주소록을 다시 한 번 자세히 살펴보았다. 다른 전화번호 위에 급하게 휘갈겨 쓴 주소 두 개가 더 있었지만 별로 도움이 될 것 같지 않았다. 그러나 세 번째로 찾아봤을 때, 가위표들과 알파벳 이니셜, 주소들 사이에서 알아보기 어려운 레이븐스크로프트라는 이름이 나타났다.

전화받은 사람은 실리아를 안다고 했다.

"맞아요. 하지만 이사 간 지 꽤 오래됐어요. 마지막으로 연락이 왔을 때 뉴캐슬에 산다고 했던 것 같은데요."

"이런, 그 주소는 갖고 있지 않은데."

"저도 그 주소는 모르겠네요. 거기서 동물 병원 비서로 취직했던 것 같아요."

친절한 소녀가 말했다.

가능성이 없어 보였다. 올리버 부인은 한두 번 더 시도했다. 두 권의 주소록 가운데 나중 것은 소용이 없었기 때문에 좀 더 오래된 주소를 뒤지기로 했다. 1967년에 사용했던 마지막 주소록을 찾았을 때 드디어 성과가 나타났다.

"실리아 말씀이군요. 실리아 레이븐스크로프트, 맞죠? 아니면 혹시 성이 핀치웰이던가요?"

전화를 받은 상대방의 말에 올리버 부인은 하마터면 핀치웰도 아니고 레드브레스트도 아니라고 답할 뻔했다. (레이븐은 까마귀, 핀치는 콩새, 레드브레스트는 방울새라는 뜻 ― 옮긴이)

"아주 유능한 아이였어요. 1년 반 동안 제 밑에서 일했죠. 그래요.

정말 일을 잘하더군요. 더 일해 줬더라면 참 좋았을걸. 여기 살다가 아마 할리가(街) 어디로 이사 갔던 것 같은데, 저한테 주소가 있을 거예요. 한번 찾아볼게요."

이름 모를 부인이 주소를 찾느라 통화는 한동안 중단되었다.

"여기 주소가 하나 있어요. 이즐링턴에 사나 봐요. 이게 말이 된다고 생각하세요?"

올리버 부인은 세상에 말이 안 되는 일이란 없다고 대답하며 이름 모를 부인에게 감사 인사를 한 후 주소를 받아 적었다.

"사람들 주소를 찾는다는 게 참 어렵죠? 분명 받아 놓고서 말예요. 사람들은 이사 후에 대개 엽서 따위를 보내잖아요. 전 늘 그런 걸 잃어버리는 것 같아요."

올리버 부인은 자신도 그런 어려움을 겪고 있다고 말했다.

올리버 부인은 곧 이즐링턴의 번호에 전화를 걸어 보았다. 묵직한 외국인 목소리가 전화를 받았다.

"아니……. 누굴 찾으신다고요? 아니, 누가 사느냐고 물으셨죠?"

"실리아 레이븐스크로프트 양요."

"아, 맞다, 그 이름이었죠. 네, 그래요. 여기 삽니다. 그 아가씨 방은 2층이에요. 외출해서 아직 오지 않았는데요."

"오늘 저녁이면 들어올까요?"

"곧 들어올 겁니다. 와서 옷 갈아입고 파티에 간댔거든요."

올리버 부인은 알려 줘서 고맙다고 인사한 뒤 전화를 끊었다.

"정말이지, 젊은 여자애들이란!"

올리버 부인은 짜증이 묻어나는 목소리로 중얼거렸다.

그녀는 대녀인 실리아를 보지 못한 것이 언제부터였는지를 더듬어 보았다. 한동안 연락이 끊겼던 실리아가 지금 런던에 있다. 실리아의 애인이 런던에 살거나, 애인의 어머니가 런던에 산다면 앞뒤가 잘 맞는 셈이다. 올리버 부인은 머리가 다 지끈거렸다.

"네, 리빙스턴 양?"

그녀는 고개를 돌렸다.

딴사람 같아 보이는 리빙스턴 양이 수많은 거미줄을 장식처럼 달고 먼지를 뒤집어쓴 채, 산더미 같은 먼지투성이 책들을 안고서 짜증스러운 표정으로 문가에 서 있었다.

"이런 것들이 소용이 있을지 모르겠어요, 올리버 부인. 굉장히 오래전 책들인 것 같은데요."

그녀는 불만스러운 기색이었다.

"오래된 것이어야 하거든요."

"특별히 찾길 원하는 게 있으신지요."

"그렇지는 않아요. 오늘 저녁에 볼 테니까 거기 있는 소파 구석에 놔둬요."

리빙스턴 양의 얼굴에 불만이 한층 더해졌다.

"알겠습니다, 올리버 부인. 먼저 먼지부터 털고요."

"그래 주면 고맙겠네요."

올리버 부인은 하마터면 다음과 같은 말이 나오려는 것을 간신히 참았다.

'그리고 제발 리빙스턴 양 몸뚱이도 좀 털어요. 왼쪽 귀에 거미줄이 여섯 개나 걸려 있어요.'

올리버 부인은 손목시계를 흘긋 내려다보고 다시 한 번 이즐링턴 번호로 전화를 걸었다. 이번에는 순수한 영국인의 목소리가 전화를 받았는데 어쩐지 경쾌하고 발랄한 느낌이 감도는 것이 올리버 부인에게 상당한 만족감을 주었다.

"레이븐스크로프트 양? 실리아 레이븐스크로프트?"

"네, 제가 실리아 레이븐스크로프트인데요."

"저, 내가 잘 기억나지 않겠지만, 나 올리버 부인이야. 아리아드네 올리버. 만나지 못한 지 오래됐지만, 내가 네 대모란다."

"오, 네. 그럼요. 알고 있어요. 맞아요, 뵙지 못한 지 오래됐네요."

"만나 줄 수 있는지 알고 싶구나. 네가 이쪽으로 오든지, 아니면 너 편한 대로 하면 좋겠다. 이쪽으로 와서 식사라도……."

"지금 당장은 좀 어렵겠어요. 제가 일하는 중이거든요. 괜찮으시다면 오늘 저녁에 찾아뵐게요. 7시 30분이나 8시쯤에요. 그보다 늦게 약속이 있긴 하지만……."

"그래 준다면 정말, 정말 기쁘겠구나."

"아뇨, 당연히 가야죠."

"주소를 알려 주마."

올리버 부인은 주소를 일러 주었다.

"좋아요. 갈게요. 어디인지 잘 알아요."

올리버 부인은 전화기 옆 메모지에 짧은 메모를 남긴 다음, 크고 무거운 앨범을 들고 막 힘겹게 방으로 들어서는 리빙스턴 양을 짜증스럽게 바라보았다.

"찾으시는 물건이 이것 아닌가요, 올리버 부인?"

"아뇨, 아니에요. 그 앨범에는 요리법들이 들어 있어요."

"오, 이런. 정말이네요."

올리버 부인은 앨범을 낚아채듯 내려놓았다.

"뭐, 요리법도 좀 들여다보면 되죠. 가서 한 번 더 찾아봐요. 찬장에 있을 것 같기도 해요. 화장실 옆에 있는 것 말이에요. 맨 위의 선반, 목욕 수건 두는 곳 위도 보세요. 가끔 거기에 서류하고 책들을 쑤셔 넣거든요. 잠깐 기다려 봐요. 내가 가서 찾아볼게요."

10분 후 올리버 부인은 빛바랜 앨범 페이지를 넘기고 있었다. 리빙스턴 양은 고난의 막바지에 다다른 모습으로 문가에 서 있었다. 그 괴로워하는 꼴을 차마 볼 수가 없어서 올리버 부인은 말했다.

"괜찮아요. 식당 책상만 한 번 들여다봐 줘요. 낡은 책상 말이에요. 약간 망가진 책상 알죠? 혹시 거기 주소록이 더 있나 봐 줘요. 옛날 걸로요. 10년 전쯤의 주소록이 나온다면 고생한 보람이 있을 거예요. 그러고 나면 오늘은 더 부탁할 일이 없어요."

리빙스턴 양은 밖으로 나갔다.

올리버 부인은 깊은 한숨을 쉬면서 자리에 앉았다. 그녀는 생일 책장을 죽 넘기면서 훑어보았다.

"퇴근하는 저 아가씨가 더 홀가분할까, 아니면 그걸 보는 내가 더 홀가분할까? 실리아가 왔다 가면 오늘 저녁은 아주 바빠지겠지."

그녀는 책상 옆 작은 테이블에 놓인 서류 더미 속에서 연습장을 가져와서 여러 가지 날짜와 유효한 주소, 이름들을 적고 전화번호부에서 한두 가지 사항을 찾아본 다음 에르퀼 푸아로에게 전화를 걸었다.

"아, 무슈 푸아로세요?"

"네, 마담. 접니다."

"좀 하신 일이 있어요?"

"실례지만……. 뭐 말씀인가요?"

"아무거나요. 어제 여쭤본 것 말씀이에요."

"그럼요. 움직이기 시작했습니다. 사람들을 만나 보려고 약속도 잡았답니다."

"하지만 아직 만나 보신 건 아니군요."

올리버 부인은 뭔가를 한다는 것에 대한 남자들의 개념은 형편없다고 생각했다.

"부인은요, 셰르 마담(친애하는 부인)?"

"전 아주 바빴답니다."

"아! 무엇을 하시느라고요, 마담?"

"코끼리들을 모으느라고요. 이해하실지 모르겠지만."

"이해할 수 있을 것 같습니다."

"옛일을 조사한다는 것이 썩 쉬운 일은 아니었어요. 이름을 찾아보면서, 내가 기억하는 사람의 수가 이렇게나 많다는 것을 알고 놀랐죠. 세상에, 생일 책엔 또 얼마나 우스운 말들이 다 적혀 있는지.

16살, 17살, 아니 30살을 먹어서까지 왜 남한테 생일 책에 인사말을 써 달라고 했나 모르겠다니까요. 1년 중 그날 하루를 위해 남의 시를 따다가 써 주는 거잖아요. 정말 바보 같은 글귀들도 있더라고요."

"탐색해 보니까 자신이 붙으시던가요?"

"그리 자신 있진 않지만, 제대로 하고 있는 것 같아요. 제 대녀와 통화했는데……."

"아. 만나 보실 건가요?"

"네, 오늘 밤 7시에서 8시 사이에 절 만나러 오겠대요. 바람맞지 않으려나 몰라요. 혹시 모르잖아요. 젊은 애들은 변덕스러우니까요."

"부인의 연락을 받고 반가워하는 것 같던가요?"

"모르겠어요. 딱히 반가운 기색은 아니었어요. 목소리가 아주 날카로워서……. 그리고 보니까 생각나는데, 6년 전에 마지막으로 그 애를 만났을 때 좀 무섭다는 생각을 했어요."

"무섭다고요? 어떤 면에서요?"

"그 애가 저를 보고 위협을 느끼기보다는 제가 그 애한테서 위협을 느꼈다고 할까요."

"그게 오히려 다행일 수도 있습니다."

"오, 그렇게 생각하세요?"

"사람이란 상대가 마음에 들지 않는다는 결론을 내리고 굳이 좋아하려 애쓰지 않기로 마음먹으면, 상대에게 그런 눈치를 줘야 기분이 좋아지거든요. 그러다 보면 친절하고 붙임성 있게 대할 때보다 더 많은 정보를 상대방에게 흘리게 되죠."

"사탕발림을 늘어놓을 때보다 말이죠? 중요한 얘기네요. 사람들은 상대방이 좋아할 만한 얘기들을 골라 한다는 거죠? 그렇지 않고 불만이 있을 때는 상대방이 싫어할 얘기들을 찾아 한다는 거고요. 실리아가 그런 경우일까요? 그 애가 5살이었을 때가 가장 기억에 남아요. 보모 겸 가정 교사가 하나 있었는데, 장화를 집어 던지곤 했거든요."

"보모가 아이한테요, 아니면 아이가 보모한테요?"

"그야 아이가 보모한테죠!"

올리버 부인은 수화기를 내려놓고 소파로 가서 산더미처럼 쌓여 있는 과거의 기억들을 들여다보았다. 그녀는 나지막한 목소리로 이름들을 읊었다.

"마리아나 조세핀 폰탈리에⋯⋯. 그래, 맞아. 몇 년을 잊고 살았네. 죽은 줄 알았어. 안나 브레이스비⋯⋯. 그래, 그래. 외국에 살고 있었지⋯⋯. 지금은⋯⋯."

그러다 보니 시간이 흘렀다. 초인종이 울리자 부인은 깜짝 놀랐다. 그녀는 직접 나가서 문을 열었다.

실리아

 현관 매트에는 키 큰 아가씨 하나가 서 있었다. 올리버 부인은 그녀를 보고는 잠시 소스라치게 놀랐다. 이 애가 실리아구나. 활력과 생명력이 넘치는 인상이었다. 올리버 부인은 좀처럼 경험해 보지 못했던 기분을 느꼈다.

 무엇인가가 있는 사람이라고 그녀는 생각했다. 억척스럽고, 까다롭고, 어쩌면 위험하기조차 한 성격 같았다. 인생에서 해결해야 할 사명이 있고, 격하게 싸우기를 좋아하며, 어쩌면 대의를 추구하는 사람 중 하나일지도 모른다. 하지만 흥미로웠다, 정말로 그랬다.

 "들어오렴, 실리아. 본 지 정말 오랜만이구나. 마지막으로 만난 게 아마도 누구 결혼식이었지? 네가 신부 들러리였고 말야. 살구색 시폰 드레스를 입고 커다란 꽃다발을 들었잖니. 무슨 꽃인지 기억은 나지 않지만, 아마도 골든 로드였던 것 같은데."

"골든 로드가 맞을 거예요. 건초열 때문에 재채기를 많이 했거든요. 아주 끔찍한 결혼식이었어요. 알아요. 마사 레그혼의 결혼식이었죠? 그렇게 보기 싫은 들러리 드레스는 처음 봤어요. 제가 입어 본 중에 가장 보기 싫은 드레스였죠!"

"그래. 아무한테도 어울리지 않긴 했어. 그래도 그중에선 네가 제일 예뻐 보이던걸."

"그렇게 말씀해 주셔서 감사해요. 전 기분이 별로 안 좋았거든요."

올리버 부인은 의자를 가리키고는 디캔터 여럿을 내놓았다.

"셰리주 마시겠니? 아니면 다른 거?"

"아네요. 셰리주로 할게요."

"그래라. 내가 이렇게 갑자기 전화해서 좀 이상하다고 생각했지?"

"오, 아뇨. 별로 이상하다는 생각은 안 했어요."

"난 그렇게 성실한 대모가 못 되는 것 같구나."

"제가 어른이 다 됐는데 당연하잖아요?"

"그 말이 맞아. 사람은 자신의 책임이 어느 시점에서 끝난다고 생각하지. 하지만 난 내 책임을 완수하지 못했어. 네 견진성사에도 간 기억이 없으니 말이야."

"대모의 책무는 교리 문답 같은 걸 익히게 하는 것이라고 생각하는데요. 나의 이름으로 악마와 그의 모든 행위들을 부인하라."

실리아의 입술에 농담을 하는 듯 엷은 미소가 떠올랐다.

올리버 부인은 붙임성 있게 굴고는 있지만 그래도 어떤 방식으로는 실리아가 꽤 위험한 아이라는 생각을 했다.

"그럼, 내가 널 만나 보려고 한 이유를 말해 줄게. 사실 좀 희한한 일이 있었어. 난 문학회에 자주 참석하지 않는데, 어쩌다 보니 그제 있었던 모임에 나가게 됐지."

"네, 알아요. 신문 기사를 봤는데 대모님 이름도 거기 있었어요. 아리아드네 올리버라고요. 그런 자리에 잘 나가지 않으신다는 걸 알아서 좀 의아하게 생각했죠."

"그래. 그 모임엔 나가지 말 걸 그랬어."

"즐겁지가 않으셨나요?"

"아니, 그런 자리는 처음이어서 어느 면에선 즐거웠어. 왜, 처음 해 보는 일은 늘 재미있는 법이잖니. 하지만…… 불쾌한 일도 있게 마련이지."

"뭔가 불쾌한 일이 있으셨군요?"

"그래. 좀 묘하게 너와 관련된 일이었지. 그래서 나는……. 나로선 기분 나쁜 일이어서 너한테 그 얘길 해 줘야겠다고 생각했어. 정말 마음에 들지 않았거든."

"호기심이 당기는데요."

실리아는 이렇게 말하고 셰리주를 한 모금 마셨다.

"어떤 여자가 다가와서 말을 걸더라. 서로 모르는 사이였는데 말이야."

"대모님은 그런 일을 종종 겪으시잖아요."

"그래, 그것이 글 쓰는 사람의 인생에 언제나 도사리고 있는 위험의 하나지. 사람들이 일방적으로 말을 걸거든. '부인의 책을 정말 좋아한답니다. 만나 뵐 수 있어서 정말 기뻐요.' 따위의 얘기 말이야."

"저도 어떤 작가분의 비서로 일한 적이 있어요. 그런 일이 있다는 것도 알고 얼마나 힘든 일인지도 알아요."

"그래. 뭐, 그런 일도 좀 있고 하니 각오하고 있었어. 그런데 이 여자가 오더니 이렇게 말하는 거야. '실리아 레이븐스크로프트라는 대녀를 두고 계신 걸로 알아요.'"

"어머, 그건 좀 이상하네요. 그냥 대모님께 와서 그런 말을 했다는 게 말이죠. 차츰 대화를 이끌어 나가야 하는데. 먼저 대모님 책이랑 지난번에 출간된 책은 재미있게 읽었다는 둥 하는 얘길 하고 나서 서서히 제 얘길 해야 하잖아요. 절 뭐라고 안 좋게 말하던가요?"

"들어 보니 널 안 좋게 얘기하진 않더구나."

"저와 친한 사람인가요?"

"모르겠다."

한동안 침묵이 흘렀다. 실리아는 셰리주를 더 마시고 강하게 탐색하는 듯한 눈길로 올리버 부인을 바라보았다.

"자꾸 궁금해지네요. 무슨 말씀을 하시려는 건지 통 모르겠어요."

"저, 나한데 화내지 말았으면 해."

"제가 왜 대모님께 화를 내요?"

"내가 너한테 할 얘기가 있는데, 아니, 전할 얘기가 있는데, 네가 이 얘길 들으면 나더러 상관 말라거나 아무 소리 말라고 할지도 모르거든."

"점점 궁금하게 만드시는데요."

"그 여자가 자기 이름을 얘기하더라. 버튼콕스 부인이었어."

"아!"

실리아의 어조가 달라졌다.

"아."

"그 여자를 아니?"

"네, 알아요."

"그럴 거라 생각했어. 왜냐하면……."

"왜죠?"

"그 여자가 한 말 때문이야."

"무슨 말요? 절 안다는 거요?"

"자기 아들이 너하고 결혼할지 모른다고 하더라."

실리아의 표정이 변했다. 눈썹이 치켜 올라갔다가 다시 내려갔다. 그녀는 올리버 부인을 뚫어지게 쳐다보았다.

"그 말이 사실인지 아닌지 알고 싶으신 건가요?"

"아니. 딱히 알고 싶지는 않아. 그 여자가 내게 처음 한 소리가 그 거였기 때문에 얘기한 것뿐이야. 그 여자는 네가 내 대녀니까 너한 테 뭘 좀 물어봐 달라는 뜻에서 그런 거였지. 아마도 네가 나한테 알려 주면, 내가 그걸 자기에게 전해 주길 원한 것 같아."

"뭘 알려 드려요?"

"저, 내가 지금부터 하는 말을 들으면 기분이 좋지 않을 거야. 나 도 좋지 않으니까. 솔직히, 생각만 해도 불쾌감이 솟아. 왜냐하면 너 무…… 뻔뻔한 질문 같거든. 지독히 예의 없고 절대 용납 못 할 일이지. 그 여자가 이러더구나. '그 애 아버지가 어머니를 죽였는지, 어머니가 아버지를 죽였는지 알아봐 주실래요?'"

"그렇게 말하던가요? 대모님께 그걸 물어봐 달래요?"

"그래."

"대모님을 알지도 못하면서요? 대모님은 작가이고 그날 파티에 참석하셨을 뿐이잖아요?"

"그 여자는 나하고 전혀 모르는 사이야. 그전에는 만난 적 없어."

"이상하다는 생각은 안 드셨어요?"

"그 여자가 한 소리라서 이상하게 느끼지 못했는지도 모르겠네. 그 여자는 뭐랄까, 유난히 기분 나쁜 여자라는 느낌을 받았거든."

"맞아요. 유난히 기분 나쁜 사람이에요."

"그 여자의 아들과 결혼하려는 거니?"

"글쎄요, 저희는 그럴까 생각하고 있는데, 모르겠어요. 그 부인이 한 말이 무슨 뜻인지는 아세요?"

"음, 너희 가족과 안면 있는 사람이라면 누구나 아는 정도쯤은 알고 있어."

"아버지가 육군에서 퇴역하신 뒤에 저희 부모님이 시골에 집을 한 채 사셨고, 어느 날 절벽에 난 길로 함께 산책을 나가셨다는 거요? 두 분 모두 총에 맞은 채로 발견되었다는 것, 그 자리에 연발 권총이 놓여 있었다는 것, 그 총이 저희 아버지 물건이었다는 것. 아버지는 집에 권총을 두 정 갖고 계셨다는 것, 두 분이 동반 자살을 하신 것인지, 아니면 아버지가 어머니를 살해하고 자살하셨거나 어머니가 아버지를 살해하고 자살하신 것인지를 알 수 있는 단서는 아무것도 없었다는 것. 대모님도 이 정도는 이미 전부 알고 계시겠죠."

"난 남들보다 한참 나중에 알았단다. 그게 12년 전에 있었던 일이지, 아마."

"네, 그 정도 됐어요."

"그때 넌 12살인가, 14살인가 그랬고."

"네……."

"난 그 사건을 잘 몰라. 그때 영국에 있지도 않았거든. 그 시기에는 미국을 돌면서 순회 강연을 하고 있었어. 그 일에 대해서는 신문으로만 읽었지. 신문들은 그 사건에 꽤 많은 지면을 할애했지. 아무래도 진실을 알기 어려운 사건이었거든. 도무지 동기가 보이질 않았으니까. 너희 부모님이 언제나 행복하게 지냈고 금슬도 좋았다는 기사 내용도 기억나네. 난 아주 젊은 시절부터 너희 부모님과 알고 지냈기 때문에 그 기사를 그냥 넘길 수 없었어. 난 너희 어머니와 특히 친했단다. 같은 학교를 다녔거든. 졸업 후엔 서로 다른 길을 걸었지만. 나는 결혼해서 이사를 했고, 너희 어머니도 결혼해서 군인이던 남편과 함께 다른 곳으로 갔는데, 내가 기억하기로 말레이반도였을 거야. 너희 어머니는 나더러 자기 아이의 대모가 돼 달라고 했지. 바로 너 말이다. 네 부모님은 외국에 살았기 때문에 나하곤 오랫동안 거의 만나지도 못하고 지냈어. 난 널 가끔 봤지만."

"네. 저를 학교에서 데리고 나가시곤 했죠. 기억나요. 특별히 맛있는 간식도 사 주셨고요. 아주 좋은 음식들이었죠."

"넌 별난 아이였어. 캐비아를 좋아했거든."

"지금도 좋아해요. 저한테 먹으라는 사람이 별로 없어서 그렇죠."

"신문에서 그 일에 관한 얘길 읽고 엄청나게 놀랐단다. 내용은 거의 없었어. 원인 불명의 사건 같았지. 특별한 동기도 없고. 아무런 성과도 딱히 없고. 다툼의 흔적도 없고, 외부에서 공격받은 흔적도 전혀 없었어. 난 큰 충격을 받았다가 나중엔 잊어버렸단다. 어쩌다 그랬을까 한두 번 궁금해하기도 했지만 난 영국에 없었거든. 아까 얘기한 대로 미국을 순회하다 보니 그 일 자체가 머릿속에서 빠져나가 버린 거야. 몇 년이 지난 뒤에 널 만나게 됐을 때에도 네게 그 얘긴 하지 않았지."

"그러셨죠. 감사드려요."

"사람이 인생을 살다 보면, 친구나 아는 사람들에게 기이한 일들이 생기는 것을 보게 된단다. 물론 친구라면 무슨 일이 생겨도 어째서 그랬는지 대충 짐작할 수 있어. 하지만 남으로부터 소식을 듣기는커녕 만나서 얘기해 본 지도 오래된 사이라면 전혀 이유를 알 수도 없거니와 관심을 갖고 같이 얘기할 상대도 없지."

"대모님은 항상 제게 잘해 주셨어요. 좋은 선물도 많이 주셨죠. 제가 21살이던 해 특별히 좋은 선물을 주셨던 기억이 나요."

"여자아이들에게 특히 돈이 많이 필요한 시기니까. 하고 싶은 일도 많고 갖고 싶은 것도 많을 때잖니."

"네, 대모님은 늘 이해심이 깊은 분이라고 생각했어요. 대모님은……. 그런 사람들 아시죠. 캐묻기 좋아하고 남의 일에 관심 많은,

오지랖 넓은 사람들요. 대모님은 그런 분이 아니에요. 결코 뭘 캐묻는 법이 없으셨지요. 제게 공연도 보여 주시고, 근사한 식사도 차려 주시고, 마치 모든 게…… 모든 게 괜찮을 것처럼, 먼 친척같이 제게 말을 걸어 주셨어요. 정말 감사하게 생각해요. 살면서 남의 일에 참견하기 좋아하는 사람들을 너무 많이 봤거든요."

"그래. 누구나 언젠가는 그런 일을 겪으니까. 그러니 이번에 내가 당황했던 이유를 알겠지? 버튼콕스 부인처럼 일면식도 없는 사람에게서 그런 괴상한 부탁을 받았으니. 그 여자는 어째서 그런 걸 알려고 하는지 모르겠다. 자기가 상관할 일도 아니면서. 네가……."

"제가 데즈먼드와 결혼하려는 것만 아니면 말씀이죠? 데즈먼드는 그 여자의 아들이니까요."

"그래, 그러니 이해는 가지만, 그래도 무엇 때문에, 무슨 자격으로 그러는지 모르겠다."

"그 부인에겐 모든 게 자기 일이에요. 참견을 좋아하거든요. 대모님 말씀대로 정말 기분 나쁜 여자예요."

"그래도 데즈먼드까지 기분 나쁜 남자는 아니겠지?"

"그럼요. 아니죠. 저와 데즈먼드는 정말 서로를 좋아하고 있어요. 그이 어머니는 맘에 들지 않지만."

"그 남자는 자기 어머니를 좋아하니?"

"잘 모르겠어요. 좋아할지도 모르죠. 그건 알 수 없는 일이잖아요? 어쨌든 지금 당장 결혼하는 것도 아니고 그럴 마음도 없어요. 그 외에도 어려운 점은 많아요. 된다, 안 된다 말들이 많아서요. 그래서 대모님도 더 궁금해하시는 거겠죠. 그런데 그 참견 좋아하는 콕스 부인이 대모님께 절 꾀어 이것저것 알아본 후 자기에게 알려 달라고 부탁한 거예요? 그리고 대모님은 지금 그 말을 따르고 계신 거고요?"

"어머니가 아버지를 살해했는지, 아니면 아버지가 어머니를 살해했는지, 그것도 아니면 동반 자살인지에 대한 네 짐작이나 아는 내용을 묻고 있느냐는 말이니?"

"네, 궁금해하시는 것 같아서요. 하지만 저도 여쭙고 싶은 게 있어요. 만에 하나 대모님이 그걸 묻고 싶으시다면, 제가 답을 드릴 경우에 그 내용을 버튼콕스 부인에게 전해 주실 생각인지 말이에요."

"아니. 절대 그러지 않을 거다. 그 기분 나쁜 여자에게 그런 얘길 할 생각은 전혀 없어. 대신 단호하게 말해 줄 거야. 당신이나 나나 이 문제에 관심 가질 이유도 없을뿐더러, 네게 들은 얘기를 전해 줄 생각 또한 눈곱만큼도 없다고."

"그러실 줄 알았어요. 대모님이라면 믿을 수 있다고 생각했거든요. 제가 아는 것을 거리낌 없이 말씀드릴게요. 있는 그대로요."

"그럴 필요 없어. 굳이 물어볼 생각은 없거든."

"네, 그건 저도 알아요. 하지만 그렇더라도 이 대답은 드리고 싶어요. 저는…… 아무것도 모른다는 걸요."

"아무것도 모른다……."

올리버 부인은 생각에 잠겨서 말했다.

"네. 저는 그 자리에 있지도 않았어요. 그때 집에 있지 않았다고요. 제가 어디 있었는지 기억은 잘 나지 않아요. 스위스의 학교에 있었거나, 수업이 없는 기간이라 친구 집에 있었거나 그랬을 거예요. 이젠 기억이 완전히 뒤죽박죽이 돼 버려서요."

"네가 알 턱이 없지. 그때 네 나이를 생각해 봐도 그렇고."

올리버 부인은 미심쩍은 어조로 말했다.

"대모님은 어떻게 생각하시는지 듣고 싶어요. 제가 그 일을 전부 알 거라고 생각하세요, 아니면 모를 거라 생각하세요?"

"넌 집에 없었다면서. 만일 그때 집에 있었다면, 난 네가 뭔가를 알고 있을지 모른다고 생각했을 거야. 어린애들은 다 알잖니. 10대 아이들도 마찬가지야. 그 또래 애들은 아는 것도, 보는 것도 많지만, 여기저기 떠들고 다니진 않거든. 어른들이 알지 못하는 것들을 알고 있으면서도 경찰 조사에서는 얘기하려 들지 않지."

"그래요. 대모님은 역시 예리하세요. 전 알래야 알 수가 없었어요. 아무것도 몰랐고, 또 알았을 것 같지가 않아요. 경찰은 뭐라던가요? 여쭤봐도 괜찮겠죠? 궁금해서 그래요. 전 부검이나 사건 조사에 관한 기사를 읽어 본 적이 없거든요."

"경찰은 두 사람 모두 자살한 걸로 추정했지만, 그 이유에 대해서는 전혀 감도 잡지 못했던 것 같아."

"제 생각을 말씀드려도 될까요?"

"내가 들어도 된다면야."

"대모님이라면 관심이 있으실 것 같아요. 대모님은 자살하거나 서로를 죽이는 사람, 무슨 이유가 있어서 목숨을 끊는 사람들에 관한 범죄 소설을 쓰시잖아요. 분명 궁금하실 거예요.”

“그래, 인정하마. 하지만 내가 알 필요도 없는 일을 캐내서 네 기분을 상하게 하는 일만은 절대 피하고 싶구나.”

“어째서, 어떻게 그리 되었는지 종종 생각해 봤지만, 전 아는 게 거의 없었어요. 집에서 무슨 일이 벌어지는지 몰랐다는 거죠. 그즈음 저는 방학이면 교환 학생으로 유럽 대륙에 가 있었기 때문에 그 일이 있기 전 얼마간은 부모님을 뵙지 못했어요. 한두 번 두 분이 스위스에 오셔서 절 외출에 데리고 나간 적이 있긴 하지만 그게 전부였죠. 부모님은 평소와 다름없어 보였지만 좀 늙어 보이시더라고요. 아버지는 병환이 있으셨던 것 같아요. 기운이 없어 보이는 게. 심장이 나쁘셨는지 어떤지는 잘 모르겠어요. 그런 생각을 해 보지 않았으니까요. 어머니도 신경이 예민한 상태였어요. 병적으로 집착하는 정도는 아니었지만 건강 문제에 좀 유난스럽게 신경을 쓰셨죠. 두 분 관계는 좋으셔서 아주 친밀하셨어요. 워낙 별 특이한 점이 없는 분들이셔서 후엔 이런 생각이 들 때도 있었어요. 그 사건이 일어난 게 사실인지, 정말 그랬는지는 모르겠지만, 혹시라도…….”

“이제 이 얘기는 그만하는 게 좋겠다. 더 알아볼 필요가 없어. 일은 이미 다 끝난 거야. 사람들이 내린 결론 정도면 충분하다. 뭘 보여 줄 방법도 없고, 동기도 무엇도 없어. 하지만 너희 아버지가 의도적으로 어머니를 살해했거나, 어머니가 의도적으로 아버지를 살해했다는 것은 의심의 여지 없는 사실이란다.”

“굳이 택하라면 저는 아버지가 어머니를 살해했을 가능성이 더

높다고 봐요. 아무래도 총은 남자가 쏘는 쪽이 더 자연스러우니까요. 이유가 뭐였든 누군가를 쏘는 일이라면 말이에요. 여자가, 그것도 저희 어머니 같은 여자가 아버지를 총으로 쐈을 것 같지는 않아요. 아버지를 죽이려 했다면 어머니는 다른 방법을 택하셨을 거예요. 하지만 두 분 중 누구도 서로가 죽길 바라진 않으셨으리라고 생각해요."

"그럼 외부인의 짓이었을 수도 있겠구나."

"네. 그런데 외부인이라니 무슨 뜻이죠?"

"집에 살던 사람이 또 누가 있었니?"

"나이가 많아서 앞도 잘 못 보고 귀도 잘 안 들리는 가정부하고 젊은 외국 여자가 있었어요. 젊은 쪽은 말도 배울 겸 저희 집에 살면서 집안일을 거들었는데, 옛날엔 절 돌봐 주는 보모 겸 가정 교사로 일한 적도 있었죠. 아주 친절한 여자였어요. 그 후 병원에 입원하신 저희 어머니를 돌봐 드리러 다시 온 거고요. 그리고 제가 그다지 좋아하지 않던 이모 한 분이 계셨지요. 그중에 저희 부모님께 원한을 품을 사람은 없었다고 생각해요. 부모님이 돌아가셔서 이익을 볼 사람은 저와, 저보다 4살 어린 제 동생 에드워드뿐이었거든요. 저희는 부모님의 재산을 모조리 물려받았지만 그다지 큰돈은 아니었어요. 물론 저희 아버지 앞으로 나오는 연금과 어머니 명의로 들어오는 적은 수입도 있었지만, 모두 대단치 않은 금액이었죠."

"미안하구나. 이런 질문으로 널 괴롭혔다면 말이야."

"괴롭지 않아요. 잊고 있던 일을 상기시켜 주신 덕분에 관심이 생겼어요. 게다가 이 나이가 되고 보니 이젠 알고 싶네요. 저는 자식으로서 부모님을 잘 알았고 좋아했어요. 끔찍이 사랑했다기보다는 그냥 보통의 애정이었죠. 하지만 생각해 보니 저희 부모님이 정말 어떤 분들이셨는지 모르고 살았다는 느낌이에요. 그분들의 생활이 어땠는지, 두 분 삶에서 중요한 것은 뭐였는지, 전 그런 걸 전혀 몰라요. 이젠 알고 싶어요. 끈끈한 잡초처럼 제 마음에 들러붙어서 떨어지질 않네요. 네. 알고 싶어요. 그래야만 앞으로 더 그 생각을 하지 않고 살 수 있을 것 같아요."

"그래? 그 일에 관해서 생각하기도 하니?"

실리아는 잠시 올리버 부인을 바라보았다. 결단을 내리려는 표정이었다.

"네. 거의 항상 생각해요. 왠지 그 일에 마음이 쓰여요. 무슨 뜻인지 아시겠죠? 데즈먼드도 저와 같은 생각이랍니다."

과거의 죄는 긴 그림자를 드리운다

에르퀼 푸아로는 회전문에 몸을 맡기고 빙 돌았다. 그리고 움직이는 문을 한 손으로 세우면서 작은 레스토랑 안으로 걸어 들어갔다. 레스토랑엔 사람이 많지 않았다. 손님이 적은 시간이었지만 그는 이내 만나기로 한 사내를 알아보았다. 떡 벌어진 어깨에 덩치 크고 튼튼한 스펜스 총경이 한쪽 구석 테이블에서 몸을 일으켰다.

"좋아요. 오셨군요. 찾아오시는 데 어려움은 없었나요?"

"전혀 없었습니다. 오는 길을 아주 정확히 알려 주셔서요."

"소개해 드리죠. 개러웨이 경무관이십니다. 이쪽은 무슈 에르퀼 푸아로시고요."

개러웨이는 키가 크고 마른 남자로, 금욕적인 분위기를 풍기는 여윈 얼굴에 정수리 부분은 회색 머리카락이 작은 원 모양으로 비어 있었다. 가톨릭 수도승의 머리를 연상시키는 것이 어딘가 성직

자 같아 보였다.

"만나 봬서 기쁩니다."

푸아로가 말하자, 개러웨이 경무관도 입을 열었다.

"물론 전 이제 은퇴했지만, 그 사건을 기억합니다. 어떤 일들은 지나간 뒤에도 특히 기억에 남습니다. 일반 대중은 아무것도 기억하지 못할지도 모르지만요. 어쨌든 전 기억하고 있습니다."

에르퀼 푸아로는 '코끼리들이 특히 기억력이 좋다더군요.'라는 말이 튀어나오려는 것을 간신히 억눌렀다. 이제 그의 머릿속에 그 문구는 아리아드네 올리버 부인과 단단히 결합되어, 부적합한 상황에도 자꾸만 입 밖으로 튀어나오려고 해 고역이었다.

"너무 조바심 나게 해 드린 건 아닌지 모르겠습니다."

스펜스 총경이 말했다.

푸아로는 의자를 끌어당겨 그들과 함께 자리에 앉았다. 메뉴판이 놓여졌다. 이 음식점의 단골임이 분명한 스펜스 총경이 자신 없는 목소리로 몇 가지를 권했다. 개러웨이와 푸아로가 메뉴를 선택했다. 그들은 의자에 앉은 채 몸을 약간 뒤로 젖히고 셰리주를 마시면서 말없이 몇 분간 생각에 잠겼다가 푸아로의 말로 대화를 시작했다.

"사과의 말씀을 드리고 싶습니다. 벌써 다 끝난 일을 가져와서 부탁을 드리는 점 정말 죄송하게 생각합니다."

"푸아로 선생이 이런 일에 관심을 갖다니 그야말로 흥미롭군요. 과거의 일을 들춰내시는 게 선생답지 않은 일이라는 생각부터 들던걸요. 최근 발생한 어떤 일과 관계가 있어서겠죠? 아니면 뭐랄까,

수수께끼의…… 사건에 관한 갑작스러운 호기심 때문인가요? 제 말이 맞습니까?"

그렇게 말한 뒤, 스펜스 총경은 식탁 건너편을 바라다보았다.

"개러웨이 경무관님은 사건 당시 레이븐스크로프트 부부 사건 수사를 책임지고 지휘하던 주임 경감이셨습니다. 저와는 오랜 친구라서 연락하는 데 어려움은 전혀 없었죠."

"아무튼 오늘 친절하게 여기까지 나와 주셔서 감사합니다. 이미 다 끝난 일이고 제겐 이런 부탁을 드릴 권리도 없는데 말입니다."

"그런 말씀 마십시오. 우린 모두 지나간 사건들에 관심을 갖고 있거든요. 리지 보든이 정말 도끼로 자기 부모를 살해했나? 아니라고 생각하는 사람들이 아직도 있답니다. 찰스 브라보는 누구에게, 왜 죽었는가? 몇 가지 설이 있지만 대개 근거가 불충분한 것들입니다. 하지만 사람들은 아직도 말이 되는 이유를 찾으려 하고 있죠."

개러웨이의 날카롭고 빈틈없는 눈동자가 푸아로를 건너다 보았다.

"제가 아는 대로라면 무슈 푸아로께선 이따금 과거의 사건을 거슬러 올라가 조사하는 것을 좋아하신다고요. 두 번인가, 세 번 그러셨던 것 같은데."

"정확히 세 번입니다. 한 번은 캐나다 아가씨의 요청으로 그랬죠."

스펜스 총경이 거들었다.

"맞습니다. 아주 열정이 넘치고 정열적이고 기운찬 캐나다 아가씨였죠. 저더러 자기 어머니가 범인으로 지목되어 사형 선고를 받았던 살인 사건을 조사해 달라고 했더랬습니다. 그 어머니는 형이

집행되기도 전에 사망했지만 말이에요. 딸은 어머니가 무죄라고 굳게 믿고 있더군요."

"선생은 그 말을 믿으셨습니까?"

"처음에 얘기를 듣고는 아니라고 생각했습니다. 하지만 그 아가씨가 보통 완강해야 말이죠."

"어머니가 무죄이기를 바라며 모든 정황 증거를 무릅쓰고 무죄를 입증하고 싶은 마음은 딸로서 자연스러운 거죠."

스펜스가 말했다.

"단순히 그 정도가 아니었어요. 그 아가씨는 자기 어머니가 어떤 여성인가를 제게 힘주어 설명했답니다."

"누굴 죽일 수가 없는 사람이다?"

"그래요. 두 분도 동의하시겠지만, 아무리 그 사람의 됨됨이와 주변 상황을 잘 알더라도, 세상에 절대로 살인을 하지 못할 사람이 있다고 확신할 순 없죠. 하지만 그 사건의 경우 어머니는 자신의 결백을 주장한 적이 없었어요. 오히려 사형 선고를 받은 것을 만족스러워하는 모습이었지요. 그것부터가 이상했습니다. 그 어머니는 패배주의자인가? 그렇진 않아 보였죠. 사건을 조사할수록 패배주의자가 아니라는 것이 명확해지더군요. 오히려 그 반대에 가깝다고 할 수 있었습니다."

푸아로의 말에 개러웨이는 흥미를 느낀 듯했다. 그는 식탁 위로 상체를 내밀고 접시에 놓인 빵을 조금 뜯어냈다.

"그래서 그 어머니는 결백했습니까?"

"네. 결백했습니다."

"그래서 놀라셨습니까?"

"그걸 안 시점엔 놀랍지도 않았습니다. 그 어머니가 범행을 저지르는 건 불가능하다는 사실을 입증하는 한두 가지 증거가 있었거든요. 그중 하나가 특히 결정적이었는데, 사건 당시에는 아무도 눈여겨보지 않았던 사실이었지요. 말하자면, 메뉴판을 대충 훑지 않고 제대로 보기만 했어도 됐다는 거죠."(이상은 『다섯 마리 아기 돼지』에서의 사건을 말함 — 옮긴이)

이때 석쇠에 구운 송어가 세 사람 앞에 나왔다.

"과거의 일을 다른 시각에서 재조사한 사건이 또 하나 있으셨죠. 파티에 참석한 어떤 소녀가 살인 사건을 본 적이 있다고 알려 온 사건 말입니다(『핼러윈 파티』에서 — 옮긴이)."

스펜스가 말했다.

"그 사건도……. 뭐라고 할까? 앞으로 다가가기보다는 뒤로 한 발 물러서서 봐야 했던 경우였습니다. 정말 그랬죠."

"그 소녀가 정말 살인 장면을 목격했나요?"

"아뇨. 그 소녀가 아니었답니다. 이 송어 맛있군요."

푸아로는 요리를 음미하며 말했다.

"이 집은 생선 요리라면 뭐든 아주 잘한다니까요. 기가 막히게 맛있는 소스군요."

스펜스 총경이 자기 앞에 놓인 그릇에서 소스를 듬뿍 뜨며 덧붙였다.

그 후 3분간 세 사람은 말없이 음식을 음미했다.

"스펜스가 와서 레이븐스크로프트 사건을 기억하느냐고 묻는 순간, 호기심이 일면서 기분이 좋아지더군요."

"완전히 잊지는 않으셨단 말씀이죠?"

"레이븐스크로프트 사건은 쉽게 잊을 수 있는 사건이 아니었습니다."

"그 사건이 뭔가 앞뒤가 맞지 않는다고 생각하시나요? 증거가 불충분한 데다 결론엔 논란의 여지가 많았으니 말이죠."

"아뇨. 그런 건 아닙니다. 증거 자료엔 모두 명백한 사실들이 기록돼 있었죠. 전에 다뤄 본 여러 사건과 다를 바 없어요. 모든 게 순조롭게 풀렸는데……"

"그런데요?"

"죄다 잘못된 거란 걸 알았습니다."

"아."

스펜스 총경이 구미가 당기는 듯한 표정을 지었다.

"총경님도 그렇게 느끼신 적이 있죠?"

푸아로가 스펜스를 돌아보며 물었다.

"맞아요. 맥긴티 부인 사건 때 그랬죠."(『맥긴티 부인의 죽음』에서 — 옮긴이)

"지독히도 고집 세던 청년이 체포됐을 때 총경님은 별로 속 시원한 기분을 느끼지 못했죠. 죄를 지을 법한 동기도 충분했고, 정황이 워낙 의심스러웠으니 다들 그 청년이 범인이라고 생각했어요. 하지만 총경님은 그가 범인이 아니라는 걸 느낀 겁니다. 그런 확신 때문에 저한테 오셔서 알아봐 달라고 말씀하셨고요."

"도움을 청한 거죠. 덕분에 푸아로 선생이 도와주셨고 말입니다."

스펜스의 말에 푸아로는 한숨을 쉬었다.

"다행히 잘 풀렸습니다. 하지만 그 청년이 보통 골치를 썩였어야 말이죠. 만약 그를 사형시켜야 한다면, 그건 살인을 저질러서가 아니라, 자기가 범인이 아니라는 걸 입증해 주려는 사람에게 협조하지 않았기 때문일 겁니다. 이번엔 레이븐스크로프트 사건입니다. 개러웨이 경무관님, 뭔가 잘못됐다고 하셨죠?"

"그래요. 분명히 그런 느낌을 받았습니다. 제 말 뜻 아시겠죠?"

"이해하고 말고요. 스펜스 총경도 그럴 겁니다. 가끔 이런 일들이 있거든요. 증거도 있고, 동기나 가능성, 단서, 상황, 모든 게 갖춰져 있어요. 아주 완벽한 청사진이라고 할 수 있죠. 그래도 우리 같은 직업을 가진 사람은 압니다. 완전히 잘못됐다는 걸 말입니다. 예술계의 비평가가 잘못된 그림을 판단하듯, 그저 그것이 진짜가 아닌 가짜라는 걸 느끼는 겁니다."

"할 수 있는 건 아무것도 없더군요. 난 사건을 들여다보고, 뒤집어보고, 밑에서 올려다보고 아래로 내려다보고 별짓을 다 했어요. 사람들과도 얘기해 봤지만, 아무것도 없었습니다. 척 보기엔 동반 자살 같았습니다. 전형적인 양상을 띠고 있었으니까요. 물론, 남편이 아내를 쏘고 자살했거나 아내가 남편을 쏘고 자살한 것일 수도 있었죠. 세 가지 모두 있을 수 있는 일이니까요. 그런 사건은 보면 알 수 있어요. 하지만 대개는 '왜' 그랬는지가 대충 나오거든요."

"그런데 이 사건에는 그 '왜'가 통 나오질 않았다는 거군요?"

"네. 그렇습니다. 사건을, 인물이나 정황을 조사하기 시작하면 그들의 생활이 어땠는지 바로 대충 그림이 그려집니다. 바르게 살아온 남편과 상냥하고 활발한 아내로 구성된 사이좋은 중년의 부부. 이런 건 금방 알아낼 수 있죠. 두 사람은 행복하게 지냈습니다. 산책도 하고, 피켓 게임도 하고, 저녁에는 함께 포커도 쳤으며, 특별히 속 썩이지 않는 자식들도 있었죠. 아들은 영국 학교에, 딸은 스위스의 기숙 학교에 있었고요. 아무리 봐도 그들의 생활에는 아무 이상이 없었습니다. 입수한 의학 기록을 봤을 땐 건강에도 이렇다 할 문제가 없었지요. 남편은 한때 고혈압이 있었지만, 적절한 약을 쓰고 관리를 잘한 덕분에 건강은 좋은 편이었어요. 아내 쪽은 가는귀가 먹고 심장에 아주 약간 문제가 있었지만 걱정할 정도는 아니었습니다. 물론 종종 일어나는 일이지만, 둘 중에 한 사람이 자신들의 건강을 과도하게 비관했을 수도 있어요. 건강에 문제가 없는데도 자신이 암에 걸렸다고 확신하거나, 1년을 버티지 못하리라고까지 생각하는 사람들이 많거든요. 때로는 이런 걱정 때문에 스스로 목숨을 끊기도 합니다. 하지만 레이븐스크로프트 부부는 그런 사람은 아니었던 것 같아요. 아주 안정되고 만족스러운 생활을 했던 것 같습니다."

"경무관께서 생각하시기엔 어땠나요?"

"문제는 생각을 할 수가 없다는 거였어요. 당시엔 자살로 생각해 버렸으니까요. 실제로 그냥 자살한 것뿐일 수도 있었거든요. 이유는 모르지만 그저 삶이 너무 버거웠을 수도 있겠지요. 경제적 어려움이나 건강상의 문제도 없고 딱히 불행하지도 않은데 말이죠. 전 거기서 조사를 완전히 그만뒀습니다. 어느 모로 보나 자살 같았으니까요. 자살 말고 다른 일이 있었던 증거는 전혀 없었습니다. 둘은 산책을 나가면서 권총을 들고 갔죠. 두 사람의 시체 사이에 그 권총이 있었지요. 총은 두 사람의 지문으로 얼룩덜룩했고요. 사실상 두 사람 모두 총을 만졌다는 건데, 누가 나중에 총을 쐈는지를 알려 주는 단서는 없었습니다. 보통은 남편이 먼저 아내를 쏘고 자살했다고 생각하기 쉽겠죠. 그쪽이 더 가능성 있어 보이니까요. 그럼, 어째서 그랬느냐? 물론 그사이에 아주 오랜 세월이 흐르긴 했습니다. 하지만 이따금씩 스스로 목숨을 끊은 것이 분명해 보이는 부부의 시체에 관한 신문 기사들을 보면, 그때의 일이 떠오르면서 레이븐스크로프트 사건의 진실은 무엇이었을까 하는 생각이 듭니다. 12년에서 14년 전 일인데도 레이븐스크로프트 사건은 아직도 기억에 남아 있습니다. 딱 한 단어가 제 머릿속을 맴돕니다. 왜……. 왜……. 왜? 아내는 정말 남편이 미워서 제거하려 했던 걸까? 두 사람은 계속 서로를 미워하다가 더 이상 견딜 수 없었던 걸까?"

개러웨이는 빵 한 조각을 더 뜯어서 씹었다.

"무슨 의견 있으십니까, 무슈 푸아로? 누가 선생을 찾아와서 특별히 흥미를 자극할 만한 얘길 하던가요? '왜' 그랬는지를 해명해 줄 어떤 단서라도 있으십니까?"

"아뇨. 경무관께서는 어떤 추측이라도 하셨을 거 아닙니까. 대략 어떻게 추측하셨나요?"

"그렇고말고요. 추측이야 했죠. 사람들은 그 모든 추측이 최소한 하나라도 맞아떨어지기를 기대하지만, 대개는 그렇지 못해요. 결국 내가 내린 결론은 이유를 알 수 없다는 거였습니다. 아는 게 없으니까요. 내가 그 부부에 관해 아는 것이 무엇이었을까요? 레이븐스크로프트 장군은 예순이 다 된 양반이었고 그 아내는 35살이라는 것? 엄밀히 말해 내가 아는 것은 그들의 생애 중 마지막 오륙 년이 전부입니다. 장군은 퇴역해서 연금을 받고 있었어요. 입수한 증거들에 의하면 그들은 외국에 있다가 영국으로 돌아왔고, 영국에 머무르던 짧은 기간 동안 처음엔 본머스에 집을 샀다가 곧 그 비극이 일어난 장소로 이사를 갔다고 합니다. 그들은 거기서 평화롭고 행복하게 지냈습니다. 아이들은 방학이 되면 집으로 오곤 했죠. 평화로웠을 인생을 마무리하는 평화로운 나날이었을 거라 생각합니다. 퇴역 이후 그 가족의 영국 생활을 알아보기도 했죠. 금전적인 동기도 없었고, 증오나 외도와 관련된 동기라든가, 외부인이 개입해 생긴 문제도 없었어요. 아무것도 없었죠. 하지만 그 이전 시기가 남지 않습니까. 그 시기에 관해 내가 아는 것은 뭘까요? 그들이 주로 외국에서 지내면서 이따금씩 고향을 방문했다는 것, 남편의 경력이 훌륭했다는 것, 아내의 친구들이 그녀를 좋게 기억하고 있었다는 것이 전부입니다. 딱히 눈에 띌 만한 비극이나 말싸움은 확인된 바 없었지요. 하지만 내가 모르는 무엇이 있을 수도 있습니다. 누가 알겠습니까. 예컨대 22년 전 어린 시절에서 결혼에 이르기까지의 시기와, 말레이반도나 그 밖의 지역에서 살던 시기가 있었잖아요. 어쩌면 비극의 뿌리는 거기서 시작됐는지도 모릅니다. 저희 할머니께서는 '오래된 죄는 긴 그림자를 드리운다'는 속담을 종종 말씀하셨습니다. 여기서도 그 그림자가 죽음의 원인이 된 게 아닐까요? 과거에서 뻗어 나온 그림자 말입니다. 쉽게 알 수 있는 문제는 아니죠. 사람의 이력을 알아보고 친구나 지인들의 말을 들어 볼 수는 있지만, 자세한 내막까지는 파악할 수 없잖습니까. 조금씩 그런 생각이 커지면서 결국 할 수만 있다면 그것을 파헤쳐 봐야 한다는 생각이 들더군요. 외국에서 그들에게 있었던 일 말입니다. 잊혀졌다고, 지워졌다고 여겨졌지만 실은 지금까지 존재할지도 모르는 그런 일……. 과거의 원한, 영국이 아닌 다른 곳에서 벌어져서 아무도 알지 못하지만, 분명 일어났을 어떤 사건을요. 어디서 그걸 알아볼 수 있을지는 모르지만요."

"그런 일을 기억하는 사람은 없을 겁니다. 생각해 보세요. 영국에 있는 친구들이 알 리가 없잖습니까."

"영국에 있는 친구들은 대부분 퇴역 후에 사귄 사람들인 것 같습니다. 그러나 옛 친구들이 가끔씩 찾아오거나, 두 사람을 만나긴 했나 봅니다. 하지만 과거에 있었던 일들에 대해서는 들은 바 없군요. 기억은 지워지는 법이니까요."

"그래요. 기억은 지워지고 말죠."

푸아로가 생각에 잠겨서 말하자 개러웨이 경무관은 엷은 미소를 지었다.

"사람들은 코끼리가 아니거든요. 코끼리는 모든 걸 기억한다고들 하지 않습니까."

"경무관님이 그렇게 말씀하시니 희한하군요."

"오래전의 죄에 관해 이렇게 얘기하는 게 말인가요?"

"그런 게 아니라, 경무관님이 코끼리 얘기를 하시는 게 재미있어서 그렇습니다."

개러웨이 경무관은 약간 놀란 얼굴로 푸아로를 바라보았다. 무슨 얘기가 더 나오기를 기다리는 표정이었다. 스펜스도 오랜 친구를 흘끗 쳐다보았다.

"어쩌면 동양 쪽에 거기 얽힌 무슨 전설이 있는지도 모르죠. 코끼리들은 동양에 사는 것 맞죠? 아니면 아프리카에 살거나. 그런데, 코끼리 얘긴 누가 하던가요?"

"제 친구가 우연히 그런 얘길 했거든요. 총경님도 아는 사람입니다. 올리버 부인 말이죠."

"아, 아리아드네 올리버 부인!"

스펜서 총경이 말을 하다 말고 잠시 멈췄다.

"왜 그러십니까?"

"왜, 그 부인이 뭘 좀 알고 있나요?"

"아직은 그런 것 같지 않습니다만, 머지않아 뭔가를 알아낼 것 같습니다."

푸아로는 이렇게 말하고 주의 깊게 덧붙였다.

"올리버 부인은 그런 사람이거든요. 발이 넓다고나 할까요?"

"그래요. 맞아요. 부인은 무슨 생각이 있답니까?"

"작가 아리아드네 올리버 부인 말인가요?"

개러웨이 경무관이 흥미를 느끼고 묻자 스펜서가 답했다.

"맞습니다."

"그 부인이 범죄에 관해 아는 게 많은가요? 범죄 소설을 쓰는 걸로 아는데. 소설 아이디어나, 범죄 소재 따위를 어디서 얻는 건지는 통 모르겠더군요."

"그 부인의 아이디어는 머릿속에서 나온답니다. 범죄 이야기는…… 그건 좀 어렵군요."

푸아로는 잠시 입을 다물었다.

"무슨 생각을 하고 계십니까, 무슈 푸아로? 뭐 특별한 게 있나요?"

"네. 전에 제가 그 부인의 작업을 망친 적이 있습니다. 그 부인 표현대로라면요. 어떤 범죄에 관해서 아주 좋은 아이디어가 떠오른 참이었다죠. 소매가 긴 모직 스웨터에 관련된 얘기였다는데, 제가 전화로 뭘 물어보는 통에 소설에 관한 아이디어가 머릿속에서 날아가 버렸답니다. 지금도 가끔 절 타박하죠."

"저런, 저런. '더운 날 버터에 빠진 파슬리' 얘기처럼 들리는군요. 아시죠? 셜록 홈즈와 밤엔 아무것도 하지 않는 개 이야기요.(셜록 홈즈 시리즈 「여섯 점의 나폴레옹 상」에서의 일화를 말함. 홈즈는 자신이 예전 '애버네티 가족 사건' 당시 더운 날 버터 속에 파슬리가 녹아 들어간 깊이를 통해 사건을 해결한 일을 언급하며 사소한 단서가 가진 중요성을 설파한다. '애버네티 가족 사건'은 별도의 작품으로 다뤄진 적이 없어 많은 궁금증을 낳았는데, 여기서는 그 파슬리에 비유해 작품 아이디어가 묻힌

데 대한 아쉬움을 표현한 것이다 — 옮긴이)"

"개가 있었나요?"

"뭐라고요?"

"개가 있었느냐고요. 레이븐스크로프트 장군 부부 말입니다. 총에 맞은 날 산책 나갈 때, 부부는 개를 데리고 갔나요?"

"그래요, 개가 한 마리 있었죠. 산책 때마다 대개 개를 데리고 다녔을 겁니다."

개러웨이가 스펜서 대신 푸아로에게 대답했다.

"올리버 부인의 소설 같으면, 그 개는 시체 두 구를 앞에 두고 울부짖고 있었겠죠. 하지만 그런 일은 없었답니다."

스펜스의 말에 개러웨이는 고개를 저었다. 푸아로가 물었다.

"그 개는 지금 어디 있습니까?"

"누군가의 집 정원에 묻혀 있겠죠. 14년이 지났으니까요."

개러웨이가 답하자 푸아로는 생각에 잠겼다.

"그럼 개에게 가시 물어볼 순 없겠군요? 떡한 일입니다. 개들은 놀라울 정도로 많은 걸 알거든요. 그 집에 정확히 누가 있었나요? 그 범죄가 일어나 날 말입니다."

"혹시 몰라서 참고하시라고 제가 적어 왔습니다. 나이 많은 요리사 겸 가정부인 휘태커 부인. 그날은 휘태커 부인이 쉬는 날이어서 별 도움은 안 됐죠. 손님 하나가 머무르고 있었는데, 아마 예전에 레이븐스크로프트 부부의 아이를 돌보던 사람이었나 봅니다. 휘태커 부인은 소리를 잘 못 듣는 데다 눈도 침침해서 딱히 흥미로운 얘긴 들려주지 못했어요. 그즈음 레이븐스크로프트 부인이 병원인가, 요양원인가에 들어간 적이 있었다는 것만 빼고 말이죠. 몸이 아픈 건 아니고 신경과민 때문이었나 봐요. 또, 정원사가 하나 있었습니다."

"하지만 외부에서 낯선 사람이 왔을 수도 있지 않습니까. 과거에 알던 지인 말입니다. 그게 경무관님 생각이시죠?"

"생각이라기보다는 그저 추측일 뿐이죠."

푸아로는 말없이, 지난 일을 조사해 달라는 부탁을 받았던 때를 생각했다. 그는 과거의 인물 다섯 사람을 조사하면서 「다섯 마리 아기 돼지」라는 동요를 떠올렸다. 재미는 물론 보람까지 느꼈던 일이었다. 왜냐하면 결국 진실을 밝혀냈으니까.

오랜 친구는 기억한다

.

다음 날 아침 올리버 부인이 집으로 돌아가 보니 리빙스턴 양이
기다리고 있었다.

"전화가 두 통 왔어요, 올리버 부인."

"그런데요?"

"한 통은 크릭턴 앤드 스미스에서 온 거예요. 라임 그린색 천으로
하실 건지, 엷은 푸른색으로 하실 건지 알려 달래요."

"아직 결정하지 않았는데. 내일 아침에 다시 알려 줄래요? 밤이
되면 불빛에 비춰 보고 싶으니까."

"또 한 통은 외국인한테서 온 건데, 무슈 에르퀼 푸아로일 거예요."

"아, 그래요. 뭐라고 하던가요?"

"오늘 오후에 만나실 수 있냐고 연락을 달라 하셨어요."

"그건 안 되는데. 무슈 푸아로에게 전화 좀 해 줄래요? 사실 난 바

로 또 나가야 하거든요. 전화번호를 남겼던가요?"

"네, 남기셨어요."

"그럼 잘됐네요. 다시 찾아보지 않아도 되니까. 좋아요. 전화를 걸어요. 미안하지만 안 된다, 지금은 코끼리를 찾으러 나가야 한다고 전해 줘요."

"뭐라고 하셨죠?"

"코끼리를 찾으러 나가는 중이라고 전하라고요."

"아, 네."

리빙스턴 양은 자기가 들은 것이 맞나 확인하려고 재빨리 올리버 부인을 쳐다보았다. 그녀는 때때로 아리아드네 올리버 부인이 성공한 작가이면서도 머리가 좀 이상한 것 같다는 느낌을 받았다.

"코끼리 사냥은 처음이네. 하지만 꽤 재미있는걸."

올리버 부인은 거실로 들어가서 소파 위의 갖가지 책 가운데 가장 위에 놓인 것을 폈다. 책들은 대부분 많이 해져 있었다. 그녀가 전날 저녁에 책들을 샅샅이 뒤져 가며 종이에 주소들을 적었기 때문이었다.

"어디서부터든 시작은 해야 해. 만약 줄리아 아주머니가 아직도 흔들의자에 앉아 계시다면 그분부터 만나 봐야겠다. 항상 쓸 만한 조언을 해 주시는 데다 그 근처에 산 적이 있어서 그 지역을 잘 아시니까. 그래. 줄리아 아주머니부터 만나야겠어."

"서명하실 편지가 네 통 있어요."

"지금은 여유가 없어요. 도저히 짬이 나질 않거든요. 햄프턴 코트에 가야 하는데 한참 걸릴 거예요."

줄리아 카스테어스 백작부인은 안락의자에서 일어나는 데 약간 애를 먹었다. 70살이 넘은 노인이니 한참 앉아 있지 않더라도 잠깐 졸기라도 하면 일어날 때 여지없이 이런 어려움을 겪곤 했다. 그녀는 '특권층을 위한 집'이라는 단체의 회원들을 위한 아파트에서 하녀와 함께 지내고 있었는데, 방금 하녀가 일러 준 손님이 누군지 확인하기 위해 발을 내딛으며 눈에 약간 힘을 주고 앞을 내다보았다. 가는귀가 먹었기에 이름을 제대로 알아듣지 못했던 것이다. 걸리버 부인이랬지? 하지만 걸리버 부인이라는 사람은 기억나지 않았다. 그녀는 약간 후들거리는 무릎을 딛고 걸어 나가며 앞을 응시했다.

"절 기억하지 못하실 거예요. 뵌 지 너무 오래 되어서요."

많은 노부인들이 그렇듯 카스테어스 부인도 얼굴보다는 목소리를 더 잘 기억했다.

"어머나. 세상에, 아리아드네 아냐! 어쩜, 만나서 정말 반갑구나."

그녀는 큰 소리로 외치고 올리버 부인과 인사를 나눴다.

"이쪽엔 우연히 오게 됐어요. 여기서 멀지 않은 곳에 사는 사람을 만나러 왔는데, 어젯밤 주소록을 보다가 아주머니의 아파트가 꽤 가까이 있다는 생각이 나서요. 여긴 괜찮으시죠?"

올리버 부인은 주위를 둘러보았다.

"나쁘진 않아. 광고 내용하고 똑같지는 않지. 그래도 좋은 점이 많단다. 자기 가구와 물건도 갖고 들어올 수 있고, 식사를 할 수 있는

식당도 있고, 당연한 얘기지만 따로 음식을 먹을 수도 있어. 오 그
래, 정말 좋단다. 뜰도 예쁘고 관리도 잘 되고 있지. 앉아라, 아리아
드네. 좀 앉으렴. 아주 좋아 보이는구나. 얼마 전 오찬 문학회에 갔
다고 신문에서 읽었다. 신문 기사를 읽은 지 얼마 안 돼서 그 기사
의 주인공을 만나다니 참 이상도 하지. 정말 희한한 일이야."

"그러게요. 세상사가 정말 그렇죠?"

올리버 부인은 카스테어스 부인이 가리키는 의자에 앉 았다.

"아직도 런던에 살고 있니?"

올리버 부인은 그렇노라고 말했다. 그러고는 무용 수업을 듣던
어린 시절의 희미한 기억을 되살려, 랜서 춤의 첫 선회 동작처럼 머
릿속에 있는 생각들을 풀어 나갔다. 앞으로, 뒤로, 손 내밀고, 두 번
턴하고, 한 번 빙글 돌고…….

그녀는 카스테어스 부인의 딸과 두 손자, 그리고 또 다른 딸의 근
황을 차례로 물었다. 딸은 뉴질랜드에서 뭔가를 하고 있다고 했다.
그 '뭔가'가 어떤 일인지 카스테어스 부인은 잘 모르는 것 같았다.
무슨 사회학 조사 같은 거라고는 했지만. 카스테어스 부인은 의자
팔걸이에 놓인 초인종을 눌러 엠마에게 차를 가져오라고 했다. 올리
버 부인이 굳이 그럴 것 없다고 하자 줄리아 카스테어스가 말했다.

"아리아드네는 차를 마셔야 하잖니."

두 숙녀는 뒤로 기대어 앉았다. 랜서 춤의 두 번째, 세 번째 선회
동작. 오랜 친구들. 다른 사람들의 아이들. 친구들의 죽음.

"마지막으로 널 본 게 몇 년 전이지?"

"르웰린의 결혼식이었을 거예요. 틀림없이 그즈음이었어요. 모이라가 신부 들러리를 섰는데 정말 끔찍했죠. 살구색 드레스라니, 지독히 꼴사나웠는데."

"나도 안다. 들러리들에게 어울리지 않는 드레스였지."

"요즘 결혼식은 저희 젊었을 때처럼 예쁘지 않은 것 같아요. 정말 별난 옷을 입는 사람들도 있나 보더군요. 제 친구가 요전번에 어떤 결혼식엘 갔더니, 신랑이 흰색 누비 공단 옷을 입고 목에 러플을 달았더라는 거예요. 아마 발랑시엔 레이스로 만들지 않았나 싶어요. 정말 특이하지 뭐예요. 여자는 정말 희한한 바지 정장을 입었더래요. 흰색은 흰색이었지만 옷 전체에 초록색 토끼풀 무늬가 찍혀 있었다나요."

"저런, 아리아드네, 상상이 가니? 정말 희한하구나. 그것도 교회에서 말이다. 내가 목사라면 그런 신랑 신부 앞에선 주례도 안 서 줬을 게야."

차가 나왔다. 대화는 계속됐다.

"얼마 전에 제 대녀인 실리아 레이븐스크로프트를 만났어요. 레이븐스크로프트 부부 기억나세요? 하긴, 굉장히 오래전 일이니까요."

"레이븐스크로프트? 아니, 가만 있자. 그 슬프고 끔찍했던 일 말이지? 다들 동반 자살이라고 하지 않았니? 오버클리프에 있는 집 근처에서 말이다."

"줄리아 아주머니는 기억력도 좋으시네요."

"나야 항상 그렇지. 가끔 이름은 외우기 어렵지만 말이야. 그래,

아주 비극적인 사건이었어. 그렇지?"

"정말 큰 비극이었죠."

"내 사촌 하나가 말레이반도에서 그 부부를 잘 알고 지냈단다. 로디 포스터 말이야. 레이븐스크로프트 장군은 정말이지 경력이 나무랄 데 없는 사람이었지. 물론 퇴역할 무렵에는 귀가 좀 먹었지만. 사람이 하는 말을 듣지 못할 때가 있었거든."

"그 사람들 좀 기억하고 계세요?"

"오, 그럼. 사람에 관한 기억은 잘 잊히지 않잖니? 그 사람들, 5년인가 6년 동안 오버클리프에 살았지."

"전 그 애의 세례명도 잊었어요."

"마거릿이었을 게다. 하지만 다들 그 애를 몰리라고 불렀지. 그래, 마거릿이었어. 그때는 마거릿이라는 세례명이 흔했잖아? 가발을 썼는데, 기억나니?"

"오, 네. 기억은 나지 않지만, 그랬을 것 같아요."

"걔가 나한테도 가발을 쓰라고 했는지 잘 모르겠다. 그 애 말로는 외국을 여행할 때 아주 유용하다는 거야. 각기 다른 가발을 네 개 갖고 있었지. 하나는 저녁 모임용, 하나는 여행용, 그리고 하나는……. 아주 이상했어. 가발 위에 모자를 써도 흐트러지질 않았거든."

"저는 아주머니만큼은 그 애 부부에 대해서 잘 몰랐어요. 게다가 총격 사건이 터졌을 때 저는 순회 강연을 하느라고 미국에 있었거든요. 그래서 자세한 얘기는 들은 적이 없어요."

"그래, 엄청난 수수께끼였지. 알려진 게 없었으니까. 여러 가지 소문만 무성하고 말이야."

"경찰 조사에서는 뭐라고 했죠? 경찰에서 조사를 하지 않았나요?"

"아, 물론 했지. 경찰도 수사를 해야 하니까. 과연 권총으로 죽은 게 확실하냐 하는 것도 논란 중 하나였어. 무슨 일이 있었는지 확실히 알 수가 없었어. 레이븐스크로프트 장군이 아내를 쏘고 자살했을 수도 있지만, 부인이 남편을 쏘고 자살했을 가능성도 분명히 있었거든. 동반 자살이었을 가능성이 더 크지만, 어떻게 그런 일이 생겼는지 확실히 알 수가 없었단다."

"우연히 벌어진 사고가 아니라는 데는 의심의 여지가 없었나요?"

"그럼, 그럼. 다른 사람이 죽이지 않은 건 분명하다고 했어. 발자국 같이 누군가 다가왔던 흔적이 없었거든. 그 부부는 차를 마신 뒤에 여느 때처럼 산책을 하러 집을 떠났단다. 저녁 식사 시간이 되어도 돌아오지 않자 하인인가, 정원사인가 (누가 갔는지는 모르지만) 둘을 찾으러 갔다가 둘 다 죽어 있는 걸 발견했지. 시체 옆에는 권총이 놓여 있었고 말이야."

"그 권총은 남편 거였죠?"

"오, 그래. 남자기 집에 권총을 두 자루 갖고 있었거든. 군인 출신들은 종종 그러지 않더냐? 그렇게 해야 안전하다고 느끼는지 원. 나머지 한 자루는 서랍 속에 든 채로 발견되어서, 남편이 일부러 연발 권총을 갖고 나갔을 거라고들 했지. 여자가 권총을 들고 산책을 나갔을 것 같지는 않아."

"네, 그럼요. 그러기가 쉽지는 않잖아요."

"하지만 결혼 생활이 불행했다든가, 둘 사이에 불화가 있었다든가, 자살할 만한 이유가 있었다는 증거는 아무것도 없었어. 물론 남의 속사정이 얼마나 기구한지는 모르는 거지만 말이야."

"그럼요, 알 도리가 없죠. 정말 옳은 말씀이세요, 줄리아 아주머니. 혹시 뭔가 짚이는 거라도 있으세요?"

"글쎄, 궁금할 뿐이지."

"맞아요. 궁금해하는 거죠."

"물론 남자한테 병이 있었을 수도 있다. 암으로 죽을 거란 얘기를 들었을 수도 있지. 하지만 의학 기록은 그렇지 않았어. 아주 건강했지. 그 남자한테……. 그 뭐냐 그……. 그걸 뭐라고 하지? 심장 발작이라고 하던가? 발음은 신발짝하고 비슷한데, 심장이 갑자기 멈추는 거. 맞지? 그게 한때 있었지만 회복이 된 상태였다 하고, 여자는 뭐였더라……. 신경이 아주 예민했어. 항상 노이로제에 걸려 있었지."

"네, 저도 기억나는 것 같아요. 물론 제가 그 둘을 잘 알지는 못했지만……."

올리버 부인은 갑작스럽게 질문을 던졌다.

"그런데 그 애가 가발을 쓰고 다녔다고요?"

"오. 항상 쓰고 다녔는지는 기억이 안 난다. 자주 쓰긴 했어. 여러 개를 갖고 있었지."

"궁금해서 그러는데요, 총으로 자살을 하거나 남편을 쏘려고 한다면, 가발을 쓰고 나가지는 않을 것 같아요. 그렇죠? 어떻게 생각하세요, 줄리아 아주머니?"

두 여자는 이 점을 관심 있게 논의했다.

"사람들이란 궁금하기 마련이지. 말들이 많았다. 그전부터 말이 많았어."

"남편 쪽요, 아내 쪽요?"

"젊은 여자가 있다고들 했단다. 그래, 남자 밑에서 비서 같은 일을 하던. 남편이 외국에서의 경력에 관한 회고록을 쓰고 있었거든. 아마 출판업자한테서 의뢰를 받았을 게야. 그걸 받아 적는 일을 하던 여자였지. 어떤 사람들 얘기로는……. 사람들이 가끔 하는 말 있잖니. 남자가 그, 음……. 그 여자한테 꼼짝 못 했다고 하더구나. 썩 젊은 여자는 아니었어. 30살이 넘은 나이에, 그다지 예쁜 얼굴도 아니었고……. 그 여자와 관련된 추문 같은 건 없었던 것 같지만 모르는 일이지. 사람들은 남자가 그 여자와 결혼하려고 아내를 쐈을지도 모른다고들 생각했단다. 하지만 드러내 놓고 떠드는 건 아니었고, 무엇보다 나는 절대 그 소릴 믿지 않았다."

"아주머닌 어떻게 생각하셨는데요?"

"나야 아내 쪽을 좀 수상하게 생각했지."

"남자가 있었다는 말씀이세요?"

"말레이반도에서 뭔가 있었던 모양이야. 그 애에 대해 내가 들은 소리가 있거든. 자기보다 훨씬 연하인 남자하고 얽혔다고 말이야. 남편이 아주 기분 나빠했고, 그 일로 소동도 좀 있었지. 어디였는지는 잊어버렸다. 어쨌든, 아주 오래전 일이니 그 때문에 벌어진 사건은 아니었을 게야."

"고향 근처에서는 무슨 소문 없었나요? 동네 사람하고 특별한 관계도 없었고요? 부부간에 싸움 같은 일도 없었어요?"

"없었을 거야. 난 그 일에 관한 기사라면 죄다 읽었거든. 물론 사람들은 뭔가 있다고 수군댔지. 뭔가 그 일에 얽힌 정말 굉장히 비극적인 사랑 이야기가 있을 것 같은 느낌이 드는 건 어쩔 수 없지 않니."

"아주머니는 그런 게 없었다고 생각하시는 건가요? 둘 사이에 애들도 있었잖아요. 제 대녀를 포함해서요."

"오, 그래. 아들도 하나 있었지. 그때 아주 어렸을 게야. 어디 학교에 있었는데. 여자애는 겨우 12살······. 아니, 그보다는 더 먹었겠구나. 스위스에서 다른 가족과 함께 지냈지."

"그 집안에 정신적인 문제는 없었나요?"

"오, 그 남자애 말이구나. 그래, 그랬을 수도 있지. 요즘엔 별의별 일이 많잖니. 어떤 젊은 남자가 총으로 제 아빠를 쐈다지. 뉴캐슬 근방 어디에서 일어난 일이었는데. 문제의 사건이 있기 몇 년 전이었지. 전부터 굉장히 우울해했고, 대학 시절에 목을 매려고도 했다던데, 나중에 자기 아버지를 쐈다고들 했던 것 같다. 하지만 이유는 아무도 몰랐지. 어쨌든 레이븐스크로프트 집안에는 그런 일이 없었다. 그런 게 없었던 건 확실해. 다만, 난 자꾸 이런 생각이 드는데 말이다······."

"네, 줄리아 아주머니."

"남자가 있었을지도 모른다는 생각을 지울 수가 없구나."

"그럼 아내 쪽이······."

"그래. 그게, 그럴 가능성이 꽤 있거든. 예를 들어 가발 말이다."

"왜 거기서 가발 말씀이 나오는지 모르겠네요."

"그러니까, 외모를 가꾸고 싶었던 게지."

"그때 35살이었죠."

"그보다는 많았어. 36살이었을 거다. 그리고 하루는 그 애가 내게 가발들을 보여 줬는데, 그중에 한두 개는 쓰면 놀랍도록 매력적으로 보이더구나. 게다가 화장도 진하게 했지. 그곳으로 이사 간 직후부터 그러기 시작했던 것 같아. 원래 그 애가 꽤 미인이었거든."

"그 애가 누구를, 남자를 만났을지도 모른다는 말씀이죠?"

"음, 난 늘 그렇게 생각했단다. 남자가 여자에게 싫증이 나면 금방 티가 나게 돼 있어. 남자들은 흔적을 숨기는 데 서투니까. 하지만 여자는……. 내 말은, 그 애가 누군가를 만났는데 아무도 그걸 몰랐다는 거야."

"오, 정말 그렇게 생각하세요, 줄리아 아주머니?"

"아니, 꼭 그렇지는 않다. 살다 보면 누군가는 눈치채기 마련 아니겠니? 하인들이나, 정원사나, 버스 기사들 말이야. 아니면 한동네에 사는 사람이라든가. 남들이 알고서 수군거리게 되지. 그러니까, 그런 말이 새어 나가서 남편이 알게 되었거나……."

"질투심에서 저지른 범죄라는 말씀이에요?"

"그래, 난 그렇게 생각한다."

"그러니까 아주머니는 아내가 남편을 쏘고 자살했을 가능성보다 남편이 아내를 쏘고 자살했을 가능성이 더 크다고 보시는군요."

"그야 그렇지. 만약 아내가 남편을 없애려고 했다면……. 글쎄, 난 함께 가는 산책길에 아내가 핸드백에 권총을 넣어 갔다고는 생각하지 않는다. 만일 그랬다면 꽤나 큰 핸드백이어야 하지. 현실적인 면을 생각해야 하니까."

"알아요. 옳은 말씀이죠. 아주 흥미로운걸요."

"흥미롭겠지. 넌 범죄 소설들을 쓰니까 말이다. 너라면 나보다 나은 생각을 할 수 있을 거야. 어떤 일이 일어날 법한지 더 잘 알잖니."

"어떤 일이 일어날지 전 몰라요. 제가 다루는 범죄들은 제가 만들어 낸 거니까요. 소설 속에선 제가 원하는 일만 일어난다는 뜻이죠. 실제로 일어났던 일이나, 일어날 뻔했던 일들이 아니라요. 사실 전 그런 얘길 남들만큼도 못하는 사람이에요. 저는 아주머니 생각을 알고 싶어요. 줄리아 아주머니는 사람들을 아주 잘 아시고, 그 부부와도 잘 아셨잖아요. 어쩌면 그 애나 그 애 남편이 아주머니께 뭔가 말씀드린 적이 있는지도 모르죠."

"그래. 맞아, 가만 있자, 네 얘길 들으니 기억나는 게 하나 있는 것 같구나."

카스테어스 부인은 의자에 등을 기대고 앉아 미심쩍다는 듯 고개를 저으며 눈을 반쯤 감았다. 마치 혼수 상태에라도 빠진 듯했다. 올리버 부인은 아무 말 없이, 주전자에 든 물이 끓을 때만을 이제나저제나 기다리는 여자들 같은 표정을 지었다.

"기억난다. 그 애가 언젠가 무슨 얘길 한 적이 있어. 무슨 뜻으로 한 말인지는 모르겠다만. 새 인생을 시작하는 것에 대해서였는데……. 성 테레사에 관한 이야기도 나왔지. 아빌라의 성 테레사."

올리버 부인은 좀 놀란 눈치였다.

"대체 아빌라의 성 테레사가 이것과 무슨 상관이죠?"

"글쎄, 난 잘 모르겠다. 자기 인생을 찬찬히 짚어 보고 있었던 모양이지. 어쨌든, 그 애는 두 번째 삶을 사는 건 정말 멋진 일이라고 했단다. 정확히 그런 표현을 쓴 건 아니지만, 그런 뜻으로 얘기한 건 맞아. 알다시피 사람이 40살에서 50살 정도 나이가 되면 갑자기 새 인생을 시작하고 싶어지잖니. 아빌라의 성 테레사가 그런 사람이지. 특별히 하는 일 없이 지내다가 수녀가 되고, 집을 나가서 모든 수녀원을 개혁했잖아. 그리고 권력을 쥐어 위대한 성녀가 되었지."

"그렇긴 하지만, 경우가 많이 다른 것 같은데요."

"물론 다르지. 하지만 여자들은 나이가 들면 연애 얘길 할 때 아주 우습게 돌려서 말하지 않니. 지금도 절대 늦지 않았다는 얘길 하려고 말이다."

유년 시절로 돌아가다

　올리버 부인은 옆 골목에 위치한 초라하고 작은 집의 계단 세 칸과 현관을 자신 없이 바라보았다. 창문 아래에는 구근이 몇 개 자라고 있었는데 주로 튤립이었다.

　올리버 부인은 걸음을 멈추고 손에 든 작은 주소록을 펴서 제대로 찾아온 것인지를 확인한 다음, 초인종으로 생각되는 장치를 누르려고 했다. 하지만 안에서 벨 소리나 다른 어떤 반응도 들리는 것같지 않자, 그녀는 현관문 고리쇠로 살며시 문을 두드렸다. 그래도 아무 답이 없어서 올리버 부인은 다시 한 번 문을 두드렸다. 이번에는 안에서 소리가 들렸다. 질질 끄는 발소리와 천식 환자의 호흡 소리, 그리고 문을 열려고 애쓰는 손의 움직임이 느껴졌다. 이와 더불어 편지함 안쪽에서 몇 마디 말소리도 희미하게 울렸다.

　"오, 이런. 빌어먹을! 또 들러붙었냐, 이 지겨운 녀석아."

애쓴 끝에 드디어 성공했는지, 뭔지 모를 소리와 함께 삐걱 하고 문이 열렸다. 주름투성이 얼굴에 어깨가 굽고 관절염도 있어 보이는 노파가 방문객을 쳐다보고 있었다. 반기는 얼굴빛이 아니었다. 겁먹은 기색은 전혀 없고, 자기 집이라는 성채의 문을 두드리는 사람을 향한 영국 여자다운 혐오감이 가득했다. 70살이나 80살쯤 되어 보였지만, 그래도 집만큼은 용감무쌍하게 지키려는 태세였다.

"무슨 일로 왔는지 몰라도……."

그녀는 잠시 말을 멈췄다.

"세상에. 아리아드네 양 아니우. 난 또 누구라고! 아리아드네 양이었구면."

"저를 아시다니 대단하세요. 안녕히 지내셨어요, 매첨 부인?"

"아리아드네 양! 세상에 이게 웬일이야."

아리아드네 양으로 불려 본 지 정말 오래되었다고 아리아드네 올리버 부인은 생각했다. 나이가 들어 목소리가 갈라지긴 했어도 그 억양에는 아직도 귀에 익은 리듬이 있었다.

"들어와요, 들어와. 신수가 훤해 보이는구먼. 몇 년 만인지 모르겠네. 적어도 15년은 됐지?"

15년을 훌쩍 뛰어넘는 세월이었지만 올리버 부인은 노파의 말을 고쳐 주지 않고 안으로 들어섰다. 매첨 부인의 손은 주인의 명을 따르는 게 내키지 않는 듯 떨리고 있었다. 그녀는 간신히 문을 닫고 발을 질질 끌며 절뚝이는 걸음으로 작은 방에 들어섰다. 그 방은 매첨 부인이 큰맘 먹고 집에 들여놓는 운 좋은 손님들을 위한 것임이 분명했다. 방에는 꽤 많은 사진들이 있었는데, 어린 아기의 사진도 있고 어른들의 사진도 있었다. 그중 일부는 좀 늘어졌어도 아직 갈라지진 않은 가죽 사진틀에 들어 있었다. 상당히 변색된 은제 사진틀 속의 사진에는 머리에 깃털을 세우고 예복 차림을 한 젊은 아가씨의 모습이 담겨 있었다. 해군 장교 사진이 두 장, 군인 사진 두 장, 벌거벗고 깔개 위를 기어 다니는 아기들의 사진도 몇 장 보였다. 올리버 부인은 방 안의 소파 하나와 의자 두 개 중 노파가 권하는 의자에 앉았다. 매첨 부인은 약간 힘겹게 등 뒤에 쿠션을 받치고 소파에 앉았다.

"이렇게 보게 되어 반갑구먼. 아직도 예쁜 소설들을 쓰고 있수?"

"네."

올리버 부인은 노파의 질문에 그렇다고 대답하면서도 탐정 소설이나 범죄 소설들을 과연 '예쁜 소설'이라 부를 수 있는지 살짝 의문이 들었다. 하지만 그건 매첨 부인의 습관일 뿐이라는 생각이 들었다.

"이제 난 혼자 산다오. 우리 언니 그레이시 생각나나? 작년 가을에 죽었어. 암이었지. 수술은 했지만 너무 늦어서 말이야."

"어머나, 어쩌면 좋아요."

그 후 10분 동안 매첨 부인의 친척 한 사람 한 사람의 죽음에 관한 대화가 이어졌다.

"아리아드네 양은 건강하우? 별일 없나? 시집은 갔고? 아, 기억난다. 남편이 오래전에 죽었지, 응? 그런데 무슨 일로 여길 온 겐가?"

"우연히 근처를 지나게 돼서요. 마침 제 주소록에 부인의 주소가 있기에 잠시 들러 볼까 하고……. 부인도 뵙고, 안부도 여쭈려고요."

"아! 옛날 얘기도 하고 싶었던 게지. 추억이란 항상 기분이 좋아, 그렇지?"

"네, 맞아요."

올리버 부인은 매첨 부인의 마지막 말에 특별히 안도감을 느꼈다. 자신이 온 목적과 많이 일치하는 얘기였기 때문이다.

"사진을 참 많이 갖고 계시네요."

"아, 그래. 그럼. 왜 있지, 내가 그 집에 있던 때……. 집 이름이 꽤 재미있었는데. '노인들을 위한 행복의 선셋 하우스'인가 그랬지. 거기서 한 해하고 한 계절을 살고 나니까 더 견디질 못하겠더라고. 아주 지독한 곳이었어. 자기 물건도 갖고 들어갈 수 없었거든. 모든 물건이 그 시설 소유였단 말이야. 딱히 불편한 건 없었지만 난 내 물건을 갖고 있는 게 좋아. 사진이랑 가구 같은 거 말이야. 거기 굉장히 친절한 여자가 하나 있었는데 지방 의회 무슨 모임인가에서 왔다고 했지. 그 여자 말이 자기 물건을 갖고 들어가 살 수 있는 곳이 있다고 하지 않겠어. 매일 친절한 도우미들이 와서 내가 잘 있나 들여다본다고 말이지. 아, 여기 있으니까 정말 편안해. 아주 편안하다고. 난 내 물건들을 전부 갖고 있거든."

"여기저기서 모으신 물건들인가 봐요."

올리버 부인은 주위를 둘러보았다.

"그래. 저 테이블, 저 놋쇠로 된 거 말이야. 그건 싱가포르인가 어딘가에서 윌슨 선장이 보내 준 거야. 저 베나레스 청동도 좀 봐요. 멋있지? 재떨이에 희한한 게 붙어 있어. 이집트 것인데, 스카라베인가 뭐라던가. 몸이 가려워지는 병 같은 이름이지만 말야. 딱정벌레 종류인데 무슨 돌로 만들었다지. 보석 원석이라고 하던데. 밝은 청색이야. 라지……. 라비스……? 라지 라핀인가, 이름이 그랬는데."

"라피스 라줄리요?"

"맞아, 그거야. 아주 멋있는 돌이지. 발굴 작업을 하던 고고학자 남자애가 나한테 보내준 거야."

"행복했던 옛날 얘기군요."

"그래, 모두 내가 키운 애들이지. 갓난애 때 돌본 애들도 있고, 생후 몇 개월 돼서 맡은 애도 있고, 더 나이 먹어서 맡은 애들도 있어. 인도에서 돌본 애, 샴에서 돌본 애 등 다양하지. 저 예복 드레스를 입은 애는 모야 양인데, 아주 예쁜 아이였지. 두 번 이혼했어. 그래. 첫 번째 남편하고는 불화가 있어서 이혼했고, 팝 가수하고 재혼했는데 물론 그 결혼 생활도 별로였어. 그다음에 캘리포니아에 사는 남자하고 결혼해서 요트로 여기저기 돌아다녔나 봐. 이삼 년 전에 죽었어. 겨우 62살이었는데 말이야. 그렇게 젊어서 죽다니 안됐지."

"매첨 부인께서는 세계 각국을 많이 돌아다녀 보셨죠? 인도, 홍콩, 이집트, 그리고 남미……. 그렇죠?"

"아, 그래. 많이도 돌아다녔지."

"제가 말레이반도에 있던 때, 부인이 일하시던 집 있죠? 장군인 것 같았는데. 그게 가만 있어 보자……. 이름이 기억 안 나네…….

레이븐스크로프트 장군 부부 아니었나요?"

"아니, 아니. 그 이름이 아니었다오. 아리아드네 양은 내가 바나비 가족들과 함께 있을 때를 말하나 본데, 그래요. 아리아드네 양이 그 집 식구들과 함께 지낸 적도 있잖아. 순회 강연을 하다가 바나비네 집에 와서 거기 머물렀어. 그 댁 부인의 오랜 친구라서 말이야. 그 집 남자가 판사였지."

"맞아요. 생각이 잘 나지 않네요. 이름들이 뒤섞여서요."

"그 집에 착한 애들 둘이 있었어. 물론 영국 학교로 갔지. 남자애는 해로 스쿨에, 여자애는 로딘 스쿨에 갔던 것 같아. 그래서 난 다른 집으로 옮겨 갔고 말이야. 아, 요즘 세상은 그때와 너무 달라. 전처럼 유모를 많이 쓰지 않는단 말이지. 예전에도 유모들이 가끔씩 말썽을 일으키긴 했지만. 내가 바나비 가족과 함께 살 때는 꽤 잘 지냈다오. 아리아드네 양이 얘기한 게 누구였더라? 레이븐스크로프트 집안? 그래, 생각나는군. 그래……. 그 가족이 살던 곳 이름은 잊어버렸어. 여기서 멀지 않았었지. 두 집안이 서로 아는 사이였거든. 오, 그래. 굉장히 오래전 일이지만, 전부 생각나. 내가 바나비 집안 가족들과 아직 함께 살던 때였지. 애들이 학교로 떠난 후에두 바나비 부인을 돌보느라고 거기 계속 있었거든. 바나비 부인 물건을 챙기고, 이것저것 고쳐 놓고 말이야. 아, 그래. 내가 있을 때 그 지독한 일이 일어났지. 바나비네 말고, 레이븐스크로프트네 말이야. 그래. 절대 잊지 못할 거야. 그 소식을 듣던 때 말이야. 당연히 나야 그 일하고 관계가 없지만, 너무 끔찍한 일이었지 않우?"

"끔찍한 일이었고말고요."

"아리아드네 양이 영국으로 돌아간 뒤의 일이었어. 한참 지났을 때였던 것 같아. 두 부부 모두 아주 좋은 사람이었는데. 어찌나 사람들이 좋았는지 소식을 들은 바나비 부부는 굉장히 충격을 받았다우."

"전 이제 기억이 안 나요."

"그렇겠지. 사람은 잊게 마련이니까. 난 안 잊어. 사람들 말로는 그 여자는 원래 좀 이상하다고 했다우. 어릴 때부터 말이야. 그 여자 어린 시절의 얘기도 몇 있었지. 아기를 유모차에서 끄집어내서 강 속에 던져 버렸다는 거야. 시샘 때문이라고들 하더구먼. 아기를 빨리 하늘나라로 보내 버리고 싶어서 그랬다는 얘기도 있고."

"레이븐스크로프트 부인 말씀이세요?"

"아니, 그럴 리가. 아, 아리아드네 양은 나만큼 기억을 못 하는구먼. 여자 형제 쪽 말이우."

"언니요?"

"여자의 언니였는지, 남자의 누나였는지는 확실히 모르겠어. 사람들이 그러는데 오랫동안 정신 병원에 들어가 있었댔을걸. 11살인가, 12살 적부터 말이우. 거기 계속 입원해 있다가 다 나았다고 해서 퇴원을 했대. 그리고 군에 있는 사람하고 결혼도 했다지. 그런데 이후에 또 말썽이 생긴 거야. 그 일로 다시 정신 병원에 들어갔다는 소문도 있었어. 대우가 아주 좋았다지 뭐야. 독방에, 시설도 좋고, 뭐 그런 것 말이지. 장군이나 장군 부인 같은 가족들도 문병 갔을 테고. 다만 아이들만은 하도 무서워해서 남의 손에 맡겨 키웠다지. 하지만 그 여자의 정신병도 결국에는 다 나았대요. 그래서 다시 돌아와서 남편과 살았는데, 글쎄 남편이 죽고 만 거야. 혈압 문제든 가 심장병이든가 그랬지. 어쨌든 여자는 어찌할 바를 모르고 이후 론 자기 남동생인지 여동생인지 그 레이븐스크로프트 부부에게 가 서 함께 살았다우. 거기선 정말 행복해 보였고, 애들을 그렇게 예뻐 했다는구먼. 그 집 아들은 아니었을 거야. 그 애는 학교에 있었으니 까. 그 집 딸하고 그날 오후에 놀러 왔던 또 다른 여자애 말이야. 아, 자세한 건 이젠 기억나지 않아. 너무 오래돼서 말이지. 그 일에 대 해선 말들이 많았어. 어떤 사람들 얘기로는 언니가 그런 게 아니었 다고 했지. 유모가 그랬다는 거였어. 유모는 평소 애들을 예뻐했는 데 그날은 정말 허둥댔다지. 애들을 집에서 멀리 떨어진 곳으로 데 려가려고 했다는 거야. 그 집에 있으면 안전하지 못하다고 말했다 면서. 물론 사람들은 그 말을 믿지 않았고, 그러다 일이 터지니까 분 명히 그 여자 짓이라고 생각했나 봐. 더 이상은 기억이 안 나는구먼. 어쨌든 그런 일이 있었어."

"레이븐스크로프트 장군의 누난지 부인의 언니인지 하는 그 여잔 결국 어떻게 됐나요?"

"글쎄, 의사한테 끌려가서 어디 갇혀 있다가 결국은 다시 영국으 로 돌아간 모양이야. 전에 살던 곳으로 갔는지는 모르겠지만 어디 서 좋은 보살핌을 받았다지. 뭐니 뭐니 해도 돈이 많으니까. 남편 집 안에 돈이 많았대요. 아마 나중엔 괜찮아졌을 거야. 그 일도 한동안 잊고 있었구먼. 아리아드네 양이 와서 이렇게 레이븐스크로프트 장군 부부의 일을 물어보기까진 말이야. 지금은 어디 사나 모르겠어. 벌써 예전에 은퇴했을 텐데."

"네, 참 슬픈 일이었죠. 신문에서 읽으셨겠지만요."

"뭘 읽어?"

"두 사람이 영국에 집을 사서는……."

"아, 이제 생각난다. 신문에서 기사를 읽은 기억이 나. 맞아. 그땐 레이븐스크로프트라는 이름이 어쩐지 귀에 익다고만 생각했지, 언제 어떻게 알았던 사람들인지는 기억 못 했거든. 절벽에서 떨어져 죽었지 않우? 대충 그랬던 것 같은데."

"네. 대충 그랬어요."

"내 정신 좀 봐, 세상에. 이렇게 만난 것도 반가운데, 내 차 한잔 내 오지."

"아녜요. 차는 안 마셔도 돼요. 정말이에요."

"차를 안 마시다니 무슨 소리야. 괜찮다면 부엌에 좀 들어오려우? 요즘은 부엌에서 시간을 많이 보내거든. 거긴 돌아다니기가 편해서 말이야. 하지만 손님이 오면 이 방으로 데리고 들어와. 내 물건들이 자랑스럽거든. 물건하고, 돌봤던 애들하고. 뭐 그런 것들 말이지."

"부인 같은 분들은 아이들을 돌보면서 굉장히 행복한 인생을 사셨을 것 같아요."

"그래. 아리아드네 양이 어렸을 때가 기억나는군. 내가 들려주는 얘기들을 좋아했었지. 호랑이 얘기랑, 원숭이 얘기랑……. 나무에 매달린 원숭이 얘기 말야."

"그래요. 기억나요. 아주 오래전이었죠."

올리버 부인은 영국의 거리를 걷기에는 너무 꽉 끼는 단추 달린 부츠를 신고 걸어 다니기도 하고, 자신을 시중들던 유모로부터 인도와 이집트에 관한 이야기를 듣기도 하던 예닐곱 살 때의 자신을 회상했다. 그 유모가 바로 이 사람, 매첨 부인이었다. 그녀는 매첨 부인을 따라 걸으며 방을 둘러보았다. 소녀들과 소년들의 사진들, 어린애들과 중년에 이른 여러 사람들의 사진들…… 하나같이 가장 좋은 옷을 입고 찍어서 멋진 사진틀에 넣어 보낸 사진들이었다. 유모를 잊지 않았기 때문이다. 그들로 인해서 유모는 돈 걱정 없이 편안한 노후를 보내고 있는 것이다. 올리버 부인은 갑자기 울음을 터뜨리고 싶은 기분이 들었다. 하지만 평소의 그녀답지 않게 의지를 다져 스스로를 통제하고는, 매첨 부인을 따라 부엌으로 들어갔다. 그리고 그곳에서 가져온 물건을 내밀었다.

"세상에! 최고급 태텀스 차 아냐? 내가 늘 좋아하던 거지. 기억해 줘서 정말 고맙구먼. 요즘엔 구하기가 어려워서 말이야. 이건 내가 제일 좋아하는 다과용 과자로군. 아리아드네 양은 기억력이 참 좋다니까. 그래서 걔들이 그랬잖아. 집에 놀러 오던 남자애 둘 말이야. 하나는 아리아드네 양을 '코끼리 여사'라고 부르고, 또 하나는 '백조 여사'라고 불렀지. 그러면 아리아드네 양은 그 남자애를 등에 태우고 네 발로 기어 다니면서 긴 코로 물건을 집어 올리는 시늉을 했어."

"많은 것들을 기억하시는군요. 그렇죠, 유모?"

"아. 코끼리는 잊지 않는다잖아. 옛날 속담에 말이야."

올리버 부인 행동에 나서다

올리버 부인은 잘 꾸며 놓은 약국이자 화장품 또한 다양하게 취급하고 있는 윌리엄스 앤드 바넷 점포 안으로 들어섰다. 부인은 갖가지 티눈 치료제가 담긴 회전 진열대 앞에서 걸음을 멈췄다가, 수북이 쌓인 고무 스펀지 앞에서 잠시 망설인 후 처방전 내는 곳 앞에서 서성이더니, 엘리자베스 아덴과 헬레나 루빈스타인, 막스 팩터, 그 외에 여성들의 삶을 이롭게 해 주는 회사들이 고안해 낸 화장품들 앞을 지나쳐 갔다.

이윽고 부인은 통통하다 싶은 소녀 앞에서 걸음을 멈추고 립스틱에 관한 이런저런 질문을 던지다가 놀랐다는 듯 짧게 외쳤다.

"어머나, 마를린……. 마를린 맞지?"

"오, 세상에. 올리버 부인 맞으시죠? 이렇게 만나서 정말 반가워요. 멋지네요! 부인이 물건을 사러 오셨다고 하면 여자애들이 죄다 흥분해서 난리일 거예요."

"다른 애들에게 말할 필요 없어."

"틀림없이 모두들 사인첩을 들고 달려올 걸요!"

"안 그랬으면 좋겠다. 그래, 요즘 어떻게 지내니, 마를린?"

"그럭저럭 잘 지내요."

"여태 여기서 일하는 줄 몰랐네."

"여긴 다른 가게보다 훨씬 좋아요. 대우도 좋고요. 작년에 봉급도 올랐고, 이젠 제가 여기 화장품 코너의 책임자인 셈인걸요."

"어머니는? 잘 계시니?"

"그럼요. 부인을 만났다고 하면 반가워하실 거예요."

"아직도 그 집에 살고 계셔? 그러니까 병원 지나서 길 저쪽 집?"

"아 예. 저희 아직 거기 살아요. 아버지 몸이 편찮으세요. 얼마 전부터 병원에 계시죠. 하지만 엄마는 정말 건강히 잘 지내고 계세요. 부인을 뵈었다고 하면 엄마가 정말 좋아하실 거예요. 혹시 여기 머무르고 계신 거예요?"

"그건 아니고 실은 그냥 지나던 길이야. 옛 친구를 만나러 왔다가 생각이 나서……."

부인은 손목시계를 들여다보았다.

"어머니 지금 집에 계실까, 마를린? 전화 드리고 찾아뵀으면 해서. 차 타기 전에 이야기 좀 나눌까 하거든."

"그래 주세요. 엄마가 정말 기뻐하실 거예요. 지금 제가 자릴 비울 수 없는 형편이라 모셔다 드리지 못해 죄송해요. 직장에서 좋지 않게 볼 것 같아서요. 앞으로 1시간 반 동안은 자리를 비울 수 없어요."

"아, 그럼 언제 또 보지, 뭐. 그건 그렇고 잘 기억이 나질 않는데, 집이 17번가였나, 아니면 다른 이름이 붙어 있었나?"

"'로렐 코티지'라는 이름이 있어요."

"맞아. 그랬지. 내 정신 좀 봐. 그래. 이렇게 얼굴 봐서 정말 반가워."

올리버 부인은 달라고도 하지 않았는데 덤으로 받은 립스틱을 부산스럽게 가방에 집어넣고, 치핑 바트럼 대로를 따라 주차장 하나와 병원 하나를 지나서는 양옆에 작고 산뜻한 집들이 들어서 있는 조금 좁은 길로 차를 몰았다.

그녀는 차를 로렐 코티지 밖에 세워 두고 안으로 들어갔다. 50살 정도 되었을까, 몸집은 가냘프지만 기운이 넘쳐흐르는 은발 여성이 문을 열더니 이내 그녀를 알아보는 표정을 지었다.

"어머나, 이게 누구야! 올리버 부인. 아, 이게 정말 얼마만이에요."

"정말 오랜만이죠?"

"자, 어서 들어오세요. 좋은 차 한잔 드릴까요?"

"차는 생각 없어요. 친구를 만나서 벌써 한잔 마시고 오는 길이고, 또 곧 런던으로 돌아가 봐야 하거든요. 어쩌다 보니 사고 싶은 게 있어서 약국에 들렀는데 거기서 마를린을 만났지 뭐예요."

"네. 아주 괜찮은 직장이에요. 그 애를 무척 좋게 봐 준다네요. 마를린이 일을 야무지게 잘하고 있대요."

"잘됐네요. 그래, 버클 부인은 그동안 어떻게 지냈어요? 아주 훤해 보이시네. 그때 본 뒤로 하나도 안 늙으셨나 봐."

"그런 말씀 마세요. 머리는 하얗게 셌지, 몸무게도 많이 줄었어요."

"오늘은 전에 알고 지내던 친구들을 많이 만나게 되네요. 혹시 카스테어스 부인 기억나요? 줄리아 카스테어스 부인 말예요."

올리버 부인은 작고 다소 어질러진 거실로 안내를 받았다.

"기억나고말고요. 예. 그럼요. 잘 지내고 계시죠?"

"그렇다마다요. 만나서 옛날얘기를 좀 했어요. 그러다 보니 예전에 있었던 비극적인 사건 얘기까지 나오게 됐죠. 난 그때 미국에 있어서 그 일을 잘 몰랐거든요. 사람들이 레이븐스크로프트 부부 사건이라고 하는 것 말이에요."

"아, 생생히 기억나요."

"그 집 일을 한 적이 있죠, 버클 부인?"

"네. 일주일에 세 번 아침에 갔어요. 정말 좋은 분들이었죠. 사람이 아주 진국인 군인 부부였어요. 나이도 있으셨고."

"정말 끔찍한 일이었어요."

"맞이요. 정말 그랬죠."

"사건이 터졌을 때도 그분들 일을 봐 주고 계셨나요?"

"아뇨. 사실 그전에 일을 그만뒀어요. 늙으신 엠마 숙모를 저희 집에 모셨는데 숙모님이 눈도 어둡고 몸이 편치 않으셔서 더 이상 그 집 일을 볼 형편이 되질 않았거든요. 그런데 일을 그만둔 지 한두 달쯤 지나서 사건이 터졌죠."

"정말 끔찍한 일이 벌어졌지 뭐예요. 다들 동반 자살이라고 생각했다면서요."

"전 그렇게 생각하지 않아요. 동반 자살은 절대 아니었다고 믿어요. 그런 분들이 그랬을 리 없죠. 정말 즐겁게 사시는 분들이었거든요. 거기서 오래 살지도 않았고요."

"그래요, 그랬겠죠. 부부가 처음 영국으로 건너왔을 때 본머스인가, 아마 그 근처 어디쯤에 살지 않았어요?"

"맞아요. 하지만 런던을 오가기에는 꽤 멀다는 생각에 치핑 바트럼으로 이사한 거죠. 집도 정원도 정말 멋진 곳이었는데."

"일을 마지막으로 봐 줄 무렵 부부 모두 건강은 좋았어요?"

"남편이야 세월 앞에 장사 없다는 말이 맞겠죠. 장군은 심장에 좀 문제가 있었어요. 가벼운 심장 발작이 있던가 그랬어요. 보통 그러잖아요. 약 먹고, 때때로 드러눕기도 하고."

"레이븐스크로프트 부인은 어땠어요?"

"해외에 머물던 시절을 그리워하지 않았나 싶어요. 치핑 바트럼에서도 물론 좋은 집안 사람들을 만났겠지만, 사람을 그리 많이 알고 살지는 않았거든요. 하지만 말레이반도에선 안 그랬을 것 같아요. 그런 데는 하인을 많이 두고 살잖아요. 흥겨운 파티도 많이 열고요."

"부인이 흥겨운 잔치를 그리워했다고 생각하세요?"

"그건 정확히 모르겠어요."

"부인이 가발 쓰길 좋아했다고 누가 그러던데요."

버클 부인은 슬며시 미소를 지었다.

"가발이 몇 개 있긴 했어요. 아주 멋스럽고 값비싼 것들이었죠. 가끔 부인이 런던의 가게에 가발을 돌려보내면, 그쪽에서 다시 손질해서 보내 줬어요. 여러 가지가 있었죠. 적갈색 가발도 있었고, 작은 회색 컬이 온통 뒤덮은 가발도 있었어요. 그걸 쓰면 정말 근사해 보였죠. 음······. 그리고 그다지 근사하지는 않지만 나름 쓰임새가 있는 가발이 두 개 더 있었죠. 바람이 부는 날이나 비가 오는 날 씀 직한 것들요. 부인은 외모에 신경도 많이 쓰고 옷에 돈도 많이 들였던 걸로 기억해요."

"그런 비극이 벌어진 원인이 뭐라고 생각하세요? 전 그 일이 벌어질 당시 미국에 있느라 근처에 있지도 않았고 친구들 얼굴도 전혀 보질 못해서 그 사건에 대해선 전혀 귀동냥을 못 했거든요. 누구한테 그런 걸 묻거나 편지를 쓰기도 뭣하고요. 이유가 있었을 것 같아요. 제가 알기론 사건에 쓰인 권총이 레이븐스크로프트 장군 것이었다던데."

"맞아요. 권총이 없으면 집이 안전하지 못하다면서 집에 권총을 두 자루 두었어요. 그 말이 옳았는지도 모르죠. 두 사람 사이에 무슨 문제가 있던 건 아니고요, 언젠가 오후에 인상 안 좋은 남자 하나가 문 앞에 나타난 적이 있어요. 정말 맘에 안 들었죠. 젊을 적에 장군이 지휘하는 연대에 근무했다면서 장군을 뵙고 싶다는 거예요. 장군이 그 사람에게 몇 가지를 물어봤는데, 아마 별로 믿음이 가지 않는다고 생각했나 봐요. 그냥 보내더라고요."

"외부인이 범인이었다고 생각하세요?"

"글쎄요, 그렇게 볼 수밖에요. 다른 이유를 찾을 수 없으니까. 솔직히 정원을 손질해 주던 남자도 그다지 맘에 들진 않았어요. 평판이 좋지 않았던 게, 젊은 시절에 감옥도 몇 차례 드나들었다고 하더라고요. 하지만 어쨌든 장군은 그 사람의 그런 부분도 다 받아들이면서 기회를 한번 줘 보려고 했어요."

"그 정원사가 부부를 죽였을지 모른다고 생각하시나요?"

"전 항상 그렇게 생각했어요. 하지만 착각이었는지도 모르죠. 어쨌든 제가 볼 땐, 추한 뒷얘기가 있다거나 부부 중 한 사람이 켕기는 구석이 있다거나 부부가 상대를 쏴 죽였다는 이야기는 죄다 말이 안 된다는 거예요. 그래요. 분명히 외부인 소행이에요. 그런 사람들……. 그때는 세상인심이 지금처럼 나쁘지 않았어요. 사람들 머릿속이 온갖 폭력으로 물들기 전이었으니까요. 하지만 요즘 매일 신문에 나는 기사들 보세요. 젊은이들이나, 아직 머리에 피도 안 마른 어린애들이 온갖 약물에 취해 흉폭해져서는 행패를 부리고 이유 없이 총질을 해 대질 않나, 술집에서 여자에게 술을 권한 뒤에 여자를 집으로 바래다 주고는, 다음 날 아침이면 하수구에서 그 여자 시체가 발견되잖아요. 엄마들이 밀고 다니는 유모차에서 아이를 훔쳐 달아나고, 여자와 춤추러 갔다가 돌아오면서 살해하거나 목을 조르고……. 누가 무슨 짓을 할지 모르는 세상이죠. 어쨌든 그 선량한 장군 부부는 저녁 산책을 나갔다가 둘 다 머리에 총을 맞았답니다."

"총알이 머리를 관통했나요?"

"음……. 지금은 정확히 기억이 나질 않네요. 직접 뭘 본 것도 아니라서요. 하여튼 두 사람은 여느 때처럼 산책을 나간 것뿐이에요."

"두 사람이 사이가 나쁘진 않았고요?"

"간혹 말다툼을 하긴 했지만 안 그러는 사람이 어디 있나요?"

"애인 문제는 아니에요?"

"그 부부 나이의 사람들 표현을 빌자면 여기저기 수군대는 말들은 좀 있었다고들 하지만, 다들 말도 안 되는 소리예요. 근거 없는 소리들이죠. 사람들은 원래 그런 이야길 하고 싶어서 입이 근질근질하잖아요."

"둘 중 하나가 아팠을 수도 있잖아요?"

"레이븐스크로프트 부인이 의사를 만나러 한두 번 런던에 올라갔다 온 적은 있는데, 입원이나 수술차 병원에 가는 걸로 저는 생각했어요. 부인이 정확히 얘기해 준 적은 없지만요. 하지만 치료는 제대로 받았나 봐요. 예전에도 부인은 잠시 입원한 적이 있거든요. 수술은 아니었던 것 같아요. 퇴원해서 왔을 때는 한결 젊어 보였지요. 얼굴 관리를 꽤 받았고 컬이 있는 가발을 쓰면 정말 예뻐 보였어요. 마치 새 생명을 얻어 수명이 연장되기라도 한 것 같았죠."

"레이븐스크로프트 장군 쪽은 어땠나요?"

"그분은 정말 멋진 신사분이에요. 그분에 관한 추문 따위는 들어본 적도 없을 뿐더러 있지도 않았을 거라 생각해요. 남들이 이러쿵저러쿵하는 말은 비극적인 일이 일어났다고 하니까 괜히 입이 근질근질해서 그러는 거죠. 내 생각엔 말레이반도에서 머리를 크게 부딪히거나 한 것 같아요. 저희 삼촌이나 큰숙부 중에 낙마한 분이 계시거든요. 떨어지면서 대포에 머릴 부딪혔다는데 그 후로 사람이 아주 이상해졌어요. 반년쯤은 괜찮았는데 그 뒤로 자꾸만 아내를 죽이려 들어서 정신 병원에 들어갔지요. 아내가 자길 학대하고 감시한다거나, 다른 나라 첩자라나요. 정말 모를 일이라니까요."

"그 부부를 두고 제가 들은 이런저런 얘기들은 사실과 거리가 멀다는 얘기군요. 부부간에 감정의 골이 깊어져 한 사람이 상대를 쏘고 자신도 자살했다는 얘기 말이에요."

"그럼요, 그렇다마다요."

"사고가 났을 때 자식들이 집에 있었나요?"

"아뇨. 딸애 이름이 음, 뭐였더라? 로지? 아닌데. 페넬로프?"

"실리아요. 내 대녀예요."

"참 그렇죠. 맞아요. 이제 기억이 나요. 언젠가 한 번 그 애를 데려간 적이 있으셨죠? 그 아인 기운이 넘치고 어떤 면으론 성격이 조금 고약하기도 했지만, 그래도 부모를 무척 좋아했던 걸로 기억해요. 사고가 났을 때 그 아인 스위스의 학교에 있었어요. 다행이지 뭐예요. 집에서 부모의 모습을 봤다면 끔찍한 충격을 받았을 테니까요."

"아들도 하나 있었죠? 그 애도 집에 없었나요?"

"아, 에드워드 도련님요. 그 애 아버지가 그 애 걱정을 많이 했던 것 같아요. 아버지를 좋아하지 않는 눈치였어요."

"그건 별거 아녜요. 남자애들은 그런 시기를 거치게 마련이죠. 그 애가 어머니와는 굉장히 가까웠던가요?"

"부인이 아들에게 좀 유난을 떨어서 그걸 따분해했던 것 같아요. 애들은 엄마가 두꺼운 조끼를 입으라거나, 조끼 위에 스웨터를 하나 더 걸치라고 잔소리를 하는 걸 달가워하지 않으니까요. 아버지는 아들의 머리 모양새를 맘에 들어 하지 않았어요. 그때 애들은 요즘 정도는 아니었지만, 세상이 변하기 시작할 무렵이었으니까요. 무슨 뜻인지 아시죠?"

"하지만 비극이 벌어졌을 때 아들은 집에 있지 않았군요?"

"그래요."

"아들은 그 일로 충격을 받았겠네요?"

"그랬겠죠. 물론 전 그 집 일을 그만둔 때라 얘길 많이 듣지는 못했어요. 어쨌든 전 그 정원사가 맘에 들지 않았어요. 그 사람 이름이 뭐였더라……. 프레드였나 보다. 프레드 위젤. 그런 이름이었을 거예요. 제가 봤을 땐 정원사가 손버릇이 나쁘다든가 해서 장군 눈 밖에 났고, 그래서 내쫓기기 직전이었던 것 같아서 아무래도 의심스러워요."

"정원사가 부부를 쐈다는 거예요?"

"장군만 쏘려고 했을 가능성이 높았을 거예요. 만약 장군을 쐈는데 부인이 왔다면, 그땐 부인마저 쏠 수밖에 없었겠죠. 책에 그런 이야기들 많잖아요."

"그렇죠. 책엔 별의별 얘기가 다 있으니까."

올리버 부인은 신중하게 말했다.

"가정 교사도 있었어요. 전 그 사람이 별로였는데."

"어떤 가정 교사요?"

"아들이 좀 어렸을 때 가정 교사가 들어왔어요. 애가 다니던 학교에서 시험을 통과하지 못하고 성적이 잘 나오지 않는 바람에 예비 학교인가를 다녔거든요. 그래서 부부가 아들을 위해 가정 교사를 들였죠. 그 남자가 그 집에 한 1년 정도 있었을 거예요. 레이븐스크 로프트 부인은 가정 교사를 무척 맘에 들어 했어요. 부인과 그 남자 둘 다 음악 애호가였거든요. 이름이 아마 에드먼즈였을 거예요. 좀 나약한 분위기의 청년 같더랬죠. 저 혼자 생각이지만 레이븐스크로 프트 장군은 그 친구를 그다지 좋아하지 않았던 것 같아요."

"하지만 레이븐스크로프트 부인은 맘에 들어 했나 보고요."

"둘은 통하는 구석이 많았던 것 같아요. 장군보다는 부인이 그 가정 교사를 뽑았다고 할 수 있거든요. 그 남자는 예의가 발랐고 누구에게든 친절하게 말을 잘하는 그런……."

"그리고 그…… 아들 이름이 뭐였죠?"

"에드워드요? 그 애는 가정 교사를 무척 좋아했어요. 거의 숭배에 가까울 정도였죠. 그건 그렇고, 올리버 부인은 혹시 그 집을 둘러싼 추문이라든가 아내가 누구하고 바람을 피웠다는 얘기, 혹은 레이븐 스크로프트 장군과 문서 정리 같은 잡무를 거들던 무뚝뚝한 젊은 여자 사이의 소문 같은 걸 믿으시는 거예요? 안 될 말이죠. 그 사악한 살인범이 누군지 모르지만 외부인인 것만은 틀림없어요. 경찰은 아무도 체포하지 못했죠. 현장 근처에 차가 한 대 있었지만 사건과는 관련이 없었고, 수사는 더 이상 진척을 보지 못했어요. 그래도 저는 말레이반도나 다른 나라, 아니면 본머스에서 그 부부를 알고 지내던 사람을 수소문해 봐야 한다고 생각해요. 혹시 모르잖아요."

"댁의 남편은 뭐라고 해요? 부인만큼 그 부부를 잘 알진 못하겠지만, 귀동냥은 꽤 했을지 모르잖아요."

"아, 남편도 물론 얘길 많이 들었다고 해요. 조지 앤드 플래그라는 술집을 다니면서요. 사람들은 그런 곳에서 별 시시콜콜한 이야기를 다 하잖아요. 부인이 술을 마신다는 둥, 빈 술병이 든 상자들이 집 밖에 나와 있다는 둥. 완전히 헛소문이에요. 제가 확실히 알아요. 그리고 가끔 부부를 만나러 오던 남자 조카가 하나 있었어요. 경찰하고 좀 껄끄러운 일이 있긴 했지만, 대단한 일은 아니었을 거예요. 경찰도 그리 신경 쓰지 않았고요. 어쨌든 사건하고는 관계없었어요."

"그 집에 레이븐스크로프트 장군 부부 외엔 사는 사람이 아무도 없었나요?"

"레이븐스크로프트 부인에게 가끔 들르는 누이가 있었어요. 이복 누이 정도 되었던 것 같아요. 부인을 꽤 닮았죠. 그 여자가 껴서 부부 사이에 마찰이 많았어요. 전 그 여자가 오는 날이면 말썽이 난다고 생각했거든요. 나타났다 하면 주위를 휘저어 놓는 사람이었어요. 제 말뜻 아시죠? 사람을 참 피곤하게 하는 부류였어요."

"레이븐스크로프트 부인은 그 여잘 좋아했나요?"

"음, 정말 그렇지는 않았던 모양이에요. 그 여자는 부부와 함께 있고 싶어 하는 것 같았고, 거기 있는 게 마음에 들었던 것 같았답니다. 있으려고 애도 썼고요. 장군 쪽은 그 여잘 좋아했어요. 카드를 썩 잘했거든요. 둘이서 체스 따위를 함께해서 장군이 아주 즐거워했죠. 어떤 면으론 재밌는 여자이긴 했어요. 아마 제리보이 부인이던가, 그 비슷한 이름이었어요. 필시 과부였지 싶어요. 부부에게서 가끔 돈도 빌렸던 것 같기도 하고."

"부인은 그 여자가 맘에 들던가요?"

"솔직히 말하자면……. 미안하지만 전혀 맘에 들지 않았어요. 아주 싫었어요. 골칫덩이로 생각했죠. 하지만 그 비극이 벌어지기 한참 전부터 오지 않더군요. 어떻게 생겼는지 잘은 기억나지 않아요. 아들도 한두 번 데리고 왔었죠. 저는 의뭉스러운 느낌이 들던 그 아들도 별로였어요."

"진실은 아무도 모르는 것 같네요. 오랜 세월이 지났으니 무리도 아니죠. 나는 얼마 전에 대녀를 만났어요."

"그랬군요. 실리아 양은 어떻던가요? 잘 있나요?"

"네. 아주 잘 지내는 것 같았어요. 결혼 생각을 하고 있는 모양이더군요. 어쨌든 실리아에겐……."

"꾸준히 만나는 애인이 있죠? 다들 그런 시절이 있으니까. 하지만 꼭 첫사랑과 혼인하는 건 아니죠. 십중팔구는요."

"버튼콕스 부인이라는 사람 모르죠?"

"버튼콕스요? 아는 이름 같은데. 아, 아니구나. 여기 사는 사람인가, 그 부부네 집에서 머물던 사람인가? 아닌데. 하지만 들은 적은 있어요. 레이븐스크로프트 장군이 말레이반도에서 알고 지내던 옛 친구쯤 될 것 같아요. 어쨌든 모르겠네요."

버클 부인은 고개를 저었다.

"어머, 여기서 더 노닥거릴 시간이 없네요. 오늘 부인과 마를린을 만나서 정말 반가웠어요."

코끼리를 찾은 결과

"올리버 부인에게서 전화가 왔었습니다."

에르퀼 푸아로의 하인 조지가 말했다.

"아, 그래. 조지. 뭐라고 하시던가?"

"오늘 저녁에 와도 괜찮은지 물어보시더군요."

"듣던 중 반가운 소리군. 정말 반가워. 종일 피곤하던 참이었는데. 올리버 부인을 만나면 정신이 번쩍 들 거야. 늘 뜻밖의 얘기를 꺼내는 데다 항상 사람을 즐겁게 하는 분이니까. 그런데 코끼리 이야기도 하시던가?"

"코끼리요? 아뇨. 안 하셨습니다만."

"아. 그럼 코끼리들이 실망을 안겨 준 모양이군."

조지는 조금 의아한 눈으로 주인을 바라보았다. 푸아로가 무슨 말을 하는지 종잡을 수 없는 때가 있었다.

"전화를 걸어서 부인이 오시길 고대하고 있다고 전해 주게."

지시를 이행하러 갔던 조지가 돌아와서 말하기를, 올리버 부인은 저녁 8시 45분 경에 올 것이라고 했다.

"커피하고 프티 푸르(프랑스식 생과자 — 옮긴이)를 조금 준비하게. 최근 포트넘 앤드 메이슨에서 조금 주문해 놓은 것 같거든."

"술도 준비할까요?"

"아니. 그럴 필요 없어. 시롭 드 카시스로 마시겠네."

"네."

올리버 부인은 정확한 시각에 맞춰 도착했다. 푸아로는 만면에 희색을 띠며 부인을 맞았다.

"어떠세요, 셰르 마담?"

"지쳤어요. 녹초가 됐어요."

부인은 푸아로가 가리키는 안락의자에 몸을 실었다.

"퀴 바 아 라 샤스(사냥을 가면)……. 오, 뒤에 나올 구절이 기억나질 않는군요."

"전 생각나요. 어릴 때 배웠거든요. '퀴 바 아 라 샤스 페르 라 플라스(사냥을 가면 일자리를 잃는다).'"

"지금 부인이 하고 계시는 조사엔 맞지 않는 문구로군요. 코끼리를 찾아다니는 일 말이죠. 코끼리를 별 뜻 없이 말씀하신 게 아니라면요."

"천만에요. 미친 듯이 코끼리들을 찾아다니고 있어요. 여기저기

온통 쓸고 다닌다고요. 그간 써 댄 기름에, 열차에, 보낸 편지며 전보……. 얼마나 진 빠지는 일인지 모르실 거예요."

"그러면 좀 쉬세요. 커피 드시죠."

"좋아요, 진한 블랙커피로……. 그래요. 그게 지금 딱 내가 원하는 거예요."

"혹시 결과를 얻었는지 여쭤봐도 될까요?"

"결과는 아주 많지만, 문제는 그것들이 소용이 있는지 감이 잡히질 않는다는 거죠."

"뭔가 알아내긴 하셨군요?"

"아뇨. 그렇지도 않아요. 사람들이 해 준 얘기가 그들이 사실이라고 믿는 것들인 건 알지만, 그것들이 과연 실제로 그럴지 의심스러워서요."

"한 다리 거쳐 들은 얘기들이던가요?"

"아뇨. 제가 생각한 대로였어요. 기억들이었죠. 많은 사람들이 기억하고 있더군요. 문제는 사람들이 기억을 할 때 항상 올바로 기억하는 건 아니라는 사실이지요."

"그렇죠. 하지만 그것도 성과는 성과이지 않습니까, 그렇지 않나요?"

"무슈 푸아로는 뭘 하셨죠?"

"언제나 용서 없으시군요, 마담. 저도 여기저기 뛰어다니며 뭔가 하라는 말씀이시죠?"

"뛰어다녀 보셨나요?"

"다니진 않았지만 저와 같은 일을 하는 사람들을 만나 몇 가지 자문을 구했습니다."

"제가 하고 다닌 일보다는 훨씬 여유로웠을 것 같네요. 아, 커피 정말 맛있네. 정말 진해. 제가 얼마나 지쳤는지 모르실 거예요. 얼마나 큰 혼란에 빠졌는지도."

"저런, 저런. 좋게 생각합시다. 부인은 뭔가 알아내셨을 겁니다. 뭔가 있다는 생각이 드는데요."

"들은 의견이며 이야기는 참 많지만 그중에 어느 것이 진실인지 모르겠어요."

"사실이 아닐지라도 쓸모는 있습니다."

"흠, 무슨 뜻인지 알아요. 저도 알아보러 다니면서도 그렇게 생각을 했어요. 사람들이 기억을 떠올려 말을 할 때 그 이야기가 실제 벌어진 일과는 사뭇 다른 경우가 적지 않아요. 하지만 어쨌든 그들의 생각은 그렇다는 거죠."

"하지만 사람들이 그러는 데는 근거가 있는 법이니까요."

"여기 적어 왔어요. 이 정도면 어딜 갔는지 어째서 무슨 말을 했는지 시시콜콜 얘기할 필요는 없을 거예요. 저는 일부러……. 지금 이 나라에 있는 사람들에게선 나오지 않을 정보를 찾아 다녔답니다. 하지만 레이븐스크로프트 가족의 일을 아는 사람들이 들려준 얘기인 건 맞아요. 설령 친하게 지내지는 않았더라도요."

"물 건너온 뉴스라는 말씀이세요?"

"그중에 외국에서 온 사람들이 많다는 거예요. 그 밖에 여기서 레이븐스크로프트 가족을 조금 알던 사람들도 있고, 자기 숙모나 사촌이나 친구가 오래전에 레이븐스크로프트 부부를 알고 지냈다는 사람들도 있어요."

"그리고 여기 부인이 적어 놓은 사람들이 뭔가 중요한 얘기를 했다는 거군요. 그 비극이나 관련된 인물들에 대해서 말이죠."

"그렇죠. 제가 대강 설명해 드릴게요."

"그러세요. 프티 푸르 좀 드시죠."

"고마워요."

부인은 특별히 달고 수분이 많아 보이는 것을 골라 힘차게 씹었다.

"늘 하는 생각이지만, 단것을 먹으면 기운이 솟는다니까요. 제가 알아낸 건 이런 것들이에요. 누구나 이런 말로 얘기를 시작하더군요. '오, 네, 물론이죠!'라거나, '얼마나 슬픈 일인가요!' 혹은 '그 일에 대해서는 다들 안다고 생각해요.' 따위 말이에요."

"네."

"이런 사람들은 자신이 과거의 일들을 안다고 생각하지만, 실상 그런 경우는 별로 없어요. 그저 누구에게 주워들은 얘기, 아니면 친구나 하인 또는 친척 등에게서 전해 들은 이야기죠. 물론 그 내용 역시 무슈 푸아로가 짐작하는 바와 같고요. 레이븐스크로프트 장군은 말레이반도 근무 시절에 관한 자서전을 쓰고 있었다. 장군의 비서로 일하는 젊은 여성이 그 내용을 받아 적어 타자를 치며 장군을 도왔다. 그 비서는 외모가 출중한 아가씨이며 둘 사이엔 뭔가 있었다……. 결론적으로, 사람들 생각은 두 부류인 것 같아요. 하나는 장군이 그 여성과 재혼할 생각으로 부인을 총으로 쏘고, 자신이 저지른 짓을 보고 순간적인 공포를 느껴 자신마저 쏘았다는 것."

"그렇군요. 신파적인 설명인데요."

"다른 하나는 몸이 아파서 반년 동안 예비 학교를 쉬고 있던 아들을 가르치는 가정 교사가 하나 있었는데, 아주 잘생긴 청년이었다……."

"아, 그렇군요. 그래서 부인과 젊은 청년이 사랑에 빠졌고 두 사람은 불륜을 저질렀다?"

"바로 그거예요. 증거 따윈 찾아볼 수도 없는, 역시나 신파적인 의견이죠."

"그래서요?"

"그래서 장군이 부인을 쏜 뒤, 갑작스러운 양심의 가책을 느끼고 스스로를 쏘았다는 거예요. 장군에게 여자 문제가 있었는데 그걸 알아챈 부인이 장군을 쏘고 자살했다는 또 하나의 가설도 있고요. 들을 때마다 얘기는 조금씩 바뀌어요. 하지만 무엇 하나 제대로 아는 사람은 없었어요. 늘 그랬을 수도 있다는 얘기뿐이죠. 장군에게 젊은 여자가 있었다, 여자가 여럿이었다, 여자가 유부녀였다, 부인 쪽이 다른 남자와 바람을 피웠다……. 바람 피운 상대는 들을 때마다 바뀌지만, 정확한 것도 없고 증거도 없어요. 죄다 12, 13년 전에 떠돌았고 지금은 대부분 잊힌 소문들뿐이죠. 하지만 다들 어느 정도는 기억하고 있기에 남에게 퍼뜨릴 수도 있고, 일어났던 일들을 은근히 틀리게 전달할 수도 있는 거예요. 질 나쁜 정원사가 그 집에 살았다더라, 눈이 어둡고 소리도 잘 못 듣는 나이 지긋한 요리사 겸 가정부가 있었다더라, 하지만 그 가정부가 사건과 관계가 있다곤 아무도 믿지 않는다, 뭐 그런 것들이죠. 등장하는 사람들의 이름과 관련 가능성을 모두 적어 놨어요. 이름 중엔 맞는 것도 있고 틀린 것도 있더군요. 정말 힘든 일이었어요. 알아본 바로는 장군의 부인이 잠깐 아팠나 봐요. 열병 같은 거였겠죠. 가발이 넷인 걸로 봐서는 머리가 상당히 많이 빠진 게 틀림없어요. 부인 물건 중에 새 가발이 적어도 네 개는 있었거든요."

"네, 그 얘긴 저도 들었습니다."

"누구에게서요?"

"경찰에 있는 친구요. 친구가 조사 내용과 저택에 있던 물품들 얘기를 들려줬죠. 가발이 넷이라! 부인 의견은 어떤지 듣고 싶군요. 가발이 네 개면 지나치게 많다고 생각하세요?"

"흠. 그렇죠. 저희 고모님이 가발을 하나 쓰시는데 여벌로 한 개 더 갖고는 계시지만 가발 모양을 고치러 가게로 보낼 때 쓰시는 거거든요. 가발을 넷이나 가진 사람 얘긴 못 들어봤어요."

올리버 부인은 가방에서 작은 공책을 꺼쳐 이리저리 펼치며 발췌록을 찾았다.

"카스테어스 부인, 77살이고 조금 노망기가 있어요. 이 부인은 이렇게 말했죠. '나는 레이븐스크로프트 가족을 아주 잘 기억한다. 그래, 정말 멋진 부부였지. 슬픈 일이야. 그래. 암이었어!' 둘 중 어느 쪽이 암이었는지는 카스테어스 부인도 잊어버린 모양이더군요. 자기 생각으론 장군의 아내가 런던에 있는 의사에게 진찰과 수술을 받은 후 몰골이 말이 아니어서 남편은 그 걱정으로 어쩔 줄을 몰랐다네요. 그러니 당연히 남편이 아내를 쏜 뒤에 자살한 거죠."

"그 부인 생각인가요, 아니면 정확한 정보인가요?"

"전적으로 그 부인 생각이라고 봐요. 제가 조사하면서 보고 들은 바로는……."

올리버 부인은 '조사'라는 단어에 힘을 주어 강조했다.

"잘 알지 못하는 친구들이 갑자기 병에 걸렸다거나 의사의 진찰을 받았다는 소식을 들으면 사람들은 항상 암을 떠올리더군요. 자기 자신에 대해서도 그렇게 생각하고요. 다른 여자 말이, 이름을 잊어버렸네. 뭐라더라……. T로 시작하는 여자였는데, 그 여자 얘기론 암에 걸린 건 남편 쪽이었대요. 남편은 무척 상심했고 부인도 그랬겠죠. 그 일을 두고 부부가 이야기를 나누다가 감당할 엄두를 내지 못한 나머지 자살하기로 결심했다는 거예요."

"애절한 이야기군요."

"그렇죠. 전 사실로 보지 않지만요. 걱정스러운 일 아닌가요? 사람이란 많은 걸 기억한다고는 하지만 사실 알고 있는 건 대부분 자기가 지어낸 이야기라는 게요."

"자신이 아는 일의 해설을 만드는 겁니다. 사람들이 누군가 런던에 의사를 만나러 갔다거나 두세 달 정도 입원했다는 걸 안다고 해보죠. 이게 바로 그들이 아는 사실인 거예요."

"그래요. 하지만 오랜 시간이 지나서 그 일을 이야기할 기회가 생기면 자기가 지어낸 해법을 내보이죠. 정말 도움이 안 된다니까요."

"그래도 도움은 됩니다. 부인이 하신 말씀은 정말 옳더군요."

"코끼리 얘기?"

올리버 부인이 미심쩍다는 듯 물었다.

"예, 코끼리 얘기요. 사람들이 정확한 사실이나 이유, 원인을 모른다 해도 그들의 기억에 남아 있는 내용을 알아내는 것은 중요한 일이에요. 우린 알지도 못하고, 알 방법도 없는 것들을 그들은 알고 있을 수 있습니다. 기억은 추측을 낳지요. 바람이 났다거나, 병에 걸렸다거나, 동반 자살, 질투 같은 추측들 말이에요. 그런 추측에 가능성이 있다면 그 부분에 대해 더 조사할 수도 있어요."

"사람들은 지난 일을 얘기하길 좋아하니까요. 지금 눈앞에 벌어지는 일이나 작년 일보다는 훨씬 오래된 옛날 일을 얘기하길 좋아하지요. 과거를 불러오는 셈이거든요. 물론 처음에는 관심도 없는 다른 사람들 얘기로 시작했다가, 이윽고 자기가 기억하는 어떤 사람이 또 다른 누군가에 대해 얘기해 준 것들을 끄집어내죠. 그러니까 누군가 레이븐스크로프트 장군 부부에 대해 전해 들은 이야기가 말하자면 한 다리 건너 온 거예요. 가족 관계와 비슷한 거죠. 사촌에서 한 다리 건너면 육촌, 이런 식으로 계속 이어지잖아요. 그래서 그게 큰 도움이 될 것 같지가 않네요."

"그렇게 생각하시면 안 되죠. 부인의 멋진 보라색 작은 공책에 든 사연 중 일부가 과거의 비극과 관계있다는 걸 분명히 알게 되실 겁니다. 이 두 명의 죽음에 관한 경찰의 공식 기록은 미제 사건으로 남아 있더군요. 부부 간에 금슬이 좋았고 둘 사이의 성적 불화에 관

한 소문이나 구설수도 없었으며 자살하고 싶을 만큼 심각한 질병
도 발견된 바 없습니다. 물론 비극이 일어나기 직전의 일만 말씀드
리는 겁니다. 하지만 그보다 훨씬 전에 일어난 일도 분명 있을 테니
까요."

"무슨 말씀인지 알아요. 옛 유모한테서 그에 관한 얘기를 들었
어요. 지금 연세가……. 잘은 모르지만 100살 가까운지도 모르고,
80살 정도인지도 모르겠네요. 제가 어릴 적부터 알고 지낸 분이거
든요. 인도, 이집트, 샴, 홍콩 등의 외국에서 근무한 사람들에 관한
얘기를 들려주곤 하셨어요."

"관심이 가는 대목이라도?"

"네. 비극적인 사연을 조금 들었거든요. 확실히 알고 계시지는 않
은 것 같았어요. 바로 그 레이븐스크로프트 부부네 얘긴지, 아니면
외국에 있는 다른 사람들의 일인지 잘 모르시겠다는 거예요. 사람
들의 이름이나 지난 일들을 아주 잘 기억하시는 분은 아니거든요.
요점은 어떤 집안의 정신병 이야기였죠. 누군가의 처형이라던데,
(모 장군의 누나 아니면 모 여사의 언니 정도겠죠.) 정신 병원에 몇 년
동안 입원했던 사람이 있었어요. 오래전에 자기 자식들을 죽였거나
죽이려고 했다죠. 그 뒤로 완쾌되었는지, 임시로 퇴원했는지, 아니
면 무슨 일이 있었는지 해서 병원을 나와 이집트 아니면 말레이반
도로 가서 다른 사람들과 함께 살았답니다. 그러고서 또 다른 비극
이 일어난 것 같아요. 이번에도 아이들과 관련된 일이었다지요. 어
쨌든 다들 쉬쉬했나 봐요. 하지만 전 궁금했어요. 레이븐스크로프트

부인이나 레이븐스크로프트 장군 둘 중 하나의 집안에 정신적인 문제가 있던 게 아닌가 하고요. 누이처럼 가까운 사이는 아니더라도, 사촌 정도일 수는 있잖아요. 글쎄요, 조사해 볼 만한 얘기 같았어요."

"그래요. 가능성은 항상 있으니까요. 뭔가가 오랜 세월을 기다렸다가 과거의 어느 시점에서 고개를 내밀 수도 있죠. 누가 저한테 이런 말을 하더군요. 과거의 죄는 긴 그림자를 드리운다고."

"유모였던 매첨 부인이 제대로 기억하고 있는 건지, 그 일에 관련된 사람을 제대로 알고 있는 건지도 사실 의심스러워요. 하지만 오찬 문학회 자리에서 그 끔찍한 여자가 내게 던졌던 말과 들어맞는 부분이 있을 수도 있어요."

"부인 말씀은, 그 여자가 부인께 접근했을 때……."

"그래요. 그 여자가 그 딸, 그러니까 제 대녀에게 어머니가 아버지를 죽였는지, 아니면 아버지가 어머니를 죽였는지 알아봐 달라고 부탁했을 때 말이죠."

"그 여자는 딸이 뭔가 알 거라고 생각했겠죠?"

"그럴 가능성이 충분하죠. 사건이 터졌을 때는 몰랐을 거예요. 그땐 사람들이 애에게 사실을 숨겼을 수도 있으니까요. 하지만 그 애가 나중에 뭔가를 알게 되어서, 그로 인해 부모가 어떤 상황 속에 살았고 누가 누굴 죽였는지를 눈치챘을 수도 있잖아요. 다른 누구에게 말하지는 않더라도 말이에요."

"그리고 그 여자 이름이……."

"맞아요. 이름을 잊어버렸네. 버튼인가 뭔가 그랬는데. 하여튼 비슷한 이름이었어요. 그 부인이 자기 아들과 내 대녀가 결혼하려는 것 같다고 했거든요. 만약 그렇다면 대녀의 아버지나 어머니 쪽에 범죄를 저질렀거나 정신 질환을 앓는 사람이 있는지 확인하고 싶었을 수도 있죠. 만일 어머니가 아버지를 죽였다면 아들의 결혼을 다시 생각해 보게 하고, 아버지가 어머니를 죽인 거라면 별로 상관할 일이 아니라고 생각했을지도요."

"그러니까 모계 쪽에 유전될 거라고 생각한다는 거죠?"

"그게, 썩 똑똑해 보이는 여자는 아니었어요. 잘난 척하는 스타일이었죠. 아는 게 많은 척 하지만 실제론 아닌 여자요. 무슈 푸아로도 여자라면 저와 같은 생각을 하실 거예요."

"흥미로운 관점이지만 그럴 수도 있겠네요. 알겠습니다. 아직도 갈 길이 멀군요."

푸아로는 한숨을 내쉬었다.

"또 다른 시각도 있어요. 같은 관점이지만 좀 더 간접적인 거요. 무슨 뜻인지 아시겠죠? 누군가가 이러더군요. '레이븐스크로프트 부부? 아이를 입양했다는 그 부부 말예요? 아이를 입양하는 일에 엄청 적극적이어서 거기에만 매달리는 바람에 신경이 아주 예민해져 있었대요. 예전에 말레이반도에서 아이 하나를 잃었다는 것 때문일까요. 어쨌든 애를 입양했는데, 애 생모가 아이를 도로 달라는 바람에 소송에 휘말렸다죠. 결국 법원이 아이의 양육권을 그 부부에게 줬더니, 친엄마가 와서 아이를 도로 납치해 가려고 했대요.'"

"더 단순한 접근법도 있네요. 부인의 말씀에서 특히 두드러지는 것들인데, 저는 이쪽이 더 마음에 듭니다."

"어떤 거 말씀이세요?"

"가발 말입니다. 네 개의 가발."

"무슈 푸아로가 관심을 가질 거라 생각했어요. 하지만 저도 이유는 몰라요. 어쩌면 가발은 별 중요한 게 아닐지도 모르죠. 또 다른 얘기는 누군가 정신병을 앓았다는 거예요. 아무 이유도 없이 자기 자식이나 다른 애들을 죽여서 정신 병원에 입원하는 사람들 있잖아요. 하지만 어째서 그게 레이븐스크로프트 부부가 자살할 이유가 되는지 모르겠어요."

"둘 중 한 사람이 관련되어 있다면 경우가 다르죠."

"레이븐스크로프트 장군이 누굴 죽였을 수도 있다는 말씀이세요? 남자아이, 그러니까 자신이나 아내의 부정한 자식을 말인가요? 아녜요. 그건 너무 멜로드라마 같잖아요. 아내가 남편 애나 자기 애를 죽였다는 얘기도 그렇고요."

"사람들은 남이 보는 모습과 실제로 크게 다르지 않습니다."

"그 말씀은……?"

"두 사람은 다정한 부부, 큰 싸움 없이 행복하게 사는 부부 같았다고들 합니다. 수술이 듣지 않을 정도의 병을 앓은 적도 없고, 권위 있는 의사를 찾아 런던까지 가야 할 사람들 같지도 않습니다. 암이나 백혈병 등 감당하지 못할 질병도 없었죠. 어쨌든 가능성은 없어도 개연성은 있는 일들은 대충 알아본 것 같군요. 제 친구들인 수사를 맡았던 경찰들 말로는 사건 당시 누군가 다른 사람이 그 집에 있었다면 밝혀진 사실들과 완전히 들어맞는다고 하더군요. 두 사람은 어떤 이유로 인해 사는 것이 싫어진 겁니다. 대체 왜 그랬을까요?"

"제가 아는 부부가 있는데, 전쟁 때, 그러니까 제2차 세계 대전 때 독일군이 영국에 상륙할 거라고 보고 혹시 그렇게 되면 자살하기로 결심했대요. 제가 정말 어리석은 생각이라고 말해 줬더니 그런 상황에서 어떻게 살 수 있겠냐잖아요. 제가 보기엔 바보 같아요. 역경을 헤치고 살아 나가려면 많은 용기가 필요해요. 죽는다고 해서 누구에게 득이 되진 않는다는 거죠. 제가 궁금한 것은……."

"네. 뭐가 궁금하시죠?"

"갑자기 레이븐스크로프트 장군 부부의 죽음으로 이득을 보는 사람이 누군지 궁금해졌어요."

"누가 부부의 재산을 물려받느냐는 건가요?"

"그렇죠. 하지만 그렇게 노골적인 것 말고도 누군가 지금보다 나은 삶을 살 기회를 잡게 될지 모르죠. 부부가 두 자식에게 감추고 싶었던 무엇이 있었을 수도 있었다는 거예요."

푸아로는 한숨을 내쉬었다.

"부인의 문제는 일어났을지도 모르는 일, 있었을지도 모르는 것들을 지나치게 자주 생각한다는 거예요. 덕분에 전 가능성이 있는 아이디어를 얻습니다만. 개연성 있는 의견이라면 좋겠죠. 왜, 어째서 이 두 사람은 꼭 죽어야만 했나? 왜 죽었을까……? 고민이 있었던 것도 아니고, 병에 걸린 것도 아니고, 딱히 남들 눈에 띨 만한 불행도 없었는데. 그런데 어째서 화창한 날 저녁에 절벽으로 개를 데리고 산책을 나갔을까……?"

"개가 그 일과 무슨 상관이죠?"

"음, 잠시 고민해 봤을 뿐입니다. 두 사람이 개를 데리고 간 걸까요? 아니면 개가 그들을 따라간 걸까요? 그 개는 그 산책과 무슨 관계가 있을까요?"

"가발 같은 거겠죠. 해명할 수도 없고, 앞뒤도 맞지 않는 수수께끼. 그런 게 하나 더 있어요. 제 코끼리 중 하나는 그 개가 레이븐스크로프트 부인을 잘 따랐다고 했고, 다른 하나는 개가 부인을 물었다고 했어요."

"헤매다 보면 늘 도로 그 자리군요."

푸아로는 한숨을 내쉬며 말을 이었다.

"사람은 더 많은 걸 알고 싶어 하죠. 타인에 대해 더 많은 것을 알고 싶어 해요. 하지만 수십 년 동안 떨어져 있던 사람들을 어떻게 알겠습니까."

"글쎄요. 무슈 푸아로는 그런 걸 한두 번 알아내신 적이 있잖아요. 어떤 화가가 총에 맞았던가, 독살되었던가 했을 때 말이에요. 성채 같은 것이 있던 바다 근처에서 일어난 일이었죠. 전혀 모르는 사람들 중에서 무슈 푸아로가 범인을 찾아냈지요."

"그래요. 전부 모르는 사람뿐이었지만, 그 자리에 있었던 다른 사람들을 통해 정보를 얻었죠."(『다섯 마리 아기 돼지』에서 — 옮긴이)

"저도 지금 그렇게 하려고 해요. 저 혼자만으론 가까이 접근할 수가 없어요. 정말 뭔가를 아는 사람, 정말 그 사건과 관련된 사람을 만나 볼 수가 없다고요. 정말 여기서 포기해야 할까요?"

"포기하는 것이 현명하겠지만, 현명해지고 싶지 않은 순간도 있죠. 더 알고 싶은 것이 있을 때는 말입니다. 저는 착한 두 아이를 둔 그 친절한 부부에게 관심을 갖게 됐답니다. 아이들은 착했겠죠?"

"아들 쪽은 모르겠어요. 만난 기억이 없거든요. 내 대녀를 만나 보시겠어요? 원하면 만나자는 기별을 전해 줄 수 있는데."

"네, 꼭 만나고 싶네요. 그 아가씨야 절 만나고 싶어 하지 않겠지만, 만나게 해 주시면 좋겠습니다. 재미있을 것 같군요. 그리고 만나고 싶은 사람이 하나 더 있습니다."

"오! 그게 누구죠?"

"파티에서 만난 여자, 잘난 척한다는 그 여자 말입니다. 잘난 척하는 부인의 친구."

"그 여자는 제 친구가 아니에요. 저한테 말을 건 것뿐이라고요."

"그 여자와 안면을 트게 해 주실 수 있나요?"

"아, 그래요. 어렵지 않아요. 좋아서 펄쩍 뛸걸요."

"그 여자를 보고 싶습니다. 왜 이런 일들을 알고 싶어 하는지."

"그래요. 도움이 될지도 몰라요. 어쨌든……."

올리버 부인은 한숨을 내쉬며 말을 계속했다.

"코끼리들 틈에서 벗어나 쉬니까 좋네요. 우리 유모(제가 아까 말씀드린 유모 말이에요.)가 코끼리 얘길 하셨더랬죠. 코끼리는 잊지 않는다고. 그런 바보 같은 말들이 내 머릿속을 맴돌기 시작하네요. 아, 좋아요. 이제 더 많은 코끼리는 무슈 푸아로가 찾아보세요. 무슈 푸아로 차례니까."

"부인은 어쩌고요?"

"전 백조를 찾아나서 볼게요."

"몽 디외(저런), 백조가 무슨 상관이죠?"

"제 머릿속의 추억일 뿐이에요. 유모 때문에 생각났어요. 저와 함께 놀던 남자아이들이 있었는데, 그중에 하나는 저를 코끼리 여사라고 부르고 다른 하나는 백조 여사라고 불렀거든요. 백조 여사 노릇을 할 때면 저는 방바닥에서 헤엄치는 흉내를 냈어요. 코끼리 여사 노릇을 할 때는 그 애들이 제 등을 올라타고 놀았고요. 이번 일엔 아직 백조가 없잖아요."

"참 잘됐군요. 코끼리만도 벅찬데."

데즈먼드

이틀 후 아침 에르퀼 푸아로는 코코아를 마시며 그날 아침 받은 편지를 읽어 내려갔다. 이제 두 번째 읽는 참이었다. 필체는 꽤 훌륭했지만, 성숙한 느낌은 없었다.

무슈 푸아로 귀하

제 편지를 다소 이상하게 여기실까 걱정스럽습니다만 선생님의 친구분 이름을 대면 도움이 되리라 생각합니다. 선생님을 뵙게끔 주선해 달라는 부탁을 드리려고 연락을 시도하였습니다만 그분은 이미 자택을 떠나셨나 봅니다.

그분(소설가 아리아드네 올리버 부인 말씀입니다.)의 비서는 부인이 동아프리카로 사파리 여행을 떠난 것을 두고 뭔가 할 말이 있는 눈치였습니다. 그렇다면 한동안은 돌아오지 않으실 것 같군요. 그래도 올리버 부인이라면 저를 도와주시리라 확신합니다. 진실로 선생님을 만나 뵙고 싶습니다. 지금 제겐 조언이 몹시 필요합니다.

올리버 부인은 오찬 문학회에서 저희 어머니를 만나 알게 되신 걸로 압니다. 하루쯤 제가 방문할 기회를 주시면 정말 감사하겠습니다. 시간은 선생님께서 편하신 대로 얼마든지 맞출 수 있습니다. 도움이 될지 모르겠으나 올리버 부인의 비서가 '코끼리'가 어떻다는 말을 했습니다. 아마도 올리버 부인의 동아프리카 여행과 무슨 관련이 있나 봅니다. 그 비서는 무슨 암호를 다루듯 그 얘길 하더군요. 저는 이해가 잘 되지 않습니다만 선생님께선 아실 것입니다. 근심과 초조의 나날을 보내고 있는 저를 선생님이 만나 주신다면 무척 감사하겠습니다.

데즈먼드 버튼콕스 드림

"농 덩 프티 보놈(제기랄)!"

"뭐라고 하셨습니까?"

푸아로가 외치는 바람에 조지가 물었다.

"그냥 혼자 한 소리네. 삶에 한 번 끼어들면 처치하기 여간 곤란하지 않은 일들이 좀 있거든. 코끼리들이 참 문제로군."

푸아로는 아침 식탁을 떠나 충직한 비서 레몬 양을 부르고 데즈먼드 콕스에게서 온 편지를 건네며 편지 쓴 이와 약속을 잡아 달라고 지시했다.

"요즘은 일정이 빠듯하지 않으니까 내일이 적당하겠어요."

레몬 양은 푸아로에게 이미 두 건의 선약이 있다는 점을 일러 주면서도, 비는 시간이 충분하니 원하는 대로 일정을 잡겠노라고 했다.

"동물원과 무슨 관계라도 있나요?"

"별로. 아니, 답장에 코끼리 얘긴 하지 말아요. 너무 과할 테니까. 큰 동물인만큼 자리를 너무 차지할 테니 코끼리는 내버려 두죠. 데즈먼드 버튼콕스와 대화를 나누다 보면 코끼리 얘기가 틀림없이 나올 거예요."

"데즈먼드 버튼콕스 씨가 오셨습니다."

예정된 손님을 맞아들이며 조지가 외쳤다.

푸아로는 조금 전에 일어나서 벽난로 옆에 서 있었다. 그는 잠시 묵묵히 있다가 발길을 옮기며 자신이 받은 인상을 정리했다. 조금은 불안해 보이지만 활기 넘치는 성격. 당연하다고 푸아로는 생각했다. 눈앞의 청년은 약간 안절부절못하면서도 그걸 용케 잘 감추고 있었다. 그가 손을 내밀었다.

"무슈 에르퀼 푸아로십니까?"

"네, 맞습니다. 데즈먼드 버튼콕스 씨군요. 앉으셔서 원하는 것을 말씀하세요. 저를 만나러 온 이유가 무엇인지 말입니다."

"설명드리기가 좀 난감하군요."

"설명하기 어려운 일이야 많죠. 하지만 시간은 넉넉하답니다. 앉으세요."

에르퀼 푸아로의 말에 데즈먼드는 다소 미심쩍은 표정으로 눈앞의 인물을 바라보았다. 정말 우스꽝스럽게 생긴 사람이었다. 달걀 모양의 머리에 큼지막한 콧수염. 그다지 압도적인 인상은 아니었다. 사실 그가 예상했던 것과는 전혀 다른 모습이었다.

"선생님은 탐정이시죠, 그렇죠? 사람들이 뭘 알아봐 달라는 의뢰를 하면 그걸 조사하는 분요."

"맞아요. 제가 살면서 하는 일 중의 하납니다."

"제가 온 이유나 저에 관한 것들은 잘 모르시겠죠."

"아는 게 있습니다."

"올리버 부인 말씀이시군요, 선생님의 친구분요. 그분이 무슨 언질이라도 주셨나요?"

"올리버 부인께선 대녀인 실리아 레이븐스크로프트 양을 만나 봤다고 하시더군요. 맞죠?"

"네. 그래요. 실리아에게 들었습니다. 올리버 부인이라는 분은 저희 어머니와 잘 아는 사이인가요?"

"아뇨. 잘 아는 사이라고는 생각하지 않습니다. 올리버 부인은 최근에 오찬 문학회에서 만나 몇 마디를 주고받았을 뿐이라고 하더군요. 콕스 씨 어머님이 올리버 부인에게 어떤 부탁을 했다고요."

"어머닌 그럴 자격이 없어요."

청년의 눈썹이 코 위까지 내려왔다. 아주 화가 난 표정이었다. 심지어 복수심에 불타고 있는 것 같았다. 그는 계속 말했다.

"정말이지 어머니들이란……. 아니…….."

"압니다. 다들 의욕이 너무 넘친다니까요. 실은 예전부터 쭉 그랬는지도 모르지만. 어머니들은 자식들 같으면 하지 않을 일을 끊임없이 벌이더군요. 그렇죠?"

"옳은 말씀입니다. 하지만 저희 어머니는 그중에서도 특히 심해서 하등 상관없는 일들에까지 간섭을 하고 나서세요."

"콕스 씨와 실리아 레이븐스크로프트 양은 가까운 사이인 걸로 압니다. 올리버 부인이 콕스 씨 어머님께 들은 바로는 결혼 얘기가 오가고 있다던데. 그리 멀지 않았다죠?"

"네. 하지만 정말 저희 어머니가 이것저것 캐묻고 걱정할 필요는 없는 것이…… . 어머니하곤 상관없는 일이잖아요."

"어머니란 원래 그런 존재거든요."

푸아로는 이렇게 말하고 엷은 미소를 짓다가 덧붙였다.

"어머님과 꽤 가까우신가 보군요?"

"그렇지는 않아요. 절대 그렇지 않습니다. 터놓고 말씀드리는 게 좋겠네요. 그분은 제 진짜 어머니가 아닙니다."

"오, 이런. 그건 미처 몰랐군요."

"저는 입양아입니다. 어머니께는 아들이 있었는데, 어려서 죽었어요. 그래서 입양을 원했던 어머니가 저를 데려와서 아들로 키우신 겁니다. 어머니는 항상 저를 아들이라 말씀하시고 그렇게 생각하시지만, 제가 친아들이 될 순 없잖아요. 저희는 하나도 닮은 구석이 없어요. 세상을 보는 눈도 다르고요."

"십분 이해합니다."

"제가 부탁드리고 싶은 것을 잘 설명할 자신이 없네요."

"뭔가를 찾는 걸 도와 달라는 부탁이시죠? 실마리를 찾으려고요."

"바로 짚으셨습니다. 문제가 무엇인지 얼마나 알고 계신지 모르겠네요."

"좀 압니다. 자세히는 모르지만. 콕스 씨나 레이븐스크로프트 양에 대해서는 많이 알지는 못합니다. 레이븐스크로프트 양을 아직만나지 못했거든요. 만나 보고 싶긴 합니다."

"네. 그게, 선생님께 데려와서 말씀드리도록 할까도 했지만 그전에 제가 먼저 선생님을 만나 뵙는 게 좋겠다고 생각했습니다."

"음, 상당히 현명한 판단이군요. 뭔가 불만이 있나요? 걱정이나어려움이 있습니까?"

"그렇지는 않아요. 아닙니다. 어려움 따위가 있을 턱이 없죠. 아무것도 없어요. 문제는 아주 오래전, 실리아가 어린애였거나, 좀 컸다해도 학생 시절에 벌어졌던 일입니다. 비극이 하나 일어났죠. 어떤일이었느냐 하면……. 사실 흔히 일어나는 그런 일이었어요. 선생님이 아시는 누 사람이 혼란에 빠져서 자살을 했답니다. 동반 자살이었죠. 그 사건을 자세히 아는 사람은 아무도 없었어요. 어쨌든 그건그들의 자녀들이 염려할 일은 절대 아니죠. 아이들은 그런 사건이일어났음을 아는 걸로 충분하다고 생각합니다. 저희 어머니야 하등나설 계제도 아니고요."

"인생을 살다 보면, 자신이 상관할 바 없는 일에 관심을 보이는사람들을 점점 더 많이 보게 됩니다. 하물며 자기가 끼어들 권리가있는 일로 생각할 때는 말할 나위가 없죠."

"다 끝난 일입니다. 그 사건을 잘 아는 사람도 없고요. 하지만 저희 어머니는 계속 캐묻고 계세요. 내막을 알려고 실리아를 계속 불편하게 했지요. 결국 어머니 때문에 실리아는 저와 결혼하고 싶은지 어떤지조차 모르는 지경이 되고 말았습니다."

"콕스 씨는요? 여전히 실리아 양과 결혼하고 싶나요?"

"그럼요. 저는 확실히 마음을 굳혔지요. 그녀와 결혼할 생각입니다. 하지만 실리아는 당황해하고 있어요. 왜 이런 일이 벌어졌는지 내막을 알고 싶어 합니다. 제가 봤을 땐 아니지만 저희 어머니가 그 사건에 대해 뭔가 아신다고 생각하고 있어요. 그 사건에 대해 들은 소리가 있어서 그러시는 거라면서요."

"음. 충분히 이해가 갑니다. 하지만 당신이 지각 있는 젊은이이고 또 결혼할 생각이 있다면, 결혼하지 않을 이유가 없다고 봅니다. 이 비극에 관해 제가 알아본 것이 있습니다. 콕스 씨 말대로 오래전에 일어난 일입니다. 하지만 아직까지도 충분한 해명이 이루어지지 않았어요. 하긴 살다 보면 슬픈 사연마다 해명이 따라붙는 건 아니죠."

"예, 선생님. 그건 동반 자살이었어요. 다른 것일 리가 없습니다. 하지만……."

"그 이유를 알고 싶다는 거군요?"

"네, 그래요. 그게 실리아의 고민거리이고, 그래서 저 또한 고민이 돼요. 저희 어머니 또한 걱정하고 계시지만 아까 말씀드린 대로 이건 어머니가 상관할 일이 아닙니다. 전 누구의 잘못이라고도 생각하지 않아요. 질책할 필요가 없다는 거죠. 물론, 내막이 알려진 바가 없다는 게 문제입니다. 저야 거기 있지 않았으니 알 도리가 없죠."

"레이븐스크로프트 장군 부부나 실리아를 몰랐다는 건가요?"

"실리아와는 일찍부터 알고 지냈습니다. 제가 아주 어릴 적에 휴일마다 놀러 가던 집 옆에 실리아의 가족들이 살고 있었거든요. 저희는 서로를 좋아해서 늘 함께 어울려 다녔습니다. 물론 이후엔 다지난 이야기가 돼 버렸지만요. 전 아주 오랫동안 실리아를 보지 못했어요. 실리아의 부모님은 말레이반도에 계셨고 저희 부모님도 거기 계셨지요. 아마 말레이반도에서 다시 만나신 것 같습니다. 저희 아버지와 어머니가 말이에요. 아버지는 돌아가셨지만요. 아마 저희 어머니는 말레이반도에 계실 적에 무슨 얘길 들으셨다가, 이제 와서 그 사건을 떠올리곤 그분들에 관한 얘기를 지어내신 것 같아요. 그런 게 사실일 리 없죠. 하지만 어머니는 작정을 하고 실리아를 들볶고 계세요. 사건의 진실을 알고 싶습니다. 실리아도 진실을 알고 싶어 해요. 대체 어떻게 된 일인지, 왜 그리 되었는지 말입니다. 사람들이 지어낸 실없는 얘기 말고요."

"그래요. 두 사람이 그렇게 생각하는 것도 자연스럽습니다. 콕스 씨보다 실리아 양이 더하겠죠. 실리아 양은 그 일로 콕스 씨보다 훨씬 큰 혼란을 겪고 있어요. 하지만 그것이 정말 문제가 될까요? 중요한 것은 지금, 즉 현재입니다. 콕스 씨가 결혼하려는 여자, 콕스 씨와 결혼하려는 여자가 중요하지, 과거가 무슨 상관입니까? 실리아 양의 부모가 자살을 했느냐, 혹은 비행기 사고로 죽었느냐, 아니면 부모 중 한쪽이 먼저 사고로 죽고 나중에 다른 한 사람이 자살을 했느냐 따위가 문제가 되나요? 그녀의 부모가 살아생전 바람을 피우면서 불행하게 살았다면 또 어떻습니까?"

"네. 그래요, 일리 있고 옳으신 말씀입니다. 하지만…… 실리아가 만족할 수 있도록 상황을 만들어 주고 싶어요. 실리아는……. 실리아는 표현은 잘 안 하지만 이런저런 일에 신경을 많이 쓰는 성격이거든요."

"사건의 진실을 알아내기가 전혀 불가능한 건 아니지만 굉장히 어려울 수 있다는 생각은 안 해 보셨나요?"

"어느 쪽이 상대를 쏘았느냐, 왜 그랬느냐, 누가 상대를 쏘고 자살했느냐 하는 것 말씀이죠? 뭔가 중요한 일이 있지 않고서야 그랬을리 없잖아요."

"그래요. 하지만 과거에 일어난 일을 왜 지금 와서 굳이 문제 삼는 겁니까?"

"문제될 리 없죠. 저희 어머니가 끼어들어서 들쑤시고 다니시지만 않는다면 지금도 문제가 되지 않을 거예요. 실리아도 그 일을 생각해 보지 않고 살았을 거고요. 그 비극이 일어났을 때 실리아는 스위스에 있는 학교에 다니고 있었고 사건에 대해 아무도 얘기를 해 주지 않았거든요. 10대나 그 밑의 어린애들은 일어난 일을 그대로 받아들이면서도 자신과는 관계없다고 생각하게 마련이죠."

"불가능한 걸 원하고 있다는 생각은 안 하십니까?"

"그래도 알아내 주셨으면 좋겠습니다. 선생님께서도 불가능한 일일 수도 있고, 어쩌면 알아보고 싶지 않으실 수도 있지만……."

"알아보자는 데 반대하지는 않습니다. 사실 사람에겐 누구나……
어떤 호기심이 있거든요. 근심, 슬픔, 충격, 질병, 그것들은 모두 인
간들의 일, 인간이 겪는 비극입니다. 그런 데 신경이 쓰이면 알고 싶
은 게 당연합니다. 제 얘긴 이제 와서 들춰내는 것이 현명한가, 꼭
필요한 일인가 하는 겁니다."

"아닐 수도 있겠죠. 하지만……."

푸아로는 데즈먼드의 말을 가로챘다.

"그리고 이렇게 오랜 세월이 흐른 뒤에 그걸 알아본다는 것이 불
가능한 일이라고 생각지 않으시나요?"

"아뇨. 그렇게는 생각하지 않아요. 가능한 일이라고 생각합니다."

"아주 재미있군요. 왜 그것이 가능하다고 생각하시죠?"

"왜냐하면……."

"무엇 때문이죠? 이유가 있을 텐데요."

"아는 사람들이 있다고 생각해요. 그럴 마음만 있다면 진실을 알
려 줄 수 있는 사람들이 있을 거라고요. 저한테나 실리아에겐 감출
지 몰라도, 선생님께는 털어놓을 수도 있을 겁니다."

"재미있군요."

"먼 과거의 일이에요. 전…… 어렴풋이 그분들 얘기를 들은 적이
있어요. 정신적인 문제가 있었다죠. 누군가가……. 누군지 정확히는
모르지만 레이븐스크로프트 부인이었으리라 생각합니다. 한동안 정
신 병원에 있었던 것 같습니다. 아주 오랫동안 말이에요. 실리아의
어머니가 아주 어렸을 때 어떤 비극이 벌어졌다죠. 어린애가 사고

로 죽었다나요. 그 일에 실리아의 어머니가 연관돼 있었답니다."

"본인이 직접 아는 사실은 아니시겠죠?"

"네. 어머니가 말씀하신 거예요. 어디서 들었다고요. 말레이반도에 있을 때 이야기가 아닌가 싶어요. 다른 사람들이 뒤에서 수군거리는 걸 들으신 거죠. 해외 근무지에 있다 보면 그러잖아요. 남의 말하기 좋아하는 마나님들이 모여서 소문을 내는 거죠……. 전혀 사실일 리 없는 얘기들을 한다니까요."

"그 얘기가 사실인지 아닌지 알고 싶으시다 이 말이군요?"

"네. 제 힘으론 어떻게 알아낼지조차 모르겠습니다. 오래전 일이고 누구에게 물어야 하는지도 모르거든요. 누굴 찾아가야 할진 몰라도 그때 일의 진실과 이유를 알아내기 전에는……."

"이건 순전히 제 추측일 뿐이지만 아마 맞지 싶습니다. 실리아 레이븐스크로프트 양은 자신이 어머니에게서 정신병적 결함을 물려받지 않았다는 것을 확인하기 전에는 결혼할 생각이 없나 보군요."

"어쩌다 보니 그런 생각을 하게 됐나 봐요. 저희 어머니 때문인 것 같네요. 어머니는 그렇게 믿고 싶으신가 보고요. 무례한 심술과 뒷소문 때문이 아니면 그렇게 생각할 이유가 없는데 말이죠."

"조사하기가 결코 쉽지는 않을 겁니다."

"그렇죠. 하지만 선생님 평판을 들었어요. 과거 일을 알아내는데 선수시라고요. 질문을 통해 사람들에게서 이야기를 끌어내신다죠."

"제가 질문을 하려면 누구에게 하는 게 좋을까요? 콕스 씨가 말하는 말레이반도란 말레이반도 국적을 가진 사람들은 아닐 겁니다.

콕스 씨가 마나님들이라 부르는 사람들이 살던 시절, 말레이반도에 해외 공관이 있던 시절 얘기를 하는 거죠? 영국인들과 그곳의 영국인 근무지에서 나온 소문들을 말하는 것일 테고요."

"이제 와서 그게 무슨 도움이 될 거라는 뜻은 아닙니다. 누가 그런 소문을 냈는지 모르지만 너무 오래전 일이라 다들 까맣게 잊어버렸을 테고, 벌써 죽은 사람도 있을 거예요. 저희 어머니는 너무 많은 것들을 잘못 알고 계세요. 어디서 들으신 얘길 머릿속에서 한층 부풀리셨다고 생각해요."

"그런데도 제가 그 일을 해결할 수 있다고 생각하신다……."

"말레이반도에 가셔서 수소문하시길 바란다는 얘긴 아닙니다. 그게, 그 사람들은 이제 거기 없을 거라는 얘기죠."

"그래서 도움이 될 사람들의 이름을 알려 주실 수 없다는 건가요?"

"그런 사람들 이름은 모릅니다."

"그럼 누구 이름이 되나요?"

"음, 명확히 말씀드리죠. 무슨 일이 있었는지, 속사정이 뭔지 알 만한 사람이 둘 있습니다. 현장 가까이 있던 사람들이거든요. 알고 있는 뭔가가 있을 겁니다."

"콕스 씨는 그들을 만나고 싶지 않습니까?"

"글쎄요, 직접 만날 수도 있죠. 그럴 수도 있지만 한편으로는……. 음, 모르겠네요. 제가 묻고 싶은 것을 물어볼 자신이 없습니다. 실리아도 그럴 테고요. 그분들은 정말 좋은 분들입니다. 그래서 뭔가를 알고 계실 거예요. 나쁜 소문을 퍼뜨리고 다닌 비열한 사람들이 아니라, 그분들이 도움을 주셨을 수도 있기 때문이죠. 상황을 개선해 보려고 하셨지만 실패했는지도 몰라요. 오, 제 표현이 엉망이네요."

"아닙니다. 아주 잘하고 있어요. 정말 관심이 가는데요. 콕스 씨는 머릿속에 확고한 무언가가 있는 것 같군요. 혹시, 실리아 레이븐스크로프트 양도 콕스 씨와 같은 생각을 하고 있나요?"

"실리아에겐 얘길 많이 못 했어요. 실리아는 매디와 젤리를 무척 좋아했거든요."

"매디와 젤리요?"

"아, 그분들 이름이에요. 서툰 대로 설명을 해 보자면, 그러니까 실리아가 어린애였을 때 (저희가 영국에서 가까이 지내면서 서로를 처음 알았을 때 말입니다.) 실리아네 집에 프랑스 여자가 하나 있었어요. 요즘 말로는 오 페어(남의 집에서 숙식하고 일해 주며 말 배우는 사람—옮긴이)라고 하는데, 그때는 보모 겸 가정 교사라고 불렀지요. 프랑스 국적의 젊은 아가씨로 아주 상냥한 사람이었죠. 저희 모두와 잘 놀아 줬어요. 그 여자 이름을 실리아는 짧게 줄여서 '매디'라고 불렀어요. 온 가족이 그 여자를 매디라고 불렀죠."

"아, 그렇군요. 젊은 여자라."

"네. 프랑스 여자니까, 어쩌면 남들에겐 하기 꺼렸던 자기만 아는 이야기들을 선생님께는 들려 줄지 모릅니다."

"아. 그리고 콕스 씨가 말한 또 한 사람은요?"

"젤리요. 매디와 비슷한 사람이죠. 역시 젊은 아가씨였고요. 매디는 그 집에 이삼 년 정도 있었던 것 같은데, 매디가 프랑스 혹은 스위스로 돌아가면서 다음에 다른 여자가 왔어요. 매디보다 젊었는데 실리아는 그녀를 젤리라고 불렀죠. 아주 젊고 예쁜 데다 재미있는 사람이었어요. 저희 모두 그 여자를 끔찍이 따랐더랬습니다. 온 가족이 젤리를 좋아했어요. 레이븐스크로프트 장군도 그 여자를 아주 맘에 들어 했습니다. 둘이 함께 게임도 자주 했죠. 피케라든가, 뭐 여러 가지 말예요."

"레이븐스크로프트 부인은요?"

"아, 부인과 젤리는 서로 무척 가까웠답니다. 그래서 한 번 떠났다가 다시 온 거예요."

"다시 왔다고요?"

"네. 레이븐스크로프트 부인이 아파서 입원했다 온 뒤로, 젤리가 돌아와 말동무 역을 하면서 부인을 돌봐 줬거든요. 확실한 건 아니지만, 그 비극이 벌어졌을 때 젤리는 분명 그 집에 있었어요. 그러니 사건의 진실을 알고 있을 거예요."

"주소는 아나요? 지금 어디 사는지 아십니까?"

"네. 어디 있는지 압니다. 두 사람의 주소를 다 갖고 있어요. 선생님이 가셔서 만나 보시면 좋겠네요. 물어볼 게 많으실 거예요."

푸아로는 한동안 데즈먼드를 바라보다가 입을 열었다.

"그래요. 가능성이 있군요. 분명히 가능성이 있어요."

제2부
긴 그림자

개러웨이 경무관과 푸아로, 기록을 비교하다

개러웨이 경무관은 탁자 건너 앉아 있는 푸아로를 바라보았다. 그의 눈이 반짝였다. 그의 곁에선 조지가 위스키와 소다수를 나르고 있었다. 조지는 푸아로에게 건너가서 짙은 자주색 액체가 든 잔을 내려놓았다.

"이 독주 이름이 뭔가요?"

개러웨이 경무관이 조금 관심 있게 물었다.

"블랙커런트 시럽입니다."

"좋아요, 좋아. 누구나 자기 취향이 있으니까. 스펜스가 뭐라고 했더라? 그 친구 말이 선생은 티잰이라는 걸 마신다고 하던데, 그런가요? 그게 뭡니까? 프랑스 피아노인가요?"

"아뇨. 열을 내리는 데 유용한 거랍니다."

"아. 법적으로 허가받지 않은 약이로군요."

경무관은 잔에 든 것을 마시고는 다시 말을 이었다.

"자살을 위하여!"

"자살이 분명했나요?"

"그럼 달리 뭐였겠습니까? 선생이 알고 싶어 하시던 것들 말입
니다!"

개러웨이 경무관은 고개를 가로저었다. 그의 미소가 점차 뚜렷이
드러났다.

"이렇게 괴롭혀 드려서 죄송합니다. 저는 키플링(『정글 북』의 작
가 ― 옮긴이)의 작품에 등장하는 동물이나 어린애 같은 존재거든요.
채워지지 않는 호기심으로 고생하고 있죠."

"끝이 보이지 않는 호기심이라. 키플링은 멋진 작품을 썼죠. 아는
것도 많았고요. 어떤 사람들 얘기론 키플링이 구축함을 한 번만 탔
어도 영국 해군의 최고 공학자들보다 많은 것을 알아냈을 거라고
하더군요."

"이런, 전 만물박사가 아니랍니다. 그래서 이런저런 걸 묻고 다니
는 거죠. 제가 너무 많은 질문 목록을 보내 드린 건 아닌지 모르겠
습니다."

"제 관심을 끌었던 것은 선생이 여기서 저기로 마구 건너뛴다는
거였습니다. 정신과 의사들, 진료 기록, 남은 돈의 액수, 돈을 갖고
있던 사람, 돈을 챙긴 사람. 돈이 있을 줄은 알았지만 가져가지는 않
은 사람, 여성들의 머리 손질에 관한 상세한 내용이라든가 가발, 가
발 제조업체의 이름, 가발을 담아서 배달하는 예쁜 장밋빛 마분지

상자에까지요."

"하지만 경무관님은 그걸 다 알고 계셨지요. 정말 놀랐다니까요."

"아, 그야 골치 아픈 사건이었던 만큼 사건에 관해 철저한 기록을 남겼으니까요. 결국 아무것도 도움은 안 되었지만, 파일은 보관해 뒀습니다. 찾으신 것은 다 이 안에 들어 있어요."

경무관은 탁자 위로 종이 뭉치를 내밀었다.

"여기 있네요. 본드가(街)에 있는 미용실. 값비싼 곳으로 이름이 '유진 앤드 로젠텔'이었죠. 나중에 이사했고요. 회사는 같은데 슬로 운가(街)로 사업처를 옮긴 겁니다. 주소는 남아 있지만, 현재는 애완동물 가게예요. 몇 년 전에 점원 두 사람이 퇴직했는데, 둘 다 고객을 응대하는 점원들 중에 가장 높은 사람이었고, 그들의 고객 중에 레이븐스크로프트 부인도 있었답니다. 로젠텔은 지금 첼튼엄에 살면서 아직도 그쪽 사업을 하고 있죠. 자신을 '헤어 스타일리스트'라 부르더군요. 그게 최신 용어랍니다. 뷰티션이라는 말도 쓰고요. 우리 젊은 시절에 쓰던 말처럼, 사람은 같은데 모자만 바꿔 씌워 놓은 꼴 아닙니까."

"아하!"

"뭐가 '아하'죠?"

"정말 엄청나게 고맙습니다. 덕분에 좋은 생각이 떠올랐거든요. 머리에 생각이 떠오르는 과정은 참 묘하다니까요."

"선생 머릿속은 이미 좋은 아이디어로 꽉 차 있잖습니까. 선생 문제 중의 하나가 바로 그거예요. 더 이상의 생각이 필요 없다는 거.

그 부부의 가족력에 대해서 최대한 알아봤습니다. 별것 없더군요. 앨리스터 레이븐스크로프트 장군은 스코틀랜드 혈통이에요. 아버지는 교회 목사였고 삼촌 둘은 군인이었는데 둘 다 특출났죠. 장군은 좋은 가정 출신의 마거릿 프레스턴그레이와 결혼했고, 가족에 관련된 추문도 없어요. 아내에게 쌍둥이 언니가 있다는 선생의 지적은 사실이었습니다. 어디서 그 사실을 알게 되셨는지 모르겠네요. 도로시아와 마거릿 프레스턴그레이는 돌리와 몰리라는 애칭으로 알려져 있었어요. 프레스턴그레이 가족은 서식스의 해터스그린에 살았답니다. 일란성 쌍둥이였던 둘에겐 그런 쌍둥이들에게 나타나는 흔한 이력이 있었어요. 같은 날 첫 이빨이 나고, 같은 달에 성홍열에 걸리고, 같은 옷을 입고, 비슷한 남자들과 사랑에 빠져 거의 같은 시기에 결혼을 하고, 남편 둘 모두 군인이고. 옛날 그 가족의 주치의였던 사람은 몇 년 전에 죽었더군요. 그래서 그 의사에게서 얻어 낼 것은 별로 없었어요. 하지만 쌍둥이 둘 중 한 사람은 일찌감치 비극을 맞았죠."

"레이븐스크로프트 부인요?"

"아뇨. 다른 쪽요. 그 여자는 재로 대위라는 사람과 결혼해서 두 아이를 낳았습니다. 그러다 둘째인 4살짜리 남자아이가 일륜차인지 정원에서 쓰는 애들 장난감 같은 것에 맞아서 쓰러진 겁니다. 삽인지 어린이용 괭이였을 수도 있겠네요. 아이는 머리를 맞으면서 인공 연못에 빠지는 바람에 익사하고 말았어요. 분명 큰아이, 9살짜리 여자애가 저지른 짓으로 보였지요. 함께 놀다가 어린애들이 흔히

하듯이 싸움을 한 겁니다. 그것만으로는 별로 의문스러운 일 같지 않지만, 또 다른 얘기도 있긴 있어요. 어머니가 그랬다는 사람도 있었거든요. 화가 나서 애를 때렸다는 거죠. 또 다른 사람 얘기론 애를 때린 게 옆집에 사는 여자였다고 했고요. 하긴 선생에겐 별로 흥미롭지 않은 얘기겠군요. 몇 년이 지나서 그 어머니의 동생 부부가 벌인 동반 자살과는 아무 관계도 없으니까요."

"네, 그렇게 보이는군요. 하지만 사건의 주변 얘기까지 알고 싶은 게 인지상정이니까요."

"그래요. 제가 말씀드렸듯 우리는 과거를 조사할 필요가 있습니다. 이것보다 더 오래된 과거에 대해서는 조사할 생각을 못 했지만요. 말씀드렸지만 이건 전부 자살 사건이 터지기 몇 년 전의 일들입니다."

"당시 사건 수사에 진전이 있었나요?"

"그렇습니다. 어떻게 해서 사건 기록을 찾아봤어요. 사건 조서, 신문 기사 등 여러 가지요. 의심스러운 점들이 좀 있었더군요. 아이 어머니가 아주 큰 충격을 받았습니다. 완전히 엉망이 되어서 병원에 입원해야 했죠. 그 뒤로 영 다른 사람이 되었다고들 합디다."

"하지만 사람들은 그 엄마가 한 일이라고 생각했고요?"

"글쎄요, 의사 생각은 그랬죠. 직접적인 증거는 없었지만. 아이 어머니는 자기가 창가에서 일이 벌어지는 걸 지켜봤다고 말했답니다. 큰아이인 딸이 동생을 때리고 연못에 밀어 넣는 걸 봤다고요. 하지만 당시 사람들은 이 여자의 설명을 믿지 않았나 봅니다. 완전히 횡

설수설했으니까."

"정신적 문제가 있었나요?"

"있었어요. 그래서 요양원인가 정신 병원인가에 입원하기도 했습니다. 분명한 정신 질환자였으니까요. 한두 군데 시설에 한참 동안 있었는데, 아마 런던에 있는 성 앤드루 병원 출신의 전문가들에게 치료를 받았던 것 같습니다. 결국 완치 판정을 받고 약 3년 후에 퇴원해서 가족들과 함께 정상적으로 생활했죠."

"그럼 그때는 완전히 정상이었나요?"

"후에도 내내 신경과민이었던 걸로 압니다만……."

"동반 자살 사건 당시 그 여자는 어디 있었습니까? 레이븐스크로프트 부부의 집에 머물고 있었나요?"

"아뇨. 그 여자는 사건이 터지기 3주 전에 죽었어요. 사건 당시 오버클리프에서 동생 부부와 함께 지내고 있었지요. 일란성 쌍둥이들의 운명이 다시금 눈앞에 펼쳐지는 듯했죠. 그 여자는 몽유병으로 꽤 오랫동안 고생했나 봅니다. 그러다가 한두 가지 사소한 사고를 냈죠. 안정제를 너무 많이 먹어서 집 안을 계속 돌아다닌 적도 있고, 가끔은 밤에 집 밖으로 나온 적도 있었어요. 그러다가 급기야는 절벽 가장자리를 따라 난 오솔길을 걷던 중 실족해서 절벽 아래로 떨어졌답니다. 즉사였죠. 다음 날이 되어서야 시체가 발견됐어요. 여자의 동생인 레이븐스크로프트 부인은 무시무시한 충격을 받았답니다. 두 사람은 서로 무척 각별한 사이였기 때문에 레이븐스크로프트 부인은 그 충격 때문에 병원 신세를 져야 했어요."

"이 비극적인 사고가 몇 주 후에 레이븐스크로프트 부부의 자살로 이어진 건 아닐까요?"

"그런 징후는 전혀 없었습니다."

"쌍둥이들은 기묘한 존재입니다. 레이븐스크로프트 부인은 쌍둥이 동생과의 교감 때문에 자살한 걸지도 몰라요. 남편 또한 어떤 이유로든 죄의식을 느껴 자살했을 수도 있고······."

"생각이 너무 많으시군요, 무슈 푸아로. 앨리스터 레이븐스크로프트가 사람들 눈에 걸리지 않고 처형과 불륜을 저지른다는 건 불가능합니다. 그런 건 절대 아니었습니다. 혹시 그런 걸 상상하고 계셨다면 말이죠."

전화벨이 울렸다. 푸아로는 자리에서 일어나 전화를 받았다. 올리버 부인이었다.

"무슈 푸아로, 내일 오셔서 차나 셰리주 좀 드시겠어요? 실리아가 오기로 했거든요. 그다음에는 그 잘난 척하는 여자도 올 거고요. 원하시던 대로죠?"

푸아로는 자신이 원하던 그대로라고 대답했다.

올리버 부인이 말했다.

"난 서둘러 가 봐야겠어요. 늙은 군마를 만나야 하거든요. 내 코끼리 제1호, 줄리아 카스테어스 아주머니가 제공해 주신 거죠. 아주머니가 이름을 잘못 알고 계셨나 봐요. 늘 있는 일이지만. 주소는 맞게 알려 주신 거여야 할 텐데요."

실리아가 에르퀼 푸아로를 만나다

"그런데 마담, 휴고 포스터 경하곤 어떻게 되셨나요?"

"우선 그 남자 이름은 포스터가 아니었어요. 포더길이더군요. 줄리아 아주머니는 항상 이름을 잘못 아세요. 늘 그러신다니까요."

"그럼 코끼리들은 이름 기억하는 면에서는 꼭 믿음직한 것만은 아니라는 거군요?"

"코끼리 이야기는 하지 마세요. 코끼리들하고는 다 끝났어요."

"부인의 노병은요?"

"꽤 오래된 애완동물이긴 한데, 정보원으로는 쓸모가 없어요. 말레이반도에서 사고로 아이를 잃은 바넷이라는 사람에게만 집착해 있어서요. 하지만 레이븐스크로프트 부부 사건과는 아무 관계 없는 일이죠. 코끼리들과는 분명히 다 끝났어요."

"마담, 마담은 정말 끈기 있고 탁월하신 분입니다."

"실리아는 30분 후에 올 거예요. 만나고 싶다고 하셨죠? 그 아이에겐……. 음……. 무슈 푸아로가 절 돕고 있다고 얘기해 놨어요. 안 그랬으면 그 애가 무슈 푸아로를 보려고 하겠어요?"

"아니죠. 부인이 얘기해 두신 대로 그 아가씨가 왔으면 좋겠군요."

"오래 머무르진 않을 거예요. 1시간 만에 보내도 괜찮아요. 보낸 뒤에 이런저런 생각을 하고 있다 보면 버튼콕스 부인이 올 테니까요."

"아, 그렇군요. 재미있겠네요. 무척 재미있겠어요. 맙소사, 하지만 큰일이에요. 그렇죠? 자료가 너무 많잖아요."

올리버 부인은 한숨을 내쉬었다.

"네. 우린 우리가 뭘 찾고 있는지도 모르니까요. 여러 개연성을 종합해 봐도 우리가 아는 것은 조용히 행복하게 살던 부부가 함께 자살했다는 것뿐입니다. 우리가 가진 것 중 원인과 이유를 밝힐 수 있는 게 뭘까요? 우린 앞으로 갔다 뒤로 갔다, 왼쪽으로 오른쪽으로 갔다 하며 헤매고 있어요."

"맞아요. 사방팔방 돌아다니고 있죠. 북극엔 아직 가 보지 않았네요."

"남극도 말이죠."

"모든 것이 마무리될 때 과연 그곳에 무엇이 있을까요?"

"여러 가지가 있지 않겠습니까. 목록을 만들었는데 보시겠어요?"

푸아로의 말에 올리버 부인은 건너와서 그의 옆에 앉아 어깨 너머로 목록을 읽었다. 그녀가 첫 번째 항목을 가리키며 말했다.

"가발이라. 왜 가발이 제일 먼저 나오죠?"

"가발이 네 개라는 사실이 흥미롭거든요. 흥미로우면서도 꽤 난

해한 사실이죠."

"그 애가 가발을 샀던 상점은 이제 문을 닫은 걸로 알아요. 요즘은 사람들이 각기 다른 곳에서 가발을 구입하는 추세고 예전처럼 많이 쓰질 않으니까요. 전에는 외국에 나갈 때 가발들을 썼잖아요. 머리 손질의 번거로움을 덜 수 있으니까."

"맞습니다, 부인. 가발로 할 수 있는 걸 해 볼 생각입니다. 어쨌든 관심 가는 부분이니까요. 또 다른 얘기도 있더군요. 그 집안에 정신적인 문제가 있다는 것이었죠. 쌍둥이 언니의 정신에 이상이 와서 꽤 오랜 시간을 정신 병원에서 보냈다고 해요."

"그렇게 봐선 결론이 나오지 않는 것 같아요. 제 말은, 그 여자가 찾아와서 두 사람을 쏴 죽였을 수도 있지만, 그럴 이유가 없다는 거지요."

"그렇죠. 권총에 묻은 지문은 분명히 레이븐스크로프트 장군과 그 아내의 지문뿐이었던 걸로 압니다. 아이 얘기도 있더군요. 아이가 말레이반도에서 살해됐다는 둥, 아이를 해치려는 사람이 있었다는 둥. 레이븐스크로프트 부인의 쌍둥이 언니가 사건을 저질렀을 가능성도 있고, 전혀 다른 여자가 한 짓일 수도 있어요. 유모나 하인 말이죠. 두 번째, 돈 문제가 있는데……. 거기 대해서는 부인이 좀 더 아실 겁니다."

"돈이 이 사건과 무슨 상관이죠?"

올리버 부인이 조금 놀라서 말했다.

"상관이 없어요. 바로 그 점이 정말 흥미를 끄는 구석이죠. 보통은 돈 문제가 개입되거든요. 그 자살로 인해 누군가의 손에 돈이 들어간다, 그 일로 돈을 잃는다, 돈 때문에 어디선가 난관이 생기고 말썽이 일어나며 탐욕과 욕망이 끓어오른다……. 이해하기 어려운 점은 이 사건의 어디에도 상당한 금액의 돈이 보이는 대목이 없다는 겁니다. 한편 갖가지 불륜 얘기도 등장하더군요. 남편에게 여자들이 모여들었다, 혹은 아내에게 남자들이 붙어 다녔다. 어느 한쪽의 바람이 자살이나 살인을 낳았다. 흔히 있는 일이지 않습니까. 이제 말씀드리려는 것이 무엇보다 관심을 갖게 하는 부분인데요. 제가 버튼콕스 부인을 그렇게 만나고 싶어 하는 이유도 바로 그것 때문입니다."

"오. 그 지독한 여자요. 왜 그 여자를 신경 쓰시는지 모르겠네요. 그 여자가 한 일이라곤 남의 일에 참견하고 대뜸 제게 뭘 부탁한 것뿐인데요."

"그렇죠. 하지만 어째서 부인더러 뭔가를 알아봐 달라고 부탁했을까요? 제겐 바로 그 점이 무척 이상해 보이거든요. 제가 볼 때는 그걸 알아봐야 할 듯 싶네요. 그 부인이 연결고리랍니다."

"연결고리요?"

"그래요. 그 연결고리가 무엇이고, 어디 있고, 어떻게 생겼는지 우린 모릅니다. 우리가 아는 거라곤 그 부인이 이 자살 사건의 진실을 알아내는 데 혈안이 되어 있다는 것뿐이죠. 그 여자는 부인의 대녀인 실리아 레이븐스크로프트와 자신의 아들 아닌 아들을 이어 주는 연결고리인 거예요."

"무슨 말씀이세요? 아들이 아니라뇨?"

"그 아들은 실은 입양아입니다. 친자식이 죽자 부인이 입양한 거죠."

"아들이 어떻게 죽었대요? 왜요? 언제?"

"저도 자문해 봤죠. 그 여자가 감정의 연결 고리, 증오와 불륜이 낳은 복수심의 고리일지도 몰라요. 무슨 일이 있어도 그 여자를 만나야 합니다. 그 여자에 대한 생각을 정해야 하거든요. 그래요. 이거야말로 정말 중요하다는 생각이 듭니다."

벨소리가 울리자 올리버 부인은 방에서 나가 현관 앞으로 갔다.

"실리아인가 봐요. 괜찮으시겠어요?"

"저야 괜찮습니다. 그 아가씨도 불편하지 않으면 좋겠군요."

몇 분 후 올리버 부인이 실리아 레이븐스크로프트와 함께 돌아왔다. 실리아는 의심스러운 듯 탐색하는 표정이었다.

"잘 모르겠는데, 혹시……"

실리아는 말을 멈추고 에르퀼 푸아로를 바라보았다. 올리버 부인이 설명했다.

"날 도와주는 분이자 너도 도와주실 분을 소개하마. 무슈 에르퀼 푸아로셔. 네가 알고 싶고 찾고 싶어 하는 것을 얻도록 도와줄 분이지. 뭔가를 찾아내는 데 특별한 재능이 있으시단다."

"오."

실리아는 달걀 모양의 머리와 괴상한 콧수염, 작달막한 키를 가진 남자를 의심스러운 눈으로 바라보더니 주저하는 어조로 말했다.

"이분 이름을 들어 본 것 같아요."

에르퀼 푸아로는 '제 이름을 못 들어 본 사람은 거의 없을 겁니다.'라고 단호히 말하고 싶은 욕구를 힘겹게 참았다. 과거에야 그 말이 사실이었겠지만 요즘은 그렇지 않았다. 에르퀼 푸아로의 이름을 들어 보고 그를 알던 많은 사람들은 이제 교회의 묘지에서 휴식을 취하고 있기 때문이다.

"앉으세요. 마드무아젤. 저에 대해 좀 알려 드리죠. 저는 한 번 조사를 시작하면 끝까지 쫓아간답니다. 저는 결국 진실을 밝혀낼 거고, 만일 아가씨가 정말 그러길 원한다면, 그걸 알려 드리겠어요. 하지만 아가씨가 알고 사는 것이 안심하고 사는 것뿐이라면, 그건 진실을 안다는 것과는 다른 의미겠죠. 그렇다면 아가씨를 안심시켜 줄 여러 위안거리들을 찾아 드릴 수도 있습니다. 그걸로 충분하다면 그 이상은 요구하지 마시고요."

실리아는 푸아로가 권하는 의자에 앉아 아주 진지한 눈빛으로 그를 쳐다보며 입을 열었다.

"제가 진실엔 신경 쓰지 않는다고 생각하시는군요?"

"진실은 어쩌면 충격과 슬픔으로 다가올 수도 있습니다. 어쩌면 아가씨는 이렇게 말할지도 몰라요. '왜 난 이 모든 것을 그냥 내버려 두지 않았을까? 왜 굳이 알려고 했던 걸까? 고통스럽기만 할 뿐 내가 어쩌거나 돌이킬 수도 없는 일을.' 이건 아가씨가 사랑했던(이건 인정합시다.) 부모님의 동반 자살 사건입니다. 부모님을 사랑하는 것이 손해는 아니에요."

올리버 부인이 말했다.

"요즘엔 그게 손해라고 생각하는 사람도 간혹 있던데요. 말하자면 새로운 풍조라고나 할까요."

실리아가 말했다.

"전 주위에 의심을 품고, 사람들이 가끔 수군거리는 이상한 얘기에 귀 기울이면서 살아 왔어요. 사람들은 저를 연민에 찬 눈으로 바라보죠. 아니, 그 정도가 아니라 호기심마저 엿보이면서요……. 그래서 전 사람들에 관한 것을 알아보기 시작했죠. 제가 만나는 사람들, 아는 사람들, 우리 가족을 알던 사람들. 이제 이런 생활은 싫어요. 제가 원하는 건……. 무슈 푸아로는 제가 바라지 않는다고 생각하시지만, 전 진실을 원한답니다. 전 진실을 똑바로 바라볼 수 있어요. 제게 얘기해 주세요."

대화는 더 이상 이어지지 않았다. 실리아는 또 다른 질문을 생각하며 고개를 돌려 푸아로를 바라보았다. 지금 막 머릿속에 떠오른 질문이었다.

"데즈먼드를 만나셨죠? 무슈 푸아로를 만났다고 제게 그러던데요."

"네. 절 보러 왔습니다. 그러지 않길 바라셨나요?"

"제게 묻지 않았거든요."

"만약 물어봤다면요?"

"모르겠어요. 그러지 말라고, 절대 그런 짓 말라고 했어야 옳은지, 아니면 부추겼어야 옳은지요."

"질문 하나 드리고 싶군요, 마드무아젤. 아가씨에게 중요하다고 생각되는, 다른 무엇보다 중요하다고 생각되는 한 가지가 확실히 존재하나요?"

"글쎄요, 그게 뭐죠?"

"말씀하신 대로 데즈먼드 버튼콕스 군이 절 만나러 왔습니다. 아주 매력적이고 호감 가는 청년이었고, 무척 진지한 태도로 용건을 얘기하더군요. 자, 정말 중요한 건 이겁니다. 아가씨와 그 청년이 정말 결혼을 원하느냐? 이건 중대한 문제거든요. 요즘 젊은이들에겐 꼭 그렇지만도 않은 것 같지만, 결혼은 평생을 함께하는 연결 고리입니다. 그러길 원하나요? 중요한 질문입니다. 아가씨의 부모 두 분이 동반 자살을 했든, 아니면 다른 이유로 돌아가셨든 그것이 아가씨나 데즈먼드에게 무슨 차이가 있을까요?"

"무슈 푸아로 말씀은 동반 자살이 아니었다는 건가요?"

"아직은 모릅니다. 자살이 아닐 수도 있음을 시사하는 구석도 있습니다. 하지만 그런 정황들에도 불구하고, (경찰은 믿을 만하답니다, 마드무아젤 실리아. 정말 믿을 수 있다니까요.) 경찰은 모든 증거에 비추어 볼 때 동반 자살 외의 다른 설명의 여지가 없다는 결론을 내렸더군요."

"하지만 자살의 이유는 몰랐다는 말씀이죠?"

"네. 제 말이 바로 그겁니다."

"무슈 푸아로도 이유를 모르시나요? 사건을 조사하거나 추리해 보면 뭔가 나오지 않을까요?"

"그건 확실히 모릅니다. 다만 알고 나면 아주 괴로울 뭔가 있을 수도 있다는 생각에, 아가씨의 심정이 혹시 이런 것은 아닌지 물어

보는 겁니다. '과거는 과거야. 내겐 내가 사랑하고 날 사랑하는 남자가 있어. 우리가 함께 누릴 것은 미래지 과거가 아냐.'라고요."

"데즈먼드가 자신이 입양아라고 얘기하던가요?"

"네. 얘기하더군요."

"아니, 정말이지 이게 그분이 나설 일인가요? 왜 그 부인이 올리버 부인을 걱정시키고, 저에게까지 뭘 물어보고 내막을 캐라는 요구를 하는 거죠? 친어머니도 아니면서."

"데즈먼드는 어머니를 좋아합니까?"

"아뇨. 대체로 좋아하지 않는 편이에요. 전부터 그랬던 것 같아요."

"그래도 부인은 데즈먼드에게 돈을 대고 있습니다. 학비에 옷가지에, 그 외에도 잡다하게 말이죠. 아가씨는 그 부인이 데즈먼드를 아낀다고 생각하나요?"

"모르겠어요. 그렇지 않다고 생각해요. 그 부인에겐 친자식의 빈자리를 채워 줄 아이가 필요했을 뿐일 거예요. 남편이 세상을 떠난 지 얼마 되지 않았을 때였고, 친자식을 사고로 잃었기 때문에 다른 아이를 입양하려 한 거죠. 힘든 시기였을 거예요."

"그렇군요. 알겠어요. 하나만 더 물어봅시다."

"그 부인에 대해서요, 아니면 데즈먼드에 대해서요?"

"데즈먼드에게 주어지는 돈이 있나요?"

"무슨 뜻으로 하시는 말씀인지 잘 모르겠어요. 데즈먼드에게 저를 먹여 살릴 돈쯤은 있어요. 아내를 부양할 수 있다는 거지요. 입양될 당시부터 돈을 받게 돼 있던 걸로 알아요. 꽤 넉넉한 금액이죠.

팔자를 바꿀 거금은 아니지만요."

"그 부인이……. 지불 정지를 할 수도 있고요?"

"뭘요? 데즈먼드가 저와 결혼하면 그 부인이 돈 지급을 끊을 거란 말씀이세요? 부인은 그러겠다는 협박은 물론, 실제로 그러지도 못 할 거라고 생각해요. 변호사나 그 밖에 입양을 주선한 사람들이 미 리 조치해 뒀으니까요. 입양아와 보호자 사이에 말썽이 생기는 일 이 잦아서 그렇다던데요."

"남들은 모르지만 아가씨는 알지도 모르는 걸 하나 물어보고 싶 군요. 어쩌면 버튼콕스 부인도 알고 있을지 모르겠네요. 데즈먼드의 생모가 누군지 압니까?"

"그 부인이 그렇게 참견해 대는 이유 중에 친어머니 문제도 있을 거라고 생각하시는군요? 무슈 푸아로 말씀대로 데즈먼드의 출신과 무슨 관계가 있긴 해요. 데즈먼드가 사생아였는지도 모르죠. 사생 아는 대개 남에게 입양되어 가잖아요. 버튼콕스 부인이 데즈먼드의 생모나 생부에 대해 뭔가 알고 있는지는 모르지만, 데즈먼드에겐 말해 주지 않았대요. 그저 입양 기관에서 권하는 우스꽝스런 모범 답안만 늘어놓았나 봐요. 입양되는 건 좋은 일이다, 누군가 널 원했 다는 증거니까 따위의 얘기 말예요. 그렇게 감상적이고 실없는 얘 기 많잖아요."

"입양 기관 중에는 그런 식으로 입양 사실을 알리라고 권하기도 하는 것 같더군요. 혹시 친척 관계에 대해 데즈먼드나 아가씨가 아 는 것이 있나요?"

"전 몰라요. 데즈먼드도 모를 거예요. 그런 일에 마음 쓰는 것 같지 않아요. 속 끓이기 잘하는 사람이 아니거든요."

"혹시 버튼콕스 부인이 아가씨의 집안 사람들, 혹은 부모님과 친했는지 아시나요? 아가씨가 집에서 살던 어린 시절에 그 부인을 만났던 기억은요?"

"그런 적 없을 거예요. 데즈먼드의 어머니……. 아니, 버튼콕스 부인이 전에 말레이반도에 갔나 봐요. 남편은 거기서 세상을 떠난 모양이고, 그들 부부가 말레이반도에 있는 동안 데즈먼드는 영국의 학교에 다녔어요. 학교가 쉬는 날이면 사촌네 집인가, 보육 시설인가 하는 곳에서 먹고 자고 했죠. 그때 만나서 친하게 지냈어요. 전 데즈먼드를 잊은 적이 없어요. 영웅 숭배와 비슷했죠. 데즈먼드는 나무도 잘 탔고, 새 둥지와 새알에 관한 여러 가지를 제게 알려 줬거든요. 그래서 대학에서 데즈먼드와 재회했을 때도 자연스러운 기분이었어요. 살던 동네에 대한 얘길 나누다가 데즈먼드가 제 이름을 묻더군요. '난 네 세례명만 알고 있어.'라면서요. 저희 둘은 곧 잊었던 기억들을 함께 되살려 냈어요. 그렇게 해서 서로를 알게 된 거죠. 제가 그이에 대해 뭐든 다 아는 건 아녜요. 전 무엇에 대해서는 아는 게 없어요. 이젠 알고 싶네요. 지금까지도 제 삶에 영향을 주고 있는 과거의 진실을 속속들이 알지 못한다면 어떻게 인생을 설계하고 계획을 세울 수 있겠어요?"

"그럼 조사를 계속해 달라는 얘기군요?"

"네. 어떤 결과라도 나오기만 한다면요. 그러리라 생각하진 않지만요. 데즈먼드와 저도 나름대로 알아보려고 애써 봤지만 결과는 신통치 않았죠. 결국은 살아 있는 사람들이 신경 쓸 일이 아니라는 단순한 이야기로 되돌아온 것 같아요. 죽음에 관한 얘기잖아요, 두 사람의 죽음. 둘이 함께 자살하면 남들은 한 사람이 자살한 것과 마찬가지로 생각해요. 셰익스피어였나? 어딘가에 이런 구절이 있답니다. '그리고 죽음 안에서 그들은 결코 떨어지지 않았다.'"

실리아는 푸아로에게 고개를 돌렸다.

"네. 계속해 주세요. 밝혀 주셨으면 해요. 올리버 부인에게 말씀하시거나, 제게 직접 알려 주셔도 좋아요. 하지만 될 수 있으면 제게 직접 알려 주시면 좋겠어요."

실리아는 다시 고개를 돌려 올리버 부인을 바라보았다.

"대모님께 못되게 굴고 싶진 않아요. 대모님은 제게 늘 자상하게 대해 주셨죠. 하지만……. 저는 조사자의 얘길 직접 듣고 싶어요. 무례한 표현 죄송합니다, 무슈 푸아로. 나쁜 의도는 아니었어요."

"괜찮아요. 기꺼이 조사자가 돼 드리죠."

"해 주실 거죠?"

"전 항상 할 수 있다고 믿는답니다."

"그 말씀, 언제나 사실이죠?"

"대개는요. 제가 말씀드릴 수 있는 건 이 정도뿐입니다."

버튼콕스 부인

"자, 저 애 어때요?"

올리버 부인이 실리아를 배웅한 뒤 방으로 되돌아와서 말했다.

"개성이 강하군요. 흥미로운 아가씨예요. 제 방식대로 표현하자면 범상치 않은 인물이랄까요."

"맞아요. 제대로 봤어요."

"제게 얘기 좀 해 주시면 좋겠는데요."

"실리아에 대해서요? 썩 잘 알지는 못해요. 대녀를 속속들이 아는 사람은 별로 없잖아요. 정말 어쩌다 한 번씩만 보게 되니까."

"실리아 말고 실리아의 어머니 말입니다."

"오, 그거라면 알죠."

"실리아 어머니를 아셨나요?"

"네. 우린 파리에서 같은 기숙 학교에 있었어요. 그 시절 사람들은 딸을 파리에 보내 놓으면 완전히 다듬어져서 온다고 생각했답니다. 실은 사교계 입문이라기보단 공동 묘지 입장 같은 건데 말예요. 실리아 어머니에 대해 뭘 알고 싶으세요?"

"기억하세요? 그 부인이 어땠는지?"

"그럼요. 지난 일이라고 해서 사물이나 사람이 완전히 잊히는 건 아니니까요."

"어떤 사람이란 인상을 받으셨나요?"

"그 애는 아름다웠어요. 그건 확실히 기억해요. 열서너 살 때 말고요. 그 나이 땐 젖살이 아직 많이 남아 있었거든요. 하긴 누구나 그랬던 것 같지만요."

올리버 부인은 깊은 생각에 잠겨서 말했다.

"개성이 강했나요?"

"그건 기억하기가 어려워요. 그 앤 제 유일한 친구도, 가장 친한 친구도 아니었으니까요. 그땐 취향이 비슷한 애들끼리 무리를 지어 몰려 다녔지요. 우린 모두 테니스를 좋아했고 오페라에 초대받아 가는 데도 관심이 많았어요. 하지만 화랑에 끌려가는 건 지루해서 죽을 지경이었고요. 대강 그랬다는 얘기예요. 몰리 프레스턴그레이가 그 애의 이름이었죠."

"둘 다 남자 친구가 있었나요?"

"열정의 대상이야 한두 번 있었죠. 팝 가수는 물론 아니었어요. 시대가 요즘 같지 않았으니까요. 대개 배우들이었죠. 굉장히 다양하게 활동하는 배우가 하나 있었어요. 한 번은 우리 무리 중 한 애가 침대 머리맡에 그 배우 사진을 붙여 놓았는데, 프랑스 출신 사감인 마드무아젤 지랑이 그런 행동은 절대 허락 못 한다고 했더랬죠. '스 네파 콩브나블(그건 적합하지 않아요).' 그러면서 말예요. 걔는 그 배우가 자기 아버지란 얘길 하지 않았거든요! 얼마나 우스웠는지. 우린 정신없이 웃어 댔답니다."

"몰리, 그러니까 마거릿 프레스턴그레이 얘길 좀 더 해 주시죠. 오늘 그 아가씨가 그 친구를 닮았던가요?"

"아뇨. 그렇지 않아요. 닮지 않았어요. 몰리는 실리아보다 훨씬 감성적이었어요."

"쌍둥이 자매가 있다고 들었는데. 그 자매도 같은 기숙사에서 생활을 했나요?"

"아뇨. 그쪽은 아니었어요. 같은 나이니 그럴 법도 했지만 아니었죠. 영국 어디쯤에 살았을 거예요. 확실하진 않아요. 제가 받은 느낌으로는……. 그 애 언니를 어쩌다 한두 번 만난 적이 있었는데 몰리와 판박이 같았어요. 쌍둥이들은 커 가면서 흔히 달라지지만, 그땐 아직 외모나 머리 모양에서 차이가 없었다는 얘기죠. 몰리는 언니인 돌리에게 무척 헌신적이었지만 돌리 이야기를 많이 하는 편은 아니었어요. 그때는 몰랐지만 이제 와서 느끼기로는 쌍둥이 언니 돌리에게 좀 문제가 있었던 것 같아요. 한두 번 정도 돌리가 아팠던가 해서 치료를 받으러 어디 갔다는 얘기도 있었답니다. 장애가 있었나 싶기도 했고요. 한번은 그 애 숙모가 건강에 도움을 준다고 돌리를 바닷가에 데리고 간 적도 있어요."

올리버 부인은 고개를 저었다.

"기억이 정확하지는 않아요. 몰리가 돌리에게 무척 헌신적이었고, 은근히 돌리를 보호하려 한다는 느낌을 받았을 뿐이죠. 말이 좀 이상한가요?"

"전혀요."

"몰리는 돌리 얘길 꺼리는 편이었어요. 주로 부모님 얘기를 했죠. 애들이 그렇듯이 부모님을 좋아했거든요. 한 번은 몰리 어머니가 파리에 와서 몰리를 데리고 외출한 기억이 나요. 좋은 분이었어요. 아주 재미있다거나 미인이라거나 그런 건 아니지만 좋은 분이셨죠. 조용하고, 친절하고."

"그렇군요. 그 외엔 도움 될 만한 정보가 없나요? 남자 친구들도 없었고?"

"그땐 남자 친구가 있는 애들이 별로 없었어요. 남자 친구를 사귀는 게 당연시되는 요즘하곤 달랐죠. 나중에 고향으로 돌아온 뒤에 우린 둘 다 조금씩 떠돌아 다녔어요. 몰리는 부모님과 외국으로 나갔고요. 인도는 아니고, 어디 다른 곳이었는데…… 이집트였나 봐요. 지금 생각하면 영사관에 계셨던 모양이에요. 몰리네 가족은 스웨덴에 잠시 살았다가, 버뮤다든가, 서인도 제도든가로 이사했거든요. 아버지가 거기서 총독 비슷한 자리에 계셨나 봐요. 하지만 그런 걸 누가 제대로 기억하나요. 몰리는 음악 교사에게 푹 빠져 있었고 우리 둘 다 그걸로 만족했어요. 요즘 애들이 남자 친구 때문에 골치 썩는 거에 비하면 훨씬 나았죠. 우린 음악 교사들을 좋아해서 그들이 오는 날만을 고대했답니다. 그 사람들이야 우리에게 관심도 없었겠죠. 하지만 우리는 밤이면 그들 꿈을 꿨고, 난 사모하는 아돌프 씨가 콜레라에 걸려서 내가 그를 간호하고 그의 목숨을 구하러 수혈까지 하는 황홀한 백일몽도 꿨어요. 얼마나 우스운 꿈인지. 그것 말고도 어떤 생각들을 했는지 아세요? 한때는 수녀가 되겠노라 굳게 마음먹었다가, 나중엔 간호사가 되겠다는 생각을 했죠. 그나저나, 조금 있으면 버튼콕스 부인이 올 것 같네요. 그 여자가 무슈 푸아로에게 어떤 반응을 보일지 궁금해요."

푸아로는 손목시계를 들여다보았다.

"곧 알게 되겠죠."

"미리 상의해야 할 게 또 있나요?"

"우리끼리 기록을 비교해야 할 것들이 좀 있습니다. 한두 가지 조사할 게 있어서요. 부인에겐 코끼리 조사 정도랄까요? 제겐 코끼리에 대한 물밑 조사라고 할 수 있죠."

"거 참 희한하시네요. 코끼리 일은 끝났다니까요."

"아. 하지만 코끼리들은 아직 부인에게 볼일이 남았답니다."

현관 초인종이 다시 울렸다. 푸아로와 올리버 부인은 서로를 바라보았다.

"자, 시작이에요."

올리버 부인은 한 번 더 방을 나갔다. 밖에서 인사를 나누는 소리가 들리더니, 이윽고 올리버 부인이 좀 커다란 체구의 버튼콕스 부인을 데리고 들어왔다.

"정말 좋은 아파트에 사시네요. 짬을 내주셔서 정말 기뻐요. 귀중한 시간을 쪼개서 저를 보자고 하셨다고요."

버튼콕스 부인은 올리버 부인에게 이렇게 말하며 에르퀼 푸아로를 곁눈질했다. 어렴풋이 놀라는 기색이 그녀의 얼굴을 스치고 지나갔다. 버튼콕스 부인은 잠시 푸아로에게서 시선을 떼어 창가에 놓인 소형 그랜드 피아노를 바라보았다. 에르퀼 푸아로를 피아노 조율사로 생각하는 모양이었다. 올리버 부인은 급히 입을 열었다.

"소개할게요. 무슈 에르퀼 푸아로세요."

올리버 부인의 말에 푸아로는 앞으로 걸어 나와 허리를 굽혔다.

"부인께 도움을 줄 수 있는 유일한 분이세요. 며칠 전에 제 대녀 실리아 레이븐스크로프트 일로 저에게 부탁하셨던 일 기억하시죠?"

"아, 네. 기억해 주셔서 감사해요. 제가 말씀드린 문제에 대해 부인께서 좀 알아내신 게 있다면 좋겠네요."

"저는 별 신통한 결과를 얻지 못했어요. 그래서 무슈 푸아로에게 부인을 만나 달라고 부탁한 거예요. 멋진 분이시죠. 탐정업계에서 따를 자가 없는 최고세요. 제 친구들 일을 많이 도와주셨고, 미궁에 빠졌다고밖엔 말할 수 없었던 많은 사건들을 풀어내셨답니다. 이번 일이야말로 정말 끔찍한 비극이잖아요."

"네, 정말이에요."

버튼콕스 부인이 아직도 의심스러운 눈초리로 답했다. 올리버 부인이 버튼콕스 부인에게 의자를 권했다.

"뭘 드실래요? 셰리주? 차 마시기엔 시각이 너무 늦었죠? 아니면

칵테일이라도?"

"셰리주로 할게요. 정말 감사합니다."

"무슈 푸아로는요?"

"저도요."

올리버 부인은 그가 좋아하는 과일 음료인 시롭 드 카시스를 주문하지 않은 것을 정말 다행스럽게 생각했다. 그녀는 병과 유리잔들을 가져왔다.

"부인이 무엇을 조사하길 원하는지 무슈 푸아로에게 대충 얘기해 뒀어요."

버튼콕스 부인은 아직도 뭔가 미심쩍은 듯 확신이 없어 보였는데, 아마도 원래 습성이 그런 듯했다.

"오, 네. 요즘 젊은 애들은 정말 어렵다니까요. 이 애들만 해도요. 우리 귀여운 아들에 대해 말씀드릴 것 같으면, 저는 그 애의 앞날에 대해 기대가 크답니다. 상대 여자아이는 무척 매력적인 애인데, 이미 들으셨겠지만 올리버 부인의 대녀이지요. 세상사 참 모를 일이죠. 우정이란 것이 보통은 오래가지 않잖아요. 옛날 같으면 이 두 아이를 두고 풋사랑이라고 했을 거예요. 그런 만큼 상대방의 집안 사람들에 대해 좀 알아보는 건 아주 중요한 일이죠. 물론 실리아가 훌륭한 가정에서 태어났다는 건 알지만 그런 비극이 있었잖아요. 전 동반 자살이라고 생각하는데, 어떻게 해서 그런 일이 생겼는지 도무지 알 수가 있어야죠. 제 친구 중엔 레이븐스크로프트 부부와 알고 지내던 사람이 없어서 더 알기 힘들었어요. 실리아가 매력 있는 애인 건 알지만, 좀 더 알아는 봐야 하지 않겠어요."

"제 친구인 올리버 부인 말씀으론 특별히 알고 싶으신 게 있다고 하던데요. 사실 궁금하신 것이……."

올리버 부인이 다소 단호한 어조로 끼어 들었다.

"부인은 실리아의 아버지가 어머니를 쏘고 자살했는지, 어머니가 아버지를 쏘고 자살했는지를 알고 싶다고 하셨죠?"

"그 두 가지는 좀 다르다고 봐요. 네, 다르고말고요."

"무척 흥미로운 시각이시군요."

푸아로의 말은 그다지 맞장구 치는 어조가 아니었다.

"왜, 정서적인 배경 있잖아요. 이 모든 일들을 초래한 정서적 토양들이랄까요. 결혼할 때는 자녀들 생각을 해야 한다는 건 인정하시죠? 앞으로 태어날 아이들요. 지금 유전 얘길 하고 있는 거랍니다. 환경보다는 유전이 아이들에게 큰 힘을 발휘한다는 걸 아시잖아요. 유전으로 성격이 형성되고, 원치 않았던 커다란 위험이 생기기도 하니까요."

"맞아요. 하지만 그 위험을 감수하는 쪽은 결정을 내리는 당사자들입니다. 아드님과 그 젊은 아가씨가 선택할 문제 아닙니까?"

"알죠. 알아요. 제 몫이 아니라는 거요. 부모는 상대를 선택할 수도 없고 심지어 충고하는 것조차 허용되지 않죠. 하지만 그 일만은 더 알고 싶어요. 정말 알고 싶다고요. 무슈 푸아로가…… 조사를 맡아 주실 수 있다고 생각하신다면요. 어쩌면 저는 정말 어리석은 어머니인지도 몰라요. 자나 깨나 귀여운 자식 걱정이니. 어머니란 그렇잖아요."

콕스 부인은 나지막이 웃음을 터트리며 고개를 약간 기울였다. 그녀는 셰리주가 든 잔을 비우곤 말을 이었다.

"무슈 푸아로도 생각해 보세요. 저도 알려 드릴게요. 제가 정확히 어떤 점을 염려하고 있는지를요."

그녀는 손목시계를 내려다보았다.

"이런. 내 정신 좀 봐. 다른 약속이 있는데 늦어 버렸네. 이만 가 봐야겠어요. 이렇게 도망치듯 가게 되어 정말 죄송해요, 올리버 부인. 하지만 사정 아시잖아요. 아까 오후에도 택시 잡느라 지옥 같았다니까요. 택시 기사마다 고개를 돌리고 그냥 지나쳐 가니 말예요. 정말, 정말 짜증 나더군요. 무슈 푸아로 주소는 올리버 부인이 갖고 계시죠?"

"제 주소를 드리겠습니다."

푸아로는 주머니에서 명함을 꺼내 콕스 부인에게 건넸다.

"예, 그래요. 알았어요. 무슈 에르퀼 푸아로……. 프랑스분이시군요?"

"벨기에 출신입니다."

"그렇군요. 벨기에분이시라고요. 네, 네. 잘 알겠습니다. 만나 봬서 정말 반가웠고 기대가 커요. 이런, 빨리 가 봐야겠네요."

콕스 부인은 올리버 부인, 푸아로와 차례로 악수를 나눈 후 현관문 닫히는 소리를 남기고 떠났다.

"저 모습을 어떻게 생각하세요?"

올리버 부인이 말했다.

"뭘요?"

"도망갔잖아요. 피한 거라고요. 무슈 푸아로에게 겁을 먹은 거예요."

"옳은 판단이십니다."

"콕스 부인은 내가 실리아에게서 뭘 끌어내 주길 바랐어요. 실리아가 알고 있는 것이나, 자기가 생각하고 있는 어떤 비밀에 대한 답을 알아내 주길 바랐죠. 하지만 정작 정식으로 제대로 조사하는 건 원치 않는 거예요."

"동감입니다. 재미있는걸요. 정말 흥미로워요. 저 부인이 부자라고 생각하세요?"

"그렇다고 봐야죠. 집값 비싼 동네에 살고 값비싼 옷을 걸치고……. 이해가 잘 안 가는 여자예요. 나서기 좋아하고 으스대는 여자죠. 가입한 모임도 많고요. 수상한 구석은 없어요. 몇 사람 붙잡고 물어봤는데 다들 저 여잘 그리 좋아하지 않는 것 같아요. 하지만 정치 행사에도 참여하고 공적인 활동도 많이 하는 마당발이니까요."

"그럼 저 부인의 문제는 뭘까요?"

"뭔가 문제가 있다고 보시는 거예요? 아니면 저처럼 단순히 저 여자가 맘에 드시지 않는 거예요?"

"밝히기를 꺼리는 뭔가가 있는 것 같습니다."

"오. 그래서 그걸 캐 보실 거예요?"

"할 수 있다면 당연히 그래야죠. 쉽지 않을지도 몰라요. 그녀는 일단 물러났습니다. 꽁무니를 빼면서 우리한테서 도망쳤어요. 제가 던

지려는 질문이 두려웠던 겁니다. 실로 흥미롭군요."

푸아로는 한숨을 쉬고 말을 이었다.

"생각보다 훨씬 먼 과거로 거슬러 올라가야 할 것 같네요."

"네? 또다시 과거로요?"

"네. 과거 속 어딘가로. 여러 사례를 찾아야죠. 사건을 따져 보기 전에 먼저 알아야 할 게 있습니다. 15년 전, 20년 전에 오버클리프 저택에서 무슨 일이 있었나? 그래요. 다시 과거로 거슬러 올라가야 합니다."

"그렇군요. 자, 그럼 뭘 해야 하나요? 무슈 푸아로는 뭘 알아보셨어요?"

"경찰 기록을 뒤져서 그 집에서 발견된 것들에 관한 정보를 꽤 얻었습니다. 가발 네 개가 있던 것 기억하실 겁니다."

"네. 가발이 넷이라는 건 너무 많다고 하셨잖아요."

"약간 과하다고 생각했죠. 도움이 될 만한 주소들도 입수했습니다. 도움이 될 의사의 주소도요."

"의사요? 그 가족의 주치의 말인가요?"

"아뇨. 가족 주치의가 아니라 사고를 당한 아이의 검시 때 증언을 한 의사입니다. 큰딸이 동생을 민 건지, 아니면 다른 사람이 밀었는지에 대해 알기 위해서죠."

"아이 엄마 말예요?"

"아이 어머니가 밀었을 수도 있고, 그 시각 집에 있던 또 다른 사람이 밀었을 수도 있죠. 그 사건이 어디서 벌어졌는지 제가 알고 있어서, 개러웨이 경무관과 그의 정보원들, 그 사건에 관심을 가졌던 기자 친구들을 통해서 그 의사를 추적할 수 있었습니다."

"그래서 지금 만나 보시려고……. 지금은 아주 많이 늙었을 텐데요."

"제가 만나려는 건 그 의사가 아니라 그 의사의 아들입니다. 아들도 대를 이어 정신과 전문의 자격을 갖고 있거든요. 그 사람을 소개받았는데, 뭔가 흥미로운 얘기를 들을 수 있을지도 모릅니다. 그리고 돈 문제도 조사해 봤죠."

"돈이라니, 무슨 말씀이세요?"

"음, 우리가 알아봐야 할 것들이 있습니다. 범죄에 빠지지 않고 등장하는 게 있습니다. 바로 돈이죠. 어떤 사건으로 누가 돈을 잃느냐, 어떤 사건으로 누가 돈을 얻느냐. 그걸 알아봐야 해요."

"그럼 레이븐스크로프트 부부 사건에서도 경찰이 그걸 알아봤겠네요."

"네. 보기엔 아주 자연스럽더군요. 부부 모두 정상적인 유언장을 남겼습니다. 즉 한쪽이 죽을 경우 배우자에게 돈이 돌아가도록 해놓았습니다. 부인은 남편에게, 남편은 부인에게 유산을 물려주도록 말이죠. 그런데 두 사람 모두 죽었으니 누구도 득을 보지 못해요. 따라서 득을 볼 사람은 딸인 실리아와, 실리아의 남동생 에드워드뿐인데, 제가 알아본 바 에드워드는 현재 외국에서 대학에 다니고 있더군요."

"글쎄요, 그건 도움이 안 될 거예요. 사건 당시 아이들은 둘 다 집에 없었으니 관계가 있을 리 없잖아요."

"옳은 말씀, 하지만 우린 더 파헤쳐 봐야 합니다. 앞으로, 뒤로, 옆으로. 그래서 어딘가에 중요한 금전적 동기가 있지 않나 알아봐야 하는 겁니다."

"저보고 그런 일을 하라고 하진 마세요. 전 그런 일엔 정말 소질 없어요. 코끼리들을 만나 얘기하는 일이라면 몰라도."

"그럼요. 부인이 가장 잘하실 수 있는 것은 가발 문제를 알아보는 거라고 생각합니다."

"가발요?"

"당시의 상세한 경찰 기록을 살펴봤더니 가발 가게에 관한 내용이 있더군요. 이 업체는 미용사들과 가발 제작자들을 데리고 런던의 본드가에서 영업하던 아주 고가의 가발 가게였습니다. 나중에 이 상점은 문을 닫았고, 매장도 다른 곳으로 주소를 옮겼죠. 동업자 두 사람 중 한 사람이 계속 그 일을 해 오다가 결국엔 포기한 걸로 압니다. 하지만 수석 가공사 겸 미용사 중에 한 사람의 주소를 알아냈는데, 이런 일은 여자 분이 알아보는 쪽이 더 어울릴 거라는 생각이 듭니다."

"저 말이에요?"

"네. 부인요."

"좋아요. 어떻게 하면 되나요?"

"제가 드리는 주소로 첼튼엄에 가서 마담 로젠텔을 만나세요. 이제 젊진 않지만 옛날엔 여성들의 각종 머리 장식을 최신 유행에 맞춰 만들던 사람인데, 같은 직종에 종사하는 남자와 결혼했다고 알고 있어요. 다른 말로 하면 헤어드레서인데, 대머리 신사들의 문제를 해결해 주는 전문가라죠. 부분 가발 같은 것 말이에요."

"세상에 별일을 다 맡기시네요. 그 사람들이 기억하리라고 보세요?"

"코끼리는 기억한답니다."

"그럼 무슈 푸아로는 누구한테 가 보실 건가요? 아까 말씀하신 그 의사요?"

"네, 그래요."

"그 사람이 뭘 기억할 거라 생각하세요?"

"많이 알진 못하겠죠. 하지만 그 사고에 관해서 들은 얘기가 있을지도 모른다는 생각이 듭니다. 분명 흥미로운 사건이었을 테니까요. 분명 기록이 남아 있을 겁니다."

"그 쌍둥이 언니의 기록 말이죠?"

"네. 그 언니와 관련한 사건이 두 건 있어요. 하나는 아이를 낳고 영국의 헤터스그린인가 하는 곳에 살고 있을 때였고, 또 다른 하나는 나중에 말레이반도에서 살고 있을 때였죠. 두 사건 모두 아이가 죽었습니다. 또 알아낸 게 있는데……."

"둘이 쌍둥이 자매였으니 몰리(제 친구 몰리 말이죠.)두 어떤 정신 질환을 갖고 있었을 거라는 말씀이세요? 그렇게는 생각지 않아요. 몰리는 그렇지 않았어요. 몰리는 정 많고, 다정다감하고, 무척 미인인 데다 감성적이고 또……. 어쨌든 정말 좋은 사람이었다고요."

"네. 그랬군요. 대체로 무척 행복한 사람이었겠죠?"

"그래요. 그 애는 행복했어요. 무척 행복했죠. 물론 외국에 나가 살고 있었으니 나이 들어서는 만난 적이 없지만요. 하지만 아주 가끔 편지를 받거나 만나러 갔을 때 보면, 아주 행복한 모습이었어요."

"쌍둥이 언니에 대해서는 전혀 모르시고요?"

"몰라요. 글쎄요, 제 생각에는……. 솔직히 말해서 제가 아주 가끔 몰리를 만날 때마다 그 언니는 정신 병원 같은 곳에 있었던 것 같아요. 몰리의 결혼식에도 참석하지 않았거든요. 들러리로조차도."

"그것만으로도 희한하군요."

"무슈 푸아로가 거기서 뭘 알아내시려는 건지 전 아직도 모르겠어요."

"그저 정보를 원할 뿐입니다."

윌러비 선생

  에르퀼 푸아로는 택시에서 내려 요금과 팁을 지불하고 자신이 찾아온 주소가 작은 공책에 적힌 것과 맞는지 확인했다. 그러고는 수신자가 윌러비 선생으로 된 편지를 주머니에서 조심스레 꺼낸 후 층계를 올라가 초인종을 눌렀다. 남자 하인이 문을 열었다. 푸아로가 이름을 대자 그는 윌러비가 기다리고 있다고 했다.

  푸아로가 안내받은 곳은 한쪽 벽면에 서가가 있는 작고 아늑한 방으로, 난롯가에는 안락의자 둘과 물잔 및 유리병이 놓인 쟁반이 있었다. 윌러비가 일어나 푸아로를 맞았다. 의사는 오륙십 세쯤의 남자로 마른 체구에 높이 솟은 이마와 검은 머리칼, 그리고 형형한 잿빛 눈을 지니고 있었다. 그가 악수를 청하고 의자를 권했다. 푸아로는 주머니에서 편지를 꺼냈다.

  의사는 편지를 건네받고 봉투를 열어 그것을 읽더니, 이윽고 내려놓고는 흥미롭다는 표정으로 푸아로를 바라보았다.

"개러웨이 경무관님에게서 얘기 전해 들었습니다. 본청에 있는 제 친구 한 사람도 무슈 푸아로가 관심을 가지시는 문제에 관해 가능하면 도움을 드리라고 하더군요."

"좀 무리한 부탁이라는 건 압니다. 그래도 제게는 중요한 이유가 있어서요."

"이렇게 긴 세월이 지났는데도 말이죠?"

"네. 이 사건이 선생님의 머릿속에서 완전히 잊혔다고 해도 이상할 게 없습니다만."

"잊진 않았습니다. 무슈 푸아로도 들으셨을지 모르지만, 저는 제 직업 중에서도 특별한 분야에 오래전부터 관심을 가져 왔거든요."

"아버님께서 그 분야에서 아주 유명한 권위자셨던 걸로 압니다."

"그래요. 아버지 평생의 관심사였죠. 많은 이론을 내놓으셨는데 그중에는 옳다고 밝혀진 성공 사례가 있는가 하면 실망스러운 것도 있었답니다. 정신 질환 환자에 관심이 있으시다고요?"

"여성입니다. 이름은 도로시아 프레스턴그레이고요."

"제가 아주 젊었을 때였습니다. 저는 이미 아버지와 같은 분야에 관심을 갖고 있었지만 제 이론이 아버지와 늘 일치한 건 아니었어요. 저는 아버지가 하시는 일에 흥미가 있었고 아버지와 함께 일하는 것도 좋아했습니다. 그 여자, 당시 이름은 도로시아 프레스턴그레이였고 나중에 재로 부인이 되었죠? 그녀의 어떤 점이 궁금하십니까?"

"그 여자는 쌍둥이였다던데요."

"맞아요. 그 당시 아버지는 일란성 쌍둥이들의 전체적인 삶의 과정을 추적하는 프로젝트를 진행 중이셨죠. 한 그룹의 쌍둥이들은 같은 환경에서 성장하고, 다른 그룹의 쌍둥이들은 완전히 다른 환경에서 여러 가지 다양한 인생을 겪습니다. 세월이 지난 후에 두 쌍둥이가 얼마나 닮아 있는지, 두 사람에게 비슷한 일들이 얼마나 일어났는지 알아보는 거였죠. 그런데 함께 지낸 적이 거의 없었던 두 자매, 혹은 형제들 사이에 희한하게 같은 일들이 동시에 일어나는 모습을 보이는 게 아니겠습니까. 예외 없이 전부 다, 모두 말이죠. 극히 흥미로웠습니다. 하지만 무슈 푸아로의 관심사는 그게 아니실 테죠."

"네. 제가 알아보려는 것은 한 아이에게 일어난 사고입니다. 그중에서도 사건의 일부라고 할 수 있어요."

"그렇군요. 서리에서 있었던 일이죠. 아마 맞을 겁니다. 살기에 무척 쾌적한 곳이죠. 캠벌리에서 그다지 멀지 않은 곳이었을 거예요. 재로 부인은 당시 젊은 미망인으로 자식 둘을 두고 있었죠. 그런데 남편이 사고로 세상을 떠난 지 얼마 되지 않았을 때⋯⋯."

"정신 장애가 생겼나요?"

"아뇨. 장애까진 아니었던 것 같습니다. 다만 남편의 죽음으로 크게 충격을 받아서 담당 의사가 보기에도 좀처럼 충격에서 잘 헤어나질 못했어요. 만족스러운 차도가 보이지 않는 게 걱정스러울 정도로 회복이 늦었죠. 좀 특이한 경우였습니다. 어쨌든 담당의가 자

문을 구해서 저희 아버지가 그곳에 가셨습니다. 아버지는 그녀의
상태에 흥미를 느끼셨지만 동시에 위험 사태가 발생할 수 있다는
판단으로 요양원에서 관찰을 받으며 특별 관리를 받는 것이 좋겠다
고 생각하셨나 봐요. 뭐, 그 상황은 그렇게 흘러갔습니다. 아이가 사
고를 당한 후엔 더 심해졌어요. 아이가 둘이었는데, 재로 부인의 설
명에 따르면 큰애 짓이었답니다. 여자애가 자기보다 네댓 살 어린
남동생을 정원용 삽인가 괭이인가로 때리는 바람에 동생이 정원의
인공 연못에 빠져 죽었다고요. 아시다시피 애들 사이에 이런 일은
꽤 흔하죠. 때로는 큰아이가 샘을 낸 나머지 '에드워드(도널드도 좋
고 이름이야 뭐든 상관없습니다만.)만 없으면 엄마가 훨씬 편해질 거
야.' 하는 생각에서 동생을 유모차에 태워 연못으로 밀어 넣기도 하
거든요. 모든 사고는 질투심 때문에 생깁니다. 하지만 이 사건의 경
우에는 질투가 원인이 되었다는 증거가 없었어요. 동생이 생겼다고
딸이 화를 낸 적이 없었거든요. 오히려 둘째 아이를 원하지 않았던
건 재로 부인 쪽이었습니다. 남편은 둘째가 태어난다고 기뻐했지만
재로 부인은 아니었던 거죠. 부인은 낙태할 생각으로 의사를 둘이
나 찾아가 봤지만 수술해 주겠다는 사람을 찾지 못했습니다. 당시
임신 중절 수술은 불법이었거든요. 하인 한 사람과 그 집에 전보를
전하던 남자아이 얘기론 어린 소년을 때린 것이 누나가 아닌 성인
여성이었다고 했어요. 창밖에서 사건을 목격한 다른 하인의 말로도
범인은 자기 여주인이었답니다. 그 하인은 이렇게 말했죠. '우리 마
님은 딱하게도 요즘 제정신이 아니세요. 주인어른께서 돌아가신 후

로 전보다 훨씬 나빠지셨어요.'

무슈 푸아로께서 그 사건에 관해 정확히 뭘 알고 싶으신 건지 모르겠군요. 평결에 의하면 결론은 단순한 사고사였습니다. 아이들이 서로 밀치면서 놀고 있었던 만큼 의심할 바 없는 불행한 사고였다고요. 일은 그렇게 끝났습니다. 하지만 부인을 만나 대화를 나눠 보고, 질문지법을 비롯해 몇 가지 검사를 하고, 위로의 말과 함께 넌지시 떠본 후에 아버지는 그 사건이 부인 탓이라는 걸 확신하게 되셨어요. 그리고 재로 부인에게 정신과 치료를 권한다고 조언을 하셨고요."

"아버님은 그 사건이 재로 부인 탓이라는 확신을 갖고 계셨단 말이죠?"

"네. 당시에 꽤 인기를 끌던 치료법이 있었는데 저희 아버지도 그걸 믿으셨습니다. 그 요법의 핵심은, 길어도 1년 남짓의 충분한 치료를 받은 후엔 환자들이 정상적인 생활을 재개하는 쪽이 그들에게 도움이 된다는 거였어요. 퇴원 후 집에서 살며 사람들과 의료진의 적당한 관심을 받으며 정상적 생활을 누리는 게 좋다는 얘기죠. 처음에는 이 이론이 많은 환자들에게서 성공을 거뒀지만 시간이 지나면서 상황은 달라졌답니다. 몇몇 사례에서 정말 불행한 결과가 나왔거든요. 회복된 줄 알고 퇴원시켜 본래의 환경으로 돌려보낸 환자, 그러니까 가족과 남편, 어머니, 아버지와 다시 함께 살게 된 환자들에게 서서히 병이 재발하여 비극, 또는 그에 준하는 일이 자주 벌어진 거예요. 아버지가 크게 낙담시켰으면서 아버지의 이론 체계 중 대단히 중요한 위치를 점하고 있던 사례가 있습니다. 한 여성이 퇴원해서 함께 살던 친구에게로 돌아갔어요. 잘 풀리나 싶었는데 대여섯 달이 지나 그 환자가 급하게 의사를 찾아와서 이렇게 말했답니다. '2층으로 같이 가시죠. 제가 저지른 일을 보면 틀림없이 화를 내실 거예요. 아마 경찰을 부르시겠죠. 어떻게 될지 전 알아요. 하지만 전 명령을 받은 것뿐이에요. 힐다의 눈 속에서 악마가 날 내다보고 있었거든요. 그 악마를 보고 전 무엇을 해야 할지 깨달았어요. 그 애를 죽여야 했다고요.' 힐다라는 여성은 의자에 축 늘어져서 죽어 있었습니다. 목 졸려 죽은 뒤에 추가로 눈을 공격당했더군요. 살인자는 아무런 자책 없이 정신 병원에서 죽었습니다. 악마를 처단하는 것이 자신의 임무이고, 자신은 명령을 이행했을 뿐이라고 하면서요."

푸아로는 슬프게 고개를 저었고, 의사는 얘기를 계속했다.

"저는 도로시아 프레스턴그레이가 반드시 타인의 감독하에 살아야 하는 수준의 위험한 정신 질환으로 고통받고 있었다고 확신합니다. 다만 당시에는 이 이론이 일반적으로 받아들여지지 않았기에 아버지는 필요한 조치를 취하지 않으셨지요. 한때는 부인도 무척 쾌적한 요양원에서 아주 훌륭한 치료를 받긴 했습니다. 그리고 몇 년이 지나서 완전히 정신이 돌아온 것 같자, 부인은 퇴원해서 쾌활한 전담 간호사와 함께 정상적으로 생활했어요. 집에서는 간호사를 부인의 하인으로 생각했지만요. 부인은 외출을 하고, 친구도 사귀고, 얼마 후 외국으로 나갔다고 합니다."

"말레이반도로 말이죠."

"정확히 알고 계시는군요. 말레이반도에 가서 쌍둥이 여동생과 함께 살았답니다."

"그런데 거기서 또 다른 비극이 벌어졌군요?"

"이웃집 아이가 공격을 받았어요. 처음에는 유모가 의심받았다가, 나중에 원주민 하인 한 사람과 짐꾼이 용의선상에 올랐죠. 하지만 이번에도 재로 부인, 즉 도로시아 그레이 자신만이 아는 정신적인 문제로 인해 저지른 일이라는 데 의심의 여지가 없었던 것 같습니다. 다만 부인에게 불리하게 작용할 결정적인 증거는 없었던 걸로 알아요. 장군……. 이름이 생각나질 않는군요."

"레이븐스크로프트?"

"맞아요. 레이븐스크로프트 장군은 처형인 재로 부인이 영국으로 돌아가서 병원 치료를 받도록 주선했죠. 무슈 푸아로께서 알고 싶으신 게 그건가요?"

"네. 부분적으로는 벌써 들은 얘기지만 주로 몇 다리 건너 들은 얘기들이라서 믿음이 안 갔거든요. 제가 여쭙고 싶었던 것은 그것이 일란성 쌍둥이들 전체에 적용되는 사례인가 하는 겁니다. 쌍둥이 자매 중 다른 한쪽은 어떨까요? 나중에 레이븐스크로프트 부인이 된 마거릿 프레스턴그레이 말입니다. 그녀도 같은 병에 걸렸을 가능성이 있나요?"

"그녀에겐 아무런 질환이 없었어요. 흠잡을 데 없는 정상이었습니다. 저희 아버지는 개인적인 관심으로 그 여자를 한두 차례 만나 얘기를 나누셨어요. 어렸을 때 서로 가까웠던 일란성 쌍둥이들이 같은 질병이나 정신 질환을 겪는 경우를 종종 보셨기 때문이죠."

"어렸을 때만 가까웠나요?"

"네. 경우에 따라서 일란성 쌍둥이 사이에 증오의 감정이 싹틀 수도 있거든요. 처음에는 서로에 대한 강한 유대와 애정으로 시작하지만, 그 애정이 점차 증오에 가까운 감정으로 변하기도 하지요. 그것을 촉발시키거나 자극할 수 있는 감정적 갈등이라든가, 자매간에 증오의 원인이 될 수 있는 감정적 위기가 생기면 말입니다.

이 자매 사이도 그랬을지 모르겠어요. 레이븐스크로프트 장군은 당시 중위였나 대위였나 그랬는데, 처음에는 언니 쪽인 도로시아 프레스턴그레이 양과 깊은 사랑에 빠졌습니다. 무척 아름다운 아가씨였죠. 사실 동생보다 더 미인이었어요. 도로시아도 레이븐스크로프트를 사랑하게 되었고요. 둘이 정식으로 약혼한 적은 없지만요. 한데 얼마 지나지 않아서 레이븐스크로프트 장군의 마음은 쌍둥이 동생인 마거릿에게로 기울어졌답니다. 몰리라고도 불렸던 마거릿 말이죠. 장군은 몰리를 사랑하게 되어 청혼했고, 몰리는 그의 마음을 받아들여서 그의 일이 한가해진 뒤 결혼식을 올렸죠. 저희 아버지는 쌍둥이 언니인 돌리가 동생의 결혼을 심하게 질투했으며, 앨리스터 레이븐스크로프트에 대한 남은 사랑의 감정 때문에 증오를 불태웠다고 절대적으로 확신하셨어요. 하지만 돌리는 그 일을 견뎌 내고 일반적인 경로를 거쳐 다른 남자, 즉 재로 대위와 결혼했습니다. 무척 행복해 보이는 결혼 생활이었어요. 돌리는 나중에 레이븐스크로프트 부부를 자주 찾아갔는데, 부부가 말레이반도에 있을 때뿐 아니라 다른 나라에 가 있을 때, 그리고 나중에 고국으로 돌아왔을 때도 마찬가지였지요. 그 무렵 돌리는 외견상 완치된 것 같았고, 더는 우울해하지도 않았으며 믿음직한 간호사와 하인들과 함께 살았습니다. 저는 레이븐스크로프트 부인이 된 몰리가 언니에게 아주 헌신적이었다고 믿습니다. 저희 아버지도 그렇게 말씀하셨고요. 몰리는 돌리를 끔찍이도 사랑했죠. 몰리는 돌리를 좀 더 자주 보고 싶어 했지만 레이븐스크로프트 장군은 별로 내켜하지 않았나 봅니다. 약간 정신적 균형을 잃은 돌리가 레이븐스크로프트 장군에게 계속 강하게 집착했을 가능성도 있어요. 그랬다면 장군 입장에선 당황스럽고 부담스러웠겠죠. 하지만 그의 아내는 언니가 질투나 분노의 감정을 완전히 극복했다고 굳게 믿었나 봅니다."

"부부가 자살한 비극이 벌어지기 2~3주 전, 재로 부인이 레이븐스크로프트 부부의 집에 머물렀던 걸로 아는데요."

"네, 그렇습니다. 돌리의 비극적 죽음은 그때 벌어졌죠. 돌리는 몽유병 증세가 잦았어요. 어느 날 잠든 상태로 걸어 나가 사고를 당한 겁니다. 길이 있어 보이지만 사실은 없는 절벽에서 떨어졌죠. 하루가 지나서 발견됐는데 의식을 회복하지 못하고 병원에서 사망한 걸로 압니다. 동생 몰리는 극도의 혼란에 빠졌고 고통스러울 정도로 침울해했지만, 제 생각에 (아마 제 견해를 알고 싶으시겠죠?) 그토록 금슬 좋던 부부가 이런 일 때문에 자살했을 리는 결코 없습니다. 언니나 처형이 죽었다고 해서 자살을 결심하진 않죠. 동반 자살은 말할 것도 없고요."

"마거릿 레이븐스크로프트로 인해 언니가 죽은 것이 아니라면 말이죠."

"맙소사! 설마 그 말씀은······."

윌러비는 크게 놀란 기색이었다.

"몽유병 때문에 헤매던 자매를 뒤따른 사람은 마거릿이었고, 도로 시아를 절벽 끝에서 밀어 떨어뜨린 것도 마거릿의 손이라는 거죠."

"그런 생각은 절대 인정할 수 없습니다."

"사람 일은 모르는 법이죠."

유진 앤드 로젠텔

헤어 스타일리스트와 미용사들

올리버 부인은 흡족한 기분으로 첼튼엄을 바라보았다. 사실 그녀는 지금껏 첼튼엄에 와 본 적이 없었다. 그녀는 정말 집다운 집, 예쁜 집들을 보게 되어 매우 기분이 좋았다.

젊은 시절의 기억을 반추해 보니 숙모라든가 친척, 아는 이들 가운데 첼튼엄에 사는 사람들이 있었던 것이 기억났다. 주로 육군이나 해군에서 은퇴한 사람들이었다. 많은 시간을 해외에서 보낸 사람들이라면 와서 살고 싶은 곳이겠다 싶었다. 첼튼엄은 영국적인 안전함과 고급스러운 취향, 유쾌한 잡담과 대화의 분위기를 지니고 있었다.

괜찮은 골동품 가게를 두어 곳 들여다본 후에, 그녀는 자신이 가려는 곳, 정확하게는 에르퀼 푸아로가 가 달라고 한 곳으로 걸음을 옮겼다. 이름은 로즈 그린 미용실이었다. 부인은 미용실 안으로 들어가 주위를 둘러보았다. 가게 안에는 손님 너덧 명이 머리를 손질 받고 있었다. 손님의 머리를 만지던 통통하고 젊은 아가씨가 무슨 일이냐는 얼굴로 올리버 부인에게 다가왔다.

올리버 부인은 카드를 내려다보며 물었다.

"로젠텔 부인 계신가요? 오늘 아침에 여기서 로젠텔 부인을 뵙기로 되어 있는데요. 머리를 손질하러 온 게 아니라 부인께 여쭤볼 것이 좀 있어서 왔어요. 전화 연락을 드렸는데 11시 30분에 오면 잠시 시간을 낼 수 있다고 하셨거든요."

"아, 맞아요. 마담이 누굴 기다리는 눈치셨어요."

아가씨는 앞장서서 몇 계단 걸어 내려간 뒤 끝에 위치한 회전문을 밀었다. 두 사람은 미용실을 벗어나 로젠텔 부인의 집인 듯한 곳으로 향했다. 통통한 아가씨가 문을 똑똑 두드리고서 말했다.

"숙녀분이 뵈러 오셨어요."

아가씨는 얼굴을 슬쩍 들이밀어 안을 살피더니 약간 불안한 어조로 물었다.

"성함이 뭐라고 하셨죠?"

"올리버 부인요."

그녀는 안으로 걸어 들어갔다. 그곳은 어렴풋이 쇼룸 같은 분위기를 풍겼다. 가벼운 장밋빛 천으로 만든 커튼과 장미 무늬 벽지가 보였고, 적어도 올리버 부인 정도 나이는 되어 보이는 로젠텔 부인이 아침 커피 한 잔을 비우고 있었다.

"로젠텔 부인?"

올리버 부인이 물었다.

"네?"

"제가 올 줄 알고 계셨죠?"

"그래요. 무슨 일로 보자고 하셨는지 잘 모르겠네요. 통화 상태가 좋질 않아서요. 어쨌든 괜찮아요. 30분 정도 시간이 있거든요. 커피 좀 드시겠어요?"

"아네요, 괜찮아요. 필요 이상 시간을 뺏고 싶진 않아요. 여쭤보고 싶은 게 있는데, 혹시 기억하고 계실지 모르겠네요. 미용업계에서 꽤 오래 일하신 걸로 알아요."

"오, 그래요. 이젠 다른 직원들에게 일을 넘겨줘서 정말 다행이죠. 요즘은 제가 직접 일하진 않거든요."

"그래도 조언은 해 주고 계시죠?"

"네, 그렇죠."

로젠텔 부인은 미소를 지었다.

상냥하고 지적인 얼굴이었다. 가지런한 갈색 머리엔 은빛 줄무늬가 여기저기 섞여 있었다.

"그런데 무슨 일이시죠?"

"저, 실은 여쭤볼 것이 하나 있는데, 가발에 관한 거예요."

"예전만큼 가발 일은 많이 하지 않고 있어요."

"런던에서 사업을 하셨었죠?"

"네. 처음엔 본드가에 가게를 냈다가 슬로운가로 옮겼는데, 그러고 나니까 시골에 사는 게 좋더군요. 사업체는 작아졌지만 저와 남편은 이곳 생활이 무척 만족스러워요. 요즘은 가발 제작은 많이 하지 않는답니다. 남편이 탈모증을 앓는 남성분들께 조언도 하고 가발도 제작해 드리기는 하지만요. 업종에 따라 너무 나이 들어 보이지 않는 것이 중요하고 취직에도 도움이 될 때가 있거든요."

"이해가 가네요."

올리버 부인은 이렇게 말한 뒤 마음을 다잡았다. 어떻게 하면 일상적인 잡담 속에서 본론을 끄집어낼 수 있을까? 로젠텔 부인이 몸을 앞으로 기울이며 불쑥 이렇게 묻자 올리버 부인은 깜짝 놀랐다.

"아리아드네 올리버 부인 맞으시죠? 소설가이신?"

"네. 사실은⋯⋯."

그녀는 버릇대로 약간 계면쩍은 표정을 지으면서 말을 이었다.

"그래요, 소설을 쓰고 있어요."

"부인의 작품을 아주 좋아해서 많이 읽었어요. 정말 기분 좋네요. 제가 뭘 도와 드릴까요?"

"실은⋯⋯. 가발하고 아주 오래전에 벌어졌던 일 얘기를 하고 싶어요. 어쩌면 다 잊으셨을지도 모르지만요."

"글쎄요, 궁금하네요⋯⋯. 오래전 유행에 대해서인가요?"

"그런 건 아니고요. 저와 친한 어떤 여자 얘기예요. 저와 같은 학교를 다녔는데, 결혼해서 말레이반도로 나갔다가 영국으로 돌아왔고, 나중에 비극적인 사건에 휘말렸죠. 그런데 사람들의 관심을 끌었던 사실 중 하나는 그 애에게 가발이 아주 많았다는 거였어요. 모두 부인의 가게 제품이었던 것 같아요."

"오, 비극이라고요? 그분 이름은요?"

"음, 학교에 다닐 때는 성이 프레스턴그레이였지만 나중에 레이브스크로프트로 바뀌었죠."

"오. 아, 맞아, 그 이름이었지! 그래요, 레이브스크로프트 부인 기억나요. 아주 잘 기억하고 있어요. 상냥한 데다 정말, 정말 예뻤거든요. 글쎄, 남편분은 대령이었던가, 장군이었던가 그랬고, 퇴역한 뒤엔……. 지역 이름이 생각이 안 나네요."

"거기서 동반 자살로 추정되는 사건이 터졌잖아요."

"네. 맞아요. 기사를 보고 '어머, 우리 단골이신 레이브스크로프트 부인 이야기잖아.' 했던 기억이 나요. 그때 신문에 두 사람 사진도 실려서 알아봤지요. 남편분이야 본 적이 없지만 사진 속 여자는 그 부인이 분명했어요. 정말 슬프고 가슴 아픈 일이었죠. 듣기로는 부인에게서 암이 발견되자 부부가 어쩔 줄을 몰라서 그리 된 거라던데. 자세한 얘긴 듣지 못했지만요."

"그랬군요."

"그나저나 저한테서 듣고 싶으신 얘기가 뭔가요?"

"부인께서 레이브스크로프트 부인에게 가발을 파셨는데, 수사한 사람들이, 그러니까 경찰 말이겠죠? 아무튼 그 사람들이 가발이 넷이나 되는 건 좀 많다고 생각했나 봐요. 하지만 개중엔 가발을 네 개 가진 사람도 있기 마련 아니겠어요?"

"음, 대개 적어도 두 개는 갖고 있죠. 하나를 손질하러 보내면, 그게 없는 동안 다른 하나를 쓰는 식으로요."

"레이븐스크로프트 부인이 나머지 가발 두 개를 주문했던 것을 기억하시나요?"

"직접 오지는 않았어요. 아파서 병원에 입원해 있었던가 그랬고, 젊은 프랑스 여자가 대신 왔지요. 부인의 말동무 비슷한 사람이었지 않나 싶어요. 무척 상냥했어요. 영어도 완벽했고. 부인이 원하는 여벌 가발의 크기와 색상, 스타일 따위를 전부 얘기하고 주문을 넣었죠, 맞아요. 내가 그걸 다 기억하고 있다니 신기하네. 그 일 말고는 별로……. 그리고 한 달쯤 지나서였나, 아니, 그보다 더 됐나 보다. 6주쯤 지나서 자살 사건에 관한 기사가 났어요. 병원에서 절망적인 판정을 받은 부인이 더 이상 삶을 감당할 수 없게 되자, 남편분도 아내 없이는 삶을 지탱할 수 없다는 생각을 한 거죠……."

올리버 부인은 슬픈 표정으로 고개를 젓고 나서 질문을 계속했다.

"가발 종류는 각기 달랐죠?"

"그래요. 하나는 무척 예쁜 은빛 머리가 섞여 있었고, 파티용 가발 하나, 저녁 모임용 하나, 짧은 컬이 가득한 가발 하나씩요. 아주 좋은 제품이었어요. 가발 위에 모자를 써도 전혀 헝클어지지 않았으니까요. 레이디 레이븐스크로프트를 다시는 못 보게 되어 슬펐더랬지요. 부인은 병 외에도 그즈음 세상을 떠난 언니 일로 무척 상심해 있었거든요. 쌍둥이 언니요."

"맞아요. 쌍둥이들은 유대감이 아주 강하죠."

"그전에는 언제나 행복하게만 보이는 분이었는데."

두 여자 모두 한숨을 쉬었다. 올리버 부인은 화제를 바꿨다.

214

"제가 쓸 만한 가발이 하나 있을까요?"

가발 전문가는 올리버 부인의 머리를 관찰하듯 손을 그 위에 얹었다.

"가발은 권하고 싶지 않아요. 머릿결이 정말 근사하시네요. 그러면서도 굵고 말예요. 제 생각에는……."

로젠텔 부인의 입가에 어렴풋이 미소가 어리더니 그녀가 물었다.

"이 일이 즐거우세요?"

"금세 알아채시다니 예리하시네요. 맞아요. 전 실험을 즐긴답니다. 재미있잖아요."

"인생도 즐기시나 봐요, 그렇죠?"

"네, 그래요. 다음에 무슨 일이 벌어질지 절대 모르기 때문이겠죠."

"하지만 많은 사람들은 바로 그 이유 때문에 끊임없이 걱정하며 산답니다!"

고비 씨, 보고하다

고비 씨는 방에 들어와 푸아로가 권하는 대로 늘 앉던 자리에 앉았다. 그는 주위를 쓱 둘러본 다음 어떤 가구에, 혹은 실내 어느 곳에 대고 이야기할 것인지를 정했다. 그가 택한 곳은 여느 때와 같이 이 계절엔 꺼 두는 전기난로 앞이었다. 고비 씨는 자신에게 일을 맡긴 사람에게 직접 말을 하는 법이 없었다. 항상 커튼 칸막이나 라디에이터, 텔레비전, 시계, 때로는 카펫이나 매트를 보고 얘기했다. 그는 가방에서 서류 몇 장을 꺼냈다.

"뭐 가져오신 게 있습니까?"

에르퀼 푸아로가 말했다.

"여러 가지 상세한 이야기들을 수집했죠."

고비 씨는 영국 전역에, 아니 영국 외의 나라에까지 특출난 정보 판매자로 잘 알려져 있었다. 그가 어떻게 이토록 놀라운 능력을 발휘할 수 있는지 아무도 잘 알지 못했다. 그는 많지 않은 직원을 두고 있었다. 고비 씨도 때로는 수족이(그는 직원들을 종종 그렇게 불렀다.) 예전처럼 말을 듣지 않는다고 불평하기도 했지만, 그가 내놓는 결과물은 여전히 의뢰인들을 놀라게 하기 충분했다.

"버튼콕스 부인."

고비 씨는 마치 시골 교구 위원이 차례를 기다렸다가 성서 기도문 한 구절을 낭독하듯 그 이름을 읊었다. '이사야서 4장 3절'이라는 말이라도 나올 것 같았다.

"버튼콕스 부인, 대규모 단추 제조업자인 세실 앨드버리와 결혼. 남자는 부자였죠. 정치에 입문하여 리틀스탠스미어의 하원 의원이 되었습니다. 세실 앨드버리는 결혼한 지 4년 후 자동차 사고로 사망했지요. 두 사람 사이의 유일한 자녀도 그 직후 사고로 사망했습니다. 앨드버리 씨의 부동산은 아내에게 상속되었지만 그즈음 회사 형편이 썩 좋지 않았으므로 생각했던 것보다 많지는 않았습니다. 앨드버리 씨는 상당히 많은 금액을 케슬린 펜 양에게도 남겼는데 두 사람은 부인 몰래 은밀한 관계를 유지했던 것으로 보입니다. 버튼콕스 부인은 정치 활동을 계속했습니다. 약 3년 후 그녀는 캐슬린 펜 양이 낳은 아이를 입양합니다. 캐슬린 펜은 그 아이가 고 앨드버리 씨의 아들이라고 주장했고요. 하지만 그간 제가 조사해 본 바에 의하면 이 주장은 받아들이기 다소 어렵습니다. 캐슬린 펜 양은 많은 남자와 교제했는데 상대는 대개 넉넉한 재산과 너그러운 성격을 지닌 신사들이었습니다. 뭐, 그들 각각을 조사하는 데는 비용이 별

도입니다만. 제가 선생께 보내 드릴 청구서만 해도 금액이 상당할 테지요."

"계속해요."

"당시 앨드버리 부인은 그 아이를 입양하는 데 찬성했습니다. 그리고 바로 얼마 후 버튼콕스 소령과 결혼했죠. 캐슬린 펜 양은 배우 겸 대중 가수로 크게 성공하여 엄청난 돈을 벌어들였습니다. 그리고 버튼콕스 부인에게 편지를 써서 입양 보낸 아이를 되찾고 싶다고 전했습니다. 버튼콕스 부인은 그 청을 거절했지요. 버튼콕스 소령이 말레이반도에서 살해당한 뒤로 버튼콕스 부인은 꽤 편안한 생활을 누리고 있습니다. 남편이 죽으면서 적잖은 유산을 남겼으니까요. 제가 입수한 또 다른 정보는 바로 얼마 전 (18개월 전일 겁니다.) 사망한 캐슬린 펜 양이 상당한 액수인 자신의 전 재산을 친자인 데즈먼드에게 남긴다는 유언장을 남겼다는 것입니다. 현재 데즈먼드 버튼콕스라는 이름으로 알려져 있는 아들 말입니다."

"통도 크군요. 캐슬린 펜 양의 사망 원인은 뭐죠?"

"제 정보원 말로는 백혈병에 걸렸답니다."

"그래서 그 아이는 친모의 돈을 상속받았나요?"

"유산은 25세에 상속되는 조건으로 신탁되어 있습니다."

"독립을 하게 되면 엄청난 재산을 갖게 되는군요? 버튼콕스 부인의 재정 상태는 어떻습니까?"

"투자로 썩 재미를 보지 못한 걸로 알려져 있습니다. 먹고사는 데 지장은 없지만 그 이상은 아닙니다."

"그 데즈먼드라는 청년도 유언장을 작성했나요?"

"유감이지만 그걸 아직 알 수가 없습니다. 하지만 조사할 방법은 있습니다. 알게 되면 지체 없이 알려드리겠습니다."

고비 씨는 멍한 사람처럼 전기난로를 향해 고개 숙여 작별 인사를 하고는 방을 떠났다.

1시간 30분이 지나 전화벨이 울렸다.

푸아로는 종이 한 장을 앞에 놓고 뭔가를 적기 시작했다. 이따금 미간을 찡그리거나 콧수염을 돌돌 말기도 하면서 쓴 글 위에 줄을 박박 긋고 다시 써 나가기도 했다. 전화벨이 울리자 푸아로는 수화기를 들고 귀를 기울였다.

"고맙습니다. 빨리 알아내셨군요. 네……. 네, 감사합니다. 어떻게 이런 일들을 다 처리하시는지 정말 모르겠다니까요. 네, 이제 확실히 알겠군요. 전에는 이해되지 않던 부분들의 아귀가 맞아떨어집니다……. 네……. 그렇군요……. 네, 듣고 있습니다……. 확실히 그렇다는 말씀이죠. 그 친구는 입양 사실을 알고 있어요……. 하지만 생모가 누군지는 모르고 있죠……. 네. 네, 알았어요……. 좋아요. 다른 부분도 흔쾌히 알아봐 주시겠죠? 감사합니다."

푸아로는 수화기를 내려놓고 다시 글을 써 내려갔다. 30분이 지나자 또 전화벨이 울렸다. 푸아로는 다시 수화기를 들었다.

"첼튼엄에 다녀왔어요."

목소리의 주인공을 알아내기는 어렵지 않았다.

"아, 셰르 마담, 오셨군요. 로젠텔 부인은 만나 보셨나요?"

"네. 친절한 분이던데요. 정말 친절했어요. 무슈 푸아로 말이 딱 맞았어요. 그분도 코끼리더군요."

"그 말씀은, 셰르 마담?"

"몰리 레이븐스크로프트를 기억하고 있더라는 이야기죠."

"가발도 기억하고요?"

"네."

올리버 부인은 은퇴한 미용사가 가발에 대해 들려준 얘기를 간략히 전달했다.

"네. 맞군요. 경찰이 발견한 네 개의 가발에 대해 개러웨이 경무관에게서 들은 얘기와 정확히 일치해요. 컬 처리된 가발 하나, 저녁 모임용 가발, 그리고 좀 평범한 가발 둘. 그렇게 총 네 개."

"그럼 전 무슈 푸아로가 벌써 알고 계신 얘기들을 한 거란 말인가요?"

"아뇨. 그 이상의 것을 알려 주셨어요. 로젠텔 부인 말로는 레이븐스크로프트 부인이 갖고 있던 가발 두 개 외에 가발을 여벌로 두 개를 더 주문했고, 그것이 비극적인 자살 사건이 일어나기 3주에서 6주 전의 일이라고 했다고 하셨지요. 저한테 이렇게 말씀하신 게 맞죠?"

"그건 당연해요. 그러니까 사람들은요, 아니, 여자들은요, 가발 같은 물건을 끔찍할 정도로 망가뜨릴 때가 있어요. 다시 손질하거나 세탁할 수 없을 때라든가, 태우거나 뭘 쏟아서 지워지지 않는다든가, 염색을 했는데 완전히 잘못했다든가 그런 경우지요. 그럼 당연히 가발 두 개를 새로 사거나 해서 바꿀 수밖에요. 그게 뭐 그렇게 흥분하실 일인지 모르겠어요."

"정확히 말하자면 흥분한 건 아닙니다. 아니고말고요. 그것도 그렇지만, 더 흥미로운 점은 지금 막 부인이 덧붙여 말씀하신 내용이에요. 가발을 맞추러 대신 온 사람이 프랑스 여자라고 했죠?"

"네. 말동무 비슷한 사람이라고 들었어요. 레이븐스크로프트 부인은 건강이 좋지 않아 병원인가 요양원에 있었으니 직접 가서 물건을 고를 수 없었던 거죠."

"그렇군요."

"그래서 말동무 역을 하던 프랑스 여자가 간 거겠죠."

"혹시 말동무였다는 그 여자 이름은 아세요?"

"아뇨. 로젠텔 부인이 이름을 말했던 것 같진 않은데요. 솔직히 알지도 못할 것 같아요. 약속은 레이븐스크로프트 부인이 잡았고 프랑스 아가씨인지 아줌마인지는 가발을 들고 가서 크기와 모양 따위를 맞춘 것뿐이잖아요."

"좋아요. 덕분에 한 걸음 나아갈 수 있게 됐군요."

"무슈 푸아로는 뭘 알아내셨나요? 뭘 좀 하시긴 했어요?"

"항상 회의적이시군요. 언제나 제가 아무것도 하지 않고 의자에 앉아 자세만 잡고 있다고 생각하시잖아요."

"음. 의자에 앉아서 생각은 하시겠죠. 하지만 자주 밖에 나가 일을 보시진 않는 것 같아서요."

"머지않아 직접 나가서 일을 보게 될 듯합니다. 그럼 부인도 기뻐하시겠죠. 어쩌면 영국 해협을 건널지도 모릅니다. 배는 타지 않을 거고, 비행기가 좋겠네요."

"저도 함께 가야 하나요?"

"아뇨. 저 혼자 가는 게 나아요."

"정말 가실 생각이세요?"

"그럼요. 부인이 기뻐하시도록 열심히 움직이며 뛰어다닐 겁니다, 마담."

푸아로는 전화를 끊고 수첩에 적힌 전화번호부를 보며 또 다른 번호를 돌렸다. 곧 그가 통화하고 싶은 사람과 연결되었다.

"개러웨이 경무관님, 에르퀼 푸아로 인사드립니다. 전화받기 괜찮으신가요? 지금 바쁜 일 없으시죠?"

"네, 전혀 없습니다. 장미나무 가지를 치고 있었어요."

"부탁드리고 싶은 게 있는데요. 아주 작은 일입니다."

"그 골치 아픈 동반 자살 사건에 대해서요?"

"네. 그 골치 아픈 사건요. 그 집에 개가 있다고 하셨죠. 가족과 함께 산책을 나가기도 했다고 하셨지 않습니까? 그렇게 알고 계신다고요."

"네. 몇 사람이 개 얘길 했어요. 가정부가 말하길 부부가 비극이 일어난 그날도 평소처럼 개를 데리고 산책을 나갔다고 했죠."

"검시 결과 레이븐스크로프트 부인에게 개에 물린 흔적이 있던가요? 꼭 그날이나 바로 전에 물린 상처가 아니어도 말이죠."

"글쎄요. 그런 걸 다 물으시니 희한하군요. 무슈 푸아로가 물어 보시지 않았으면 저는 기억도 못 할 뻔했습니다. 네, 흉터가 한두 군데 있었어요. 깊은 상처는 아니었죠. 가정부는 그 개가 심하게는 아니지만 몇 번 여주인을 공격해서 문 적이 있다고 했습니다. 이봐요, 푸아로 씨. 혹 광견병을 의심하신다면 그건 잘못 짚으셨습니다. 그런 건 전혀 없었어요. 부인은 총에 맞아 죽은 겁니다. 부부 모두 말이죠. 패혈증이나 파상풍을 의심할 일은 없어요."

"개 탓이라는 게 아닙니다. 그저 알고 싶었을 뿐이죠."

"개에 물린 상처 중 하나는 오래되지 않은 거였습니다. 한두 주 전에 물린 거라고 누가 그랬죠. 상처가 잘 치료되어서 주사를 맞아야 할 필요는 없었다고 합니다. 누가 그런 말을 했는데……. '죽은 것은 바로 개였다.' 어디서 읽은 문장인지 기억이 안 나지만……."

"어쨌든 이번에 죽은 건 개가 아니지 않습니까. 제 질문의 요점은 그게 아닙니다. 그 개를 알고 지냈으면 좋았을걸. 굉장히 똑똑한 녀석이었을 텐데."

푸아로는 경무관에게 고맙다는 말을 남기고 수화기를 내려놓으며 중얼거렸다.

"정말 똑똑한 개였어. 경찰보다도 똑똑하다니까."

푸아로, 답을 찾아 나서다

리빙스턴 양이 손님을 모시고 왔다.

"무슈 에르퀼 푸아로가 오셨습니다."

푸아로는 리빙스턴 양이 방을 떠나자마자 방문을 닫고 올리버 부인 옆에 와 앉았다. 그리고 목소리를 살짝 낮추어 말했다.

"저 떠납니다."

"뭐라고요?"

올리버 부인은 푸아로가 소식을 전하는 방식에 늘 조금씩 놀라곤 했다.

"떠나요. 떠난다고요. 비행기를 타고 제네바로 갈 겁니다."

"꼭 유엔이나 유네스코에서 일하는 것처럼 말씀하시네요."

"아니요, 개인적인 방문이지요."

"제네바에 코끼리가 있어서요?"

"그렇게 말씀하실 줄 알았어요. 네, 둘 정도요."

"저는 더 이상 아무것도 알아내지 못했어요. 솔직히 누구를 만나 봐야 이 이상 알아낼 수 있을지도 모르겠고요."

"부인이 말씀하셨죠? 부인의 대녀 실리아에게 남동생이 있다고 말입니다."

"네, 있어요. 이름이 에드워드일 거예요. 그 애는 거의 보지 못했 어요. 그 애를 학교에서 한두 번 외출시켜 준 적은 있지만 그것도 한참 된 일이었죠."

"에드워드는 지금 어디 있나요?"

"대학에 다니고 있어요. 아마 캐나다에 있을 거예요. 거기서 기술 공부를 하고 있을지도 모르고요. 만나서 이야기해 보시려고요?"

"아뇨, 지금은 아닙니다. 어디에 있는지만 알아 두려고요. 어쨌든 자살 사건이 있었을 때 그 애는 집에 없었던 거죠?"

"설마, 그 애가 그랬다고……. 혹시라도 그 애가 범인이라고 생각 하시는 건 아니시죠? 총으로 부모를 쏘았다고 말예요. 간혹 그런 애 들도 있는 건 알아요. 그 나이 때 남자애들은 좀 이상하게 굴잖아요."

"에드워드는 그때 집에 없었어요. 경찰 보고서에서 이미 읽었습 니다."

"뭐 알아낸 거라도 있으세요? 흥분하신 것 같아요."

"네, 마음이 좀 설레는군요. 우리가 이미 알고 있는 사실의 진실을 밝혀 줄 뭔가를 찾아냈거든요."

"아니, 뭐가 뭘 밝혀 준다는 거예요?"

"버튼콕스 부인이 부인께 접근해서 레이븐스크로프트 부부의 자살에 관한 정보를 알아봐 달라고 한 이유를 이제 알 것 같습니다."

"그냥 참견쟁이여서가 아니라는 거예요?"

"네. 어떤 동기가 있었던 것 같습니다. 바로 이 부분이 돈과 관련된 대목이죠."

"돈요? 돈이 무슨 관계죠? 버튼콕스 부인은 꽤 잘살지 않나요?"

"맞아요. 먹고살기에는 여유롭죠. 그런데 버튼콕스 부인이 친아들처럼 아낀다는 데즈먼드는……. 자신이 입양아라는 건 알아도 친부모에 대해서는 아무것도 모르고 있어요. 한데 그 친구는 성인이 된 뒤에 유언장을 미리 작성한 적이 있다고 합니다. 버튼콕스 부인이 그렇게 유도했겠죠. 부인의 친구들이나 고문 변호사를 통해서 부추긴 건지도 모르고요. 어쨌든 데즈먼드는 성인이 되자마자 자신이 죽으면 재산을 모두 양어머니에게 주겠다고 마음먹은 것 같습니다. 당시에는 양어머니 외엔 재산을 상속할 사람이 없었으니까요."

"그렇다고 해서 버튼콕스 부인이 자살 사건의 내막을 알려고 할 건 또 뭐예요?"

"모르시겠습니까? 버튼콕스 부인은 그 결혼을 막고 싶었던 겁니다. 데즈먼드에게 애인이 생기고, 요즘 젊은이들답게 깊이 생각할 겨를도 없이 금세 청혼이라도 한다면, 버튼콕스 부인은 아들이 남기는 돈을 상속받지 못하게 됩니다. 결혼하면서 아들의 유언장은 무효가 될 거고, 데즈먼드는 새로운 유언장을 작성할 테니까요. 양어머니가 아닌 아내에게 모든 것을 남기겠다고 말이죠."

"버튼콕스 부인이 그걸 원하지 않았다는 건가요?"

"그 여자는 아들이 결혼할 마음을 접게 만들려고 했을 겁니다. 아마 실리아의 어머니가 아버지를 먼저 쏘고 자살한 것이었기를 바랐을 거예요. 본인도 그렇게 믿었던 것 같고요. 그러면 데즈먼드도 결혼을 망설일 거라고 생각한 거죠. 만약 반대로 아버지가 어머니를 죽이고 자살한 거라 해도 나쁠 건 없지요. 그 또래 젊은이에게 편견과 충격을 심어 주기엔 충분하니까."

"부모 중 한쪽이 살인자였다면 그 딸도 살인자의 인성을 이어받았을 거라고 말이죠?"

"그 정도는 아니더라도 대충 그런 맥락에서 생각하게 되겠죠."

"그런데 그 아이가 무슨 돈이 있나요? 입양된 데즈먼드 말이에요."

"데즈먼드는 친어머니의 이름도, 신원도 모르지만, 그 생모가 실은 배우 겸 가수로 어마어마한 재산을 쌓아 놓고 병으로 죽은 사람이라고 합니다. 아들을 도로 데려가려고 한 적이 있는데 버튼콕스 부인이 그걸 허용하지 않았죠. 생모는 아들을 그리워해서 자신의 재산을 남겨 주었습니다. 그전까지는 신탁 관리 대상이지만 데즈먼드가 25살이 되면 이 돈은 그 청년에게로 가게 됩니다. 그러니 당연히 버튼콕스 부인은 아들의 결혼을 막고 싶었겠죠. 혹여 결혼하더라도 부인 맘에 들거나 부인이 손에 쥐고 휘두를 수 있는 여자를 원했을 테고요."

"꽤 일리가 있네요. 버튼콕스 부인은 좋은 사람이 아닌 거죠?"

"그럼요. 썩 좋은 사람 같지는 않네요."

"그래서 그 여자는 무슈 푸아로를 만나 자기 속셈을 간파당해 일을 망칠까 봐 무서워했던 거군요."

"그랬겠지요."

"또 더 알아내신 게 있으세요?"

"네, 있습니다. 바로 몇 시간 전에 알아냈지요. 개러웨이 경무관이 몇 가지 소소한 일들을 알려 주려고 전화를 했기에 그 집에서 일하던 가정부에 대해서 좀 물어봤더니, 나이도 많고 눈이 아주 나빴다고 하더군요."

"그게 이 일과 관계가 있나요?"

"가능성이 있죠."

푸아로는 손목시계를 보았다.

"이제 그만 가 봐야겠습니다."

"지금 공항으로 가시나요?"

"아뇨. 비행기는 내일 아침이나 돼야 뜰 겁니다. 그전에 가 볼 곳이 있어서요. 제 눈으로 직접 보고 싶은 곳이지요. 밖에 차가 대기하고 있습니다."

"직접 보고 싶으신 게 뭔데요?"

"볼 건 별로 없습니다. 보는 것보단 느껴야죠……. 그래요, 그 단어가 적절하겠네요. 느껴 보고, 어떤 느낌이 드는지 알고 싶습니다."

막간

푸아로는 교회 묘지의 입구를 지나갔다. 그는 길을 따라 걸어 올라가 이끼로 뒤덮인 벽 앞에서 걸음을 멈추고 무덤 하나를 내려다보았다. 한동안 그 자리에 서서 무덤을 보던 그는 초원과 바다로 시선을 돌렸다. 그러고는 다시 처음 눈길을 주었던 곳을 바라보았다. 놓아둔 지 얼마 안 된 것 같은 꽃다발 하나가 있었다. 마치 어린아이가 만든 것처럼 이 꽃 저 꽃 섞어 만든 작은 들꽃 다발이었지만 푸아로는 그걸 둔 사람이 어린아이라고는 생각지 않았다. 그는 묘비에 새겨진 글을 읽었다.

도로시아 재로
1960년 9월 15일에 잠들다

도로시아 재로의 자매 마거릿 레이븐스크로프트

1960년 10월 31일에 잠들다

마거릿의 남편 앨리스터 레이븐스크로프트

1960년 10월 31일에 잠들다

죽음도 그들을 갈라놓지 못하나니

우리가 우리에게 죄 지은 자를 사하여 준 것 같이

우리 죄를 사하여 주옵시고

주여, 우리를 불쌍히 여기소서

그리스도여, 우리를 불쌍히 여기소서

주여, 우리를 불쌍히 여기소서

푸아로는 잠시 그곳에 서 있다가 한두 번 고개를 끄덕였다. 그러고는 묘지를 떠나, 절벽까지 이어진 좁은 길을 따라 걸었다. 그는 곧 멈춰 서서 가만히 바다를 바라보며 혼잣말을 했다.

"무슨 일이 있었고 어째서 그랬는지 이젠 분명히 알겠군. 이 슬프고도 비극적인 사건을 이해하겠어. 먼 길을 되돌아가야 하겠는걸. '나의 끝은 또 다른 시작이다.' 아니, 다르게 표현해야 하나? '나의 시작에는 비극적인 끝이 있었다.'라고? 그 스위스 여자는 알고 있겠지. 하지만 과연 내게 얘기를 해 줄까? 데즈먼드는 그럴 거라고 했

지만. 그 아이들……. 그 젊은 남녀를 위한 일이야. 진실을 알지 못
하면 그 두 사람은 삶을 받아들이지 못할 테니까."

매디와 젤리

"마드무아젤 루젤이십니까?"

푸아로는 이렇게 말하고 고개를 숙였다.

마드무아젤 루젤이 손을 내밀었다. 나이가 50살 정도 된 듯했다. 꽤 오만한 여자 같았다. 고집 세고, 영리하고, 지적인 데다 자신이 살아온 인생에 만족하며 생이 안겨 주는 희로애락을 만끽하는 사람이라는 생각이 들었다.

"선생님 성함을 들어 본 적이 있어요. 이곳과 프랑스에 친구들이 있거든요. 제가 정확히 뭘 도와 드리면 좋을지 모르겠군요. 아, 편지에서 설명하신 내용은 읽었습니다. 과거의 일을 알고 싶으시다고요? 과거에 있었던 일 말이죠. 아니, 정확히 말하면 있었던 일이 아니라 그 일들에 관련된 증거를 찾고 계시는 거겠군요. 어쨌든 앉으세요. 네. 네, 그 의자가 편하셨으면 좋겠네요. 식탁 위에 프티 푸르

와 유리병이 있답니다."

마드무아젤 루젤은 여유롭고 친절한 태도였다. 근심스러운 기색 없이 상냥한 모습이었다.

"전에 프레스턴그레이라는 집에서 가정 교사로 일하신 적이 있죠? 이제는 잘 기억나시지 않을지도 모릅니다만."

"기억해요. 젊은 시절의 일들은 잊지 않는 법이죠. 그 집에는 여자아이 하나와 그보다 네댓 살 어린 남자아이 하나가 있었어요. 아주 착한 아이들이었죠. 그 아이들 아버지는 육군 대장이 되셨답니다."

"안주인의 언니 되시는 분도 있었죠."

"아, 네. 기억나요. 제가 처음 갔을 때는 안 계셨죠. 아마 몸이 허약했나 봐요. 건강이 좋지 않았거든요. 어딘가에서 치료를 받고 있었죠."

"두 사람의 세례명을 기억하세요?"

"한 명은 마거릿이었을 거고……. 또 한 사람의 이름은 지금 잘 생각나지 않네요."

"도로시아?"

"아, 맞아요. 흔치 않은 이름이었어요. 두 사람은 서로 애칭을 불렀어요. 몰리와 돌리라고요. 일란성 쌍둥이여서 둘은 모습이 정말 비슷했어요. 둘 다 참 아름답고 젊은 여성들이었지요."

"두 사람은 사이가 좋았었나요?"

"네, 서로를 무척 아꼈죠. 그런데 우리가 지금 엉뚱한 얘길 하는 게 아닌가요? 제가 가르치던 아이들 성은 프레스턴그레이가 아니었거든요. 도로시아 프레스턴그레이는 무슨 소령인가 하는 사람과 결혼했는데……. 이름이 잘 기억나지 않네요. 애로던가? 아니다, 재로였어요. 재로 소령과 결혼하면서 성을 따랐고, 동생인 마거릿은 결혼하면서 성이……."

"레이븐스크로프트가 되었죠."

푸아로가 말을 이어 주었다.

"네, 맞아요. 난 왜 이렇게 이름을 기억 못 하지? 그 자매의 부모님 성이 프레스턴그레이였죠. 마거릿은 결혼한 뒤 자기가 다니던 기숙 학교의 운영자인 마담 베누아에게 아이들을 돌봐 줄 보모 겸 가정 교사를 소개해 달라고 부탁했답니다. 그래서 제가 추천받아 가게 된 거고요. 처음에는 마거릿 말고 그 언니하고만 얘기를 나눌 수 있었어요. 제가 아이들을 돌보던 시간에는 도로시아가 그 집에 있었거든요. 아이들 중에 하나는 예닐곱 살 정도의 딸이었지요. 셰익스피어 작품의 등장인물과 이름이 같았는데……. 로잘린드 아니면 실리아였던 걸로 기억해요."

"실리아입니다."

"남자아이는 서너 살 정도밖에 되지 않았었죠. 이름은 에드워드. 장난꾸러기지만 귀여운 아이였어요. 그 아이들과 있으면 참 즐거웠답니다."

"아이들도 마드무아젤 루젤을 참 좋아했다고 들었습니다. 늘 친절하게 대해 주시며 재밌게 놀아 주셨다고요."

"무아, 젬 레 장팡(전 아이들을 좋아하거든요)."

"아이들이 '매디'라고 불렀다죠?"

그녀는 소리 내어 웃었다.

"그렇게 불리니까 좋네요. 옛날 기억이 되살아나요."

"데즈먼드라는 아이를 아세요? 데즈먼드 버튼콕스."

"아, 네. 알아요. 옆집이었던가, 아주 가까이 살았어요. 이웃에 집이 몇 있었는데, 아이들이 자주 놀러 왔었거든요. 그 애 이름이 데즈먼드였죠. 기억나요."

"그 집에 오래 계셨지요, 마드무아젤?"

"아뇨. 길어야 삼사 년 정도 있었어요. 어머니가 아주 편찮으셔서 고향으로 내려가야 했어요. 어머니를 간호해야 했는데, 오래 사시지 못할 것 같았죠. 정말 그렇게 되어 어머니는 제가 집에 간 지 한 해 반인가, 두 해쯤 되어서 돌아가셨답니다. 그 뒤로 저는 여기서 기숙학교를 열고, 외국어와 그 밖의 것들을 배우고 싶어 하는 나이가 좀 있는 여학생들을 받았어요. 영국에 다시 갈 일은 없었지만 일이 년간은 그 아이들과 연락을 주고받았죠. 아이들 쪽에서도 크리스마스 때 제게 편지를 보내곤 했고요."

"레이븐스크로프트 장군 부부는 행복해 보이던가요?"

"아주 행복해 보였어요. 아이들을 참 사랑했고요."

"두 사람은 잘 어울렸나요?"

"네, 제가 보기엔 행복한 부부로 살기 위한 모든 조건을 갖추고 있는 것 같던데요."

"레이븐스크로프트 부인이 쌍둥이 언니에게 잘해 주었다고 하셨죠? 그 언니도 레이븐스크로프트 부인에게 다정했나요?"

"글쎄요, 그런 걸 알 기회는 별로 없었어요. 솔직히 말씀드려서 저는 그 쌍둥이 언니에게(돌리라고들 부르더군요.) 분명히 정신 질환이 있다고 생각했어요. 한두 번 굉장히 괴상한 행동을 했거든요. 질투가 심했던 것 같더라니, 과거에 레이븐스크로프트 장군과 약혼한 적이 있거나 약혼할 사이였거나 그랬던 걸로 알아요. 레이븐스크로프트 경이 처음에 돌리에게 반했다가 나중에 그 동생에게로 마음이 기울었던 것인데, 천만다행이었죠. 몰리 레이븐스크로프트는 정신적인 이상도 없었고 아주 상냥했으니까요. 하지만 돌리는……. 몰리를 끔찍이 좋아하는 것 같기도 하다가도 동시에 미워하는 것 같기도 했어요. 몰리가 아이들을 너무 응석받이로 키운다고 믿기도 했죠. 이런 얘기들을 저보다 더 잘 아는 사람이 있어요. 마드무아젤 모우라죠. 지금 스위스 로잔에 사는데, 제가 그 집을 떠난 지 1년 반이 지났을 무렵 레이븐스크로프트 집안으로 들어갔거든요. 그 집에서 몇 년 동안 지냈나 봐요. 나중에 실리아가 외국 학교에 가 있을 때, 레이븐스크로프트 부인의 말벗이 되어 주러 다시 그 집에 들어간 모양이고요."

"마침 그분을 만나러 갈 참이었습니다. 주소도 갖고 있답니다."

"제가 모르는 것들을 많이 알고 있을 거예요. 매력 있고 신뢰할 만한 사람이죠. 후에 있었던 일은 정말 끔찍한 비극이었어요. 혹시 그 사건의 원인을 아는 사람이 있다면 바로 그 사람일걸요. 아주 신중한 사람이라 제겐 아무 얘기도 한 적이 없지만요. 무슈 푸아로에게도 입을 열지는 모르겠네요. 가능성은 반반이에요."

푸아로는 마드무아젤 모우라를 잠시 바라보고 서 있었다. 마드무아젤 루젤에게서도 깊은 인상을 받았는데, 지금 자신을 맞이하고 있는 이 여성도 마찬가지였다. 그리 억세게 보이지 않고, 먼젓번 여자보다 훨씬 젊어서 10살은 적은 듯했다. 마드무아젤 루젤과는 또 다른 느낌으로 생동감 넘치는 인상이 매력적이었다. 자기 주관이 뚜렷하면서도 상대방을 기꺼이 환대하고, 다가오는 사람들을 따뜻이 바라보면서도 지나치게 부드럽게 대하지 않는 눈동자를 갖고 있었다. 대단한 인물이다. 보통 사람이 아니라고 푸아로는 생각했다.

"에르퀼 푸아로입니다, 마드무아젤."

"알아요. 오늘이나 내일쯤 오실 거라 생각했죠."

"아, 제 편지를 받으셨군요?"

"아뇨. 편지라면 아직 우체국에 있겠죠. 저희 동네 우체국은 일을 제대로 못 하거든요. 하지만 다른 사람이 보낸 편지는 받았어요."

"실리아 레이븐스크로프트가 쓴 건가요?"

"아뇨. 실리아와 가까이 지내는 사람요. 제겐 아직 어린애처럼 느껴지는 청년인데, 이름은 데즈먼드 버튼콕스라고 해요. 그 애가 무슈 푸아로가 오신다는 걸 알려 줬죠."

"아. 그렇군요. 똑똑하고 성미 급한 청년이죠. 어찌나 서두르는지 제가 이렇게 뵈러 왔잖아요."

"그럴 줄 알았어요. 문제가 있다고 하던데요. 그 아이도 실리아도 그 문제를 풀고 싶어 한다고요. 그 아이들은 무슈 푸아로께서 도움을 주실 거라고 생각했나 보죠?"

"네, 그리고 마드무아젤 모우라가 절 도와주시리라 믿고 있죠."

"둘이 서로 사랑하고 결혼할 생각이라고요."

"네. 하지만 두 사람의 앞을 가로막는 어려움이 좀 있습니다."

"아, 데즈먼드의 어머니 때문이군요. 데즈먼드의 편지를 보니 그런 것 같아요."

"그분은 실리아가 어릴 적 겪은 상황들에 편견을 갖고, 아직 젊은 아들이 실리아와 결혼하는 걸 반대하고 계세요."

"아. 그 비극 때문이군요. 정말 끔찍한 일이었죠."

"네, 그 일 때문입니다. 데즈먼드의 어머님이 실리아의 대모님께 그 자살 사건이 일어난 배경을 실리아에게 캐물어 달라고 부탁했거든요."

"그건 말도 안 돼요."

마드무아젤 모우라는 손짓을 했다.

"자, 앉으세요. 얘기를 좀 나눠야겠네요. 실리아는 대모님께 드릴 말씀이 없어요. 대모란 분이 소설가이신 아리아드네 올리버 부인 맞죠? 그래요, 기억나요. 실리아는 아무것도 몰라요. 그러니 그분께 드릴 얘기가 없을 거예요."

"그 비극이 일어났을 때 실리아는 집에 없었고, 실리아 앞에선 아무도 그 일 얘길 하지 않았죠?"

"네, 맞아요. 애한테 바람직하지 않다고들 해서요."

"아. 그 결정이 옳다고 보시나요, 아니라고 보시나요?"

"잘 모르겠어요. 정말 어려운 일이에요. 오랜 시간이 지났지만 전 아직도 모르겠어요. 제가 알기로 실리아는 사건의 이유나 동기에 관해서 고민한 적이 없어요. 마치 부모님이 비행기 사고나 자동차 사고로 돌아가신 것처럼 받아들였죠. 오랫동안 외국의 기숙 학교에 있었거든요."

"그 기숙 학교를 운영하던 분이 바로 마드무아젤 모우라인 걸로 압니다만."

"맞아요. 저는 최근에 물러났어요. 지금은 제 동료가 운영하고 있지요. 전 실리아가 스위스에 왔을 때 그 애가 계속해서 교육을 받을 만한 좋은 자리를 알아봐 달라는 부탁을 받았답니다. 스위스로 유학 오는 여학생들이 많거든요. 몇 군데 추천할 수도 있었지만, 일단 제가 운영하는 곳으로 데리고 갔죠."

"실리아가 아무것도 묻지 않던가요? 알려 달라고 말이죠."

"실리아가 기숙 학교에 온 건 그 사건이 일어나기 전이었어요."

"오. 그건 몰랐군요."

"실리아는 그 비극이 일어나기 몇 주 전에 스위스로 건너왔어요. 그때 저는 레이븐스크로프트 장군 부부와 함께 있느라 이곳에 없었지요. 실리아의 가정 교사라기보다는 레이븐스크로프트 부인을 돌보는 말벗이 되어 드렸죠. 그때까지 실리아는 영국 기숙 학교에 다녔는데, 갑자기 공부를 마칠 때까지 스위스로 가게 되었어요."

"그때 레이븐스크로프트 부인은 건강이 좋지 않았죠?"

"네. 심각한 정도는 아니었어요. 하지만 그분은 심각하게 걱정한 적도 있지요. 실제로는 신경과민에 충격과 근심 걱정이 많았을 뿐이었지만요."

"마드무아젤은 레이븐스크로프트 부인과 함께 그 집에 남아 계셨나요?"

"저와 함께 로잔에 살았던 자매 한 사람이 실리아를 맞아들여 학생 수가 열대여섯 명에 불과한 학교에 입학시켜 줬어요. 실리아는 거기서 일단 공부를 시작하면서 저를 기다리기로 했고요. 저는 삼사 주가 지나서 스위스로 돌아왔어요."

"사건이 일어났을 때 마드무아젤은 오버클리프 저택에 계셨겠군요."

"네, 맞아요. 레이븐스크로프트 장군 부부는 평소 습관대로 산책을 나가셨어요. 그러고는 돌아오지 않으셨죠. 두 분 다 총에 맞은 시체로, 옆에서는 총이 발견됐어요. 총은 레이븐스크로프트 장군의 것으로, 늘 서재 서랍에 보관하고 있던 거였지요. 총에 두 분 모두의 지문이 발견됐지만 그 총을 마지막으로 잡은 사람이 누구인지를 알려 주는 단서는 없었어요. 두 분의 지문이 약간 뭉개져 있는 걸로 봐서 결론은 동반 자살이었죠."

"그 결과를 의심하진 않으셨나요?"

"경찰은 의심할 이유를 찾지 못했던 것 같아요."

"아."

"뭐라고 하셨죠?"

"아닙니다. 아무것도요. 그저 문득 생각나는 게 있어서요."

푸아로는 마드무아젤 모우라를 바라보았다. 그녀는 갈색 머리에 흰 머리칼이 드물게 섞여 있고, 굳게 다문 입술과 회색 눈동자, 그리고 감정이 드러나 보이지 않는 얼굴을 하고 있었다. 완벽하게 스스로를 통제하는 여자였다.

"더는 해 주실 말씀이 없나요?"

"그래요. 오래전 일이어서요."

"그런데도 잘 기억하시는군요."

"네. 그렇게 슬픈 일을 쉽게 잊을 순 없잖아요."

"어떻게 이런 일이 생겼는지 실리아에겐 얘기하지 말자는 데 마드무아젤도 동의하셨나요?"

"저는 더 아는 것이 없다고 말씀드리지 않았나요?"

"그 비극이 일어나기 전까지 마드무아젤은 오버클리프에 살고 계셨지 않습니까. 4주? 5주? 아니……. 6주 동안 말이죠."

"그보디 더 오래 있었어요. 그전에는 실리아의 가정 교시로 있었지만, 레이븐스크로프트 부인을 돕느라 실리아가 학교로 떠난 뒤 돌아왔죠."

"그즈음 레이븐스크로프트 부인의 언니도 함께 살고 있었죠?"

"네. 그분은 한동안 병원에 입원해서 특수 치료를 받았어요. 그러다 많이 나아지니까, 관계자들은(병원 관계자들 말이죠.) 그분이 퇴원해서 피붙이들과 함께 가정적인 분위기에서 정상적인 생활을 하는 것이 좋겠다고 생각했나 봐요. 실리아가 학교에 가고 없었기 때문에, 레이븐스크로프트 부인이 언니를 데려와서 함께 있기엔 좋은 시기 같았죠."

"두 자매는 서로 다정하게 지냈나요?"

"그건 알기가 어려웠어요."

마드무아젤 모우라의 갈색 두 눈썹이 한데 모였다. 푸아로의 말이 관심을 불러 일으킨 듯했다.

"전 참 궁금했어요. 두 사람 사이를 정말 알고 싶었죠. 일란성 쌍둥이였던 둘 사이엔 어떤 끈이 있었어요. 서로 의지하고 사랑하는 끈 말예요. 여러 가지로 많이 닮기도 했고요. 하지만 닮지 않은 점도 있었어요."

"닮지 않은 점이라면? 구체적으로 무엇인지 알려 주시면 고맙겠는데요."

"그 사건과는 전혀 관계없는 거예요. 하지만 뭐랄까, 분명히 물리적, 또는 정신적 결함이 있는 것 같았어요. 요즘은 정신 장애에는 반드시 물리적인 원인이 있다는 이론이 있다고 하더군요. 의사들도 일란성 쌍둥이들 사이엔 강한 끈이 있다는 건 아주 잘 알 거예요. 성격이 많이 닮아서 각기 다른 환경에서 성장하더라도 같은 시기에 같은 일들이 일어나는 거죠. 삶이 비슷하게 흘러가는 거예요. 의학적 사례로 인용된 경우들 중에는 정말 신기한 것도 있어요. 쌍둥이 자매 중 한 명은 프랑스에서 자라고, 한 명은 영국에서 자랐는데 같은 날 같은 종류의 개를 샀다죠. 결혼한 남자들도 굉장히 비슷했는가 하면, 서로 한 달 차이로 아이를 낳기까지 했다는 거예요. 사는 곳도 다르고, 서로 뭘 하는지 모르지만 꼭 같은 틀을 따르는 것처럼요. 그런가하면 정반대의 경우도 있어요. 혐오감, 그러니까 증오에 가까운 감정이 두 쌍둥이를 떼어 놓거나, 한쪽이 다른 한쪽을 거부하게 만드는 거예요. 마치 둘 사이의 동일하거나 비슷한 점, 같이 알고 있는 것들, 공통된 것들 따위에서 벗어나기라도 하려는 듯이 말이에요. 이것이 결국엔 아주 이상한 결과를 낳기도 한답니다."

"압니다. 들어 본 적 있어요. 한두 번 본 적도 있고요. 사랑이 증오로 변하기는 정말 쉽습니다. 사랑했던 부분에 무관심해지는 것보다 증오하게 되는 것이 쉽거든요."

"아, 아시는군요."

"네. 여러 번 봤죠. 쌍둥이 언니는 레이븐스크로프트 부인과 많이 닮았나요?"

"외모는 참 많이 닮았지만, 얼굴 표정은 아주 달랐다고 할 수 있어요. 레이븐스크로프트 부인에겐 없었던 팽팽한 분위기가 있었죠. 아이들에 대한 반감도 심했어요. 이유는 모르겠어요. 젊은 시절에 유산을 겪었는지도 모르죠. 아니면 아이를 진심으로 원했지만 생기지 않았는지도 모르고요. 어쨌든 그분은 아이들에 대해서 분노 같은 감정을 품고 있었어요. 아주 싫어했답니다."

"그래서 심각한 사고도 한두 번 생겼죠?"

"얘기 들으셨나요?"

"자매가 말레이반도에 살던 시절에 둘을 다 알고 지냈던 사람들에게서 들었어요. 레이븐스크로프트 부인은 남편과 언니인 돌리를 데리고 말레이반도에서 살고 있었죠. 그곳에서 어떤 아이에게 사고가 났는데, 어느 정도는 돌리의 탓인 걸로 생각들을 했답니다. 확실히 입증된 건 없지만, 레이븐스크로프트 경이 처제를 고향인 영국으로 데려다 줬고 돌리는 다시 정신 병원에 입원했던 것 같네요."

"실제로 그랬을 겁니다. 물론 제가 직접 아는 일은 아니지만요."

"그렇겠죠. 하지만 직접 알고 계시는 일들이 있죠?"

"있다고 해도 이제 와서 다시 떠올려야 할 이유는 없어요. 지금까지 그대로 뒀다면 앞으로도 그대로 놔두는 게 낫지 않나요?"

"그날 오버클리프에서 일어난 비극에 대한 가설이 또 있어요. 그 사건은 동반 자살이었는지도 모르고, 살인이었는지도, 아니면 다른 사고였는지도 모릅니다. 사건 얘긴 들으셨겠지만, 방금 말씀하신 짧은 문장을 들으니 마드무아젤은 그날 일어난 일을 알고 계셨다는 생각이 드는군요. 아니, 그전부터 일어나기 시작한 일이라고 해야 하나요? 실리아는 스위스로 떠나고, 마드무아젤은 오버클리프에 남아 있던 그 시기부터 말이죠. 하나만 여쭙겠습니다. 대답을 듣고 싶군요. 직접적인 정보를 달라는 게 아니라, 마드무아젤의 생각을 묻는 겁니다. 레이븐스크로프트 장군이 두 쌍둥이 자매에게 갖고 있던 감정은 어떤 거였을까요?"

"무슨 말씀인지 알겠어요."

처음으로 마드무아젤 모우라의 태도가 약간 달라졌다. 방어적인 자세가 사라지고, 상체를 앞으로 내밀며 마음이 놓이는 듯 푸아로에게 얘기했다.

"사람들 말로는 두 분 다 어릴 때부터 아름다웠대요. 레이븐스크로프트 장군은 처음에 돌리를 사랑했죠. 정신적으로 문제가 있던 언니 말예요. 정신 장애는 있었지만 돌리는 너무나 매력적이었어요. 여자로서 말이죠. 장군께선 돌리를 깊이 사랑했지만, 점차 돌리의 성격에 숨어 있는 어떤 면 때문에 경계심을 가졌거나 혐오감을 느꼈던 건 아닌지 모르겠어요. 아마 정신 이상의 조짐을 느끼고 위험을 감지했을 수도 있죠. 그분의 애정은 돌리의 여동생 몰리에게로 옮겨 갔어요. 결국 동생과 사랑에 빠져 결혼에 이른 겁니다."

"둘을 다 사랑했다는 말씀이군요. 시기적으로 다르긴 했지만, 두 사람 모두를 진실로 사랑했다는 거죠."

"네, 맞아요. 레이븐스크로프트 장군은 몰리에게 헌신적이었고, 부부가 서로 의지했어요. 참 멋진 남자셨죠."

"실례지만, 마드무아젤께서도 레이븐스크로프트 장군을 사랑하셨죠?"

"어……. 어떻게 그런 말씀을 하실 수 있어요?"

"전 확신하거든요. 두 분 사이에 무슨 일이 있었다는 뜻은 아닙니다. 다만 마드무아젤 무우라두 그분을 사랑했을 거라는 얘기죠."

"네. 전 그분을 사랑했어요. 어떻게 보면 아직도 사랑하고 있죠. 부끄러워할 일은 없었어요. 그분은 저를 믿고 제게 의지하셨지만 결코 절 사랑하진 않았어요. 저는 그저 마음속으로 사랑하고 헌신하는 것만으로도 행복했답니다. 제가 가진 것만으로 만족했어요. 믿음과 공감, 저에 대한 믿음……."

"그리고 마드무아젤은 그분이 끔찍한 위기에 처했을 때 최선을 다해 도우셨죠. 제게 하고 싶지 않은 얘기가 있으실 겁니다. 저도 드릴 얘기가 있어요. 제가 입수한 수많은 정보 속에서 알게 된 거죠. 마드무아젤을 뵈러 오기 전에 다른 사람들에게서 들은 얘기입니다. 레이븐스크로프트 부인, 즉 몰리 외에 돌리를 알고 있던 사람들 말이죠. 그렇게 저는 돌리에 관해 좀 알게 되었습니다. 그 여자의 삶 속에 숨은 비극과 슬픔, 불행, 증오, 대대로 이어질지 모르는 범죄 성향과 파괴욕 같은 것을요. 자신과 약혼했던 남자를 진심으로 사랑했다면, 그 남자가 자기 동생과 결혼했을 때 동생에게 증오를 느낀 것도 당연합니다. 어쩌면 결코 용서할 수 없었을지도 몰라요. 그런데 몰리 레이븐스크로프트는 어땠을까요? 몰리도 언니를 싫어했나요? 언니를 증오했을까요?"

"오, 아녜요. 몰리는 돌리를 사랑했어요. 돌리를 깊이 사랑했고 보호했죠. 그건 알아요. 돌리를 집으로 불러서 함께 지내게 한 것도 언제나 몰리였어요. 종종 위험할 정도로 격노해 날뛰곤 하는 언니를 불행과 위험에서 구하고 싶어 했죠. 가끔 공포를 느낄 때도 있었어요. 아실 거예요. 돌리에겐 아이들을 이상하게 혐오하는 증세가 있었다고 하셨으니까."

"돌리가 실리아를 싫어했다는 건가요?"

"아뇨, 실리아가 아니라 실리아의 동생 에드워드를 싫어했더랬죠. 에드워드는 큰 봉변을 당할 뻔한 적이 두 번이나 있었어요. 한 번은 자동차 운전 실수 때문이었고, 또 한 번은 돌리가 격렬하게 화를 내며 폭력을 휘두른 일 때문이었죠. 에드워드가 학교에 돌아가고서야 몰리는 안심했지요. 위기가 있었던 당시 그 애는 아주 어렸어요. 실리아보다 훨씬 어렸으니까요. 8살인가 9살밖에 안 되어서 아직 예비 학교에 다니고 있었어요. 위험에 노출돼 있었죠. 몰리는 그 애 때문에 늘 걱정했어요."

"네, 알았습니다. 이번엔 가발 얘기를 해 볼까요. 레이븐스크로프트 부인에겐 가발이 네 개였어요. 한 여자가 한꺼번에 갖고 있기엔 많은 수죠. 그 가발들이 어떤 모양이었는지 저는 알고 있답니다. 더 많은 가발이 필요해지자 프랑스 숙녀가 런던의 상점에서 가발을 주문했다는 것도 알고요. 개도 한 마리 있었죠. 비극이 벌어진 날, 그 개도 레이븐스크로프트 장군 부부와 함께 산책을 나갔다죠? 한데 개는 그전에 안주인인 몰리 레이븐스크로프트를 문 일도 있었죠."

"개란 동물이 그렇잖아요. 절대 마음을 놓아선 안 되죠. 네, 그 일은 저도 알아요."

"그럼 사건 당일에 벌어졌을 걸로 추정되는 일을 말씀드리도록 하지요. 그전의 일도요. 사건이 터지기 좀 전 말입니다."

"제가 듣지 않는다면요?"

"들으실 겁니다. 제 상상이 틀렸다고 하실지도 모르겠군요. 하지만 실제로 그런 말씀은 안 하실 거예요. 분명히 말씀드리지만 저는 지금 필요한 것은 바로 진실이라고 진심으로 믿습니다. 상상도, 추측도 아닌 진실 말입니다. 서로를 사랑하고 아끼는 젊은 남녀가 있습니다. 이 두 사람은 과거에 관한 의혹과, 부모에게서 유전되었을

지 모르는 어떤 성향 때문에 장래를 두려워하고 있죠. 그 아이, 실리아를 생각해 보세요. 실리아는 고집 세고, 활기 넘치고, 다루기 까다로운 성격이지만 영리하고, 선량하고, 행복과 용기를 가슴에 품을 능력도 있어요. 그 아이에겐 진실이 필요합니다. 진실이 필요한 사람들은 더 있죠. 그들은 진실 앞에서 마음의 동요를 느끼지 않으니까요. 그들은 행복한 인생을 누리기 위해 용기 있게 진실을 받아들인답니다. 실리아가 사랑하는 청년도 그러길 바라고 있고요. 이제 제 말을 들어 주실 건가요?"

"네, 듣겠습니다. 많은 것을 아시는 것 같군요. 제가 짐작했던 것보다도 많은 것을 알고 계신 모양이에요. 말씀하세요. 듣겠어요."

조사 위원회

또다시 에르퀼 푸아로는 바위와 부서지는 파도가 내려다보이는 절벽 위에 서 있었다. 그가 선 자리는 부부의 시신이 발견된 곳이었다. 사건이 있기 3주 전 한 여자가 몽유병 상태로 걷다가 떨어져 죽은 곳이기도 했다.

"왜 이런 일들이 일어났을까요?"

개러웨이 경무관은 이런 질문을 던졌다.

왜? 어째서 그런 일이 생겼을까?

처음에는 우연한 사고가, 3주 후에는 동반 자살이 있었다. 긴 그림자를 드리운 과거의 죄, 그리고 몇 년이 지나 비극적인 결말을 낳은 시작이 있었던 것이다.

오늘 이곳에서 사람들의 만남이 있을 것이다. 진실을 찾는 한 쌍. 그리고 진실을 아는 두 사람.

에르퀼 푸아로는 바다를 뒤로 하고 좁은 길을 따라서 한때 오버클리프라고 불렸던 집으로 걸어 나왔다.

그리 멀지 않은 거리였다. 담 앞에 주차된 차들이 보였다. 하늘과 맞닿은 집의 윤곽선도 보였다. 완전히 텅 빈 집, 페인트칠을 다시 해야 할 집이었다. '이 탐나는 집'을 내놓는다는 부동산 중개인의 간판이 걸려 있었다. 입구에 적혀 있던 '오버클리프'라는 단어엔 줄이 그여 있고, '다운 하우스'라는 새 이름이 쓰여 있었다. 그는 자신에게로 걸어오는 두 사람을 맞이했다. 데즈먼드 버튼콕스와 실리아 레이븐스크로프트였다.

데즈먼드가 말했다.

"부동산 중개인에게 집을 좀 보겠다고 하면서 출입 허가증을 받아 왔어요. 집 안에 들어가게 될지 몰라서 열쇠도 받아 왔고요. 지난 5년간 주인이 두 번이나 바뀌었습니다. 이젠 집 안에 볼 게 없지 않을까요?"

실리아가 말했다.

"아마 그렇겠지. 그동안 이미 너무 많은 사람들이 살았잖아. 처음에는 아처라는 사람이 이 집을 샀고, 그다음엔 펠로우필드라는 사람이 살았을 거야. 다들 이 집이 너무 외롭다고 했어. 마지막으로 살았던 사람들도 이 집을 팔려고 내놓았고. 어쩌면 뭐에 씌운 집인지도 몰라."

"너 정말 그런 걸 믿어?"

"글쎄, 물론 진짜 그렇게 생각하는 건 아니지만, 그럴 수도 있지 않겠어? 여기서 어떤 일이 벌어졌는지, 여기가 어떤 곳인지 생각해 봐……."

푸아로가 말했다.

"전 그렇게 생각하지 않습니다. 슬픔도, 죽음도 있었지만, 사랑도 있었던 곳이니까요."

택시 한 대가 길을 따라 오고 있었다. 실리아가 그걸 보고 말했다.

"올리버 부인일 거예요. 기차를 내려서부터는 택시를 타고 오겠다고 하셨거든요."

택시에서 두 여성이 내렸다. 한 사람은 올리버 부인이었고, 또 한 사람은 키가 크고 우아한 차림을 한 여성이었다. 푸아로는 그녀가 올 줄 알고 있었기 때문에 놀라지 않았다. 그는 실리아가 어떻게 반응하는지 지켜보았다.

"세상에!"

실리아가 튕기듯 앞으로 뛰어나갔다.

의자를 향해 달려가는 그녀의 얼굴이 환히 밝아졌다.

"젤리! 젤리 맞죠? 정말 젤리군요! 오, 너무 기뻐요. 오시는 줄 몰랐어요."

"무슈 에르퀼 푸아로가 와 달라고 하셨단다."

"그랬군요. 네, 그랬던 거군요. 하지만 저는……."

실리아는 말을 멈추고 고개를 돌려 옆에 서 있는 잘생긴 청년을 바라보았다.

"데즈먼드, 너……. 네가 그런 거야?"

"그래, 내가 마드무아젤 모우라에게 편지를 썼어. 젤리에게 말야. 아직 그렇게 불러도 좋은지 모르겠지만."

"너희 둘 다 그렇게 불러도 좋고말고. 여기 와도 될지 모르겠더라. 오는 게 잘하는 일인지 알 수가 없었거든. 아직도 잘 모르겠지만, 잘 한 일이길 바라고 있어."

"전 알고 싶어요. 저희 둘 다요. 데즈먼드는 젤리가 뭔가를 말해 줄 거라고 하던데요."

"얼마 전에 무슈 푸아로가 나를 만나러 오셨단다. 오늘 이 자리에 오라고 날 설득하셨지."

실리아는 올리버 부인의 팔짱을 꼈다.

"전 대모님도 오셨으면 했어요. 대모님이 시작하신 일이잖아요. 그렇죠? 무슈 푸아로를 만나 부탁하시고 대모님 스스로도 정보를 알아내셨죠?"

"사람들이 얘길 해 주더라. 그 사람들이라면 기억하고 있으리라 생각했지. 그중의 몇은 정말 기억하고 있더구나. 제대로 기억하는 사람도 있고, 잘못 기억하는 사람도 있어서 헷갈리긴 했지. 무슈 푸아로는 그런 건 중요하지 않다고 하셨지만."

"그럼요. 남에게 전해 들은 이야기와 직접 알고 있는 것, 모두 다 알아야 하죠. 정확하지 않은 사실이나, 앞뒤 설명이 없는 얘기 가운데도 사실이 숨어 있거든요. 부인이 제게서 얻어 가신 정보와, 코끼리로 지목된 사람들에게서 얻어 내신 정보라면……."

푸아로는 이렇게 말하고는 슬쩍 웃음을 흘렸다.

"코끼리요?"

마드무아젤 젤리가 물었다.

"올리버 부인의 표현이랍니다."

푸아로가 말했다.

"코끼리는 기억한다잖아요. 저는 그 말에서 영감을 받아 일을 시작했어요. 어떤 사람들은 코끼리처럼 아주 오래전의 일들을 기억하곤 하니까요. 물론 누구나 그런 건 아니지만, 그렇지 않은 사람도 뭔가 기억나는 것은 있는 법이죠. 그 일을 잊지 않은 사람들이 많더군요. 전 제가 들은 여러 가지 얘기들을 무슈 푸아로에게 전해 주었고, 무슈 푸아로는 그걸로……. 의사에 비유하자면 일종의 진단을 내려 주셨죠."

"제가 만든 목록이 있습니다. 오래전에 벌어진 일의 진실을 가리키는 지표들을 적었어요. 여러 항목을 읽어 드릴 테니 이 사건에 관심 있는 여러분들 듣기에 중요해 보이는지 봐 주세요. 중요해 보일 수도 있고, 평이해 보일 수도 있을 겁니다."

"알고 싶어요. 자살이었는지, 살인이었는지. 누군가……. 외부인이 와서 저희 부모님을 살해한 걸까요? 우리가 모르는 어떤 이유나 동기가 있어서? 전 언제나 그 비슷한 일이 있었을 것 같다는 생각을 했어요. 어려운 일이지만……."

"이 자리에서 하도록 하죠. 집에는 아직 들어가지 않는 게 좋겠어요. 그동안 다른 사람들이 살았기 때문에 분위기가 달라져 있을 테니까요. 원하신다면 조사 위원회부터 마친 뒤에 들어가 보도록 하죠."

"조사 위원회라고요?"

푸아로의 말에 데즈먼드가 반문했다.

"네. 사건을 조사하기 위한 위원회죠."

푸아로는 집 앞 커다란 목련나무 그늘 옆에 놓인 철제 의자로 가서 앉았다. 그는 들고 온 서류 가방 속에서 뭔가가 적힌 종이 한 장을 꺼낸 뒤 실리아에게 물었다.

"실리아, 꼭 그래야 합니까? 확실히 결판을 내고 싶은가요? 자살이냐, 타살이냐."

"둘 중 하나는 진실일 테니까요."

"둘 다 진실입니다. 그 이상의 것도 있죠. 제 판단에 의하면, 이 사건에는 타살과 자살이 모두 포함될 뿐 아니라, 이른바 사형 집행이라 할 만한 행위도 있고, 비극도 있습니다. 서로를 사랑했고 사랑을 위해 죽은 두 사람의 비극이죠. 사랑의 비극이 로미오와 줄리엣에만 국한된 것은 아니에요. 꼭 젊은이들만이 사랑의 고통을 겪으며 사랑을 위해 죽을 각오까지 하는 건 아니라는 얘깁니다. 그렇고말고요. 사랑은 그 이상이거든요."

"전 무슨 말씀이신지 모르겠어요."

"아직은 그렇겠죠."

"조금 후면 알게 될까요?"

"그럴 겁니다. 제가 생각하는 사건의 전말과 그렇게 생각한 이유를 말씀드리죠. 가장 먼저 관심이 간 것은 경찰이 조사한 증거로도 설명되지 않는 부분들이었습니다. 그중에는 아주 흔해 빠져서 증거

축에도 못 든 것도 있었죠. 고인이 된 마거릿 레이븐스크로프트의 소지품 중에 네 개의 가발이 있었습니다."

푸아로는 강조하기 위해 다시 한 번 말했다.

"가발 네 개요."

푸아로는 젤리를 바라보았다. 젤리가 말했다.

"부인은 항상 가발을 쓰진 않았어요. 가끔씩만 썼죠. 여행을 할 때나, 바깥을 돌아다니느라 머리가 헝클어져서 다시 급히 단장하고 싶으실 때 말이죠. 가끔은 이브닝드레스에 맞추어 가발을 골라 쓰기도 했고요."

"맞아요. 당시에는 그게 유행이었지요. 해외로 여행하는 사람이면 가발 한둘쯤은 챙겼으니까요. 그런데 레이븐스크로프트 부인의 가발은 네 개였어요. 제가 볼 땐 가발 넷은 좀 과하더군요. 어째서 네 개나 필요했을까 궁금했습니다. 경찰에 물어봤더니 탈모 때문은 아니었다고 하더군요. 그 나이의 보통 여자들 정도 머리숱에 상태도 좋았다고요. 그래도 궁금증은 풀리지 않았지요. 나중에 안 사실인데 가발 중 하나에는 회색이 드문드문 섞여 있었다고 해요. 레이븐스크로프트 부인의 미용사가 해 준 얘깁니다. 부인은 사망하던 날 바로 그 가발을 쓰고 있었죠."

"그게 그리 중요한가요? 뭘 썼든 상관없잖아요."

실리아가 말했다.

"그렇죠. 그런데 또 하나 알게 된 것이, 그 집의 가정부가 경찰에 말하기를 사고가 나기 몇 주 전부터는 거의 항상 그 가발만 쓰고 있었다는 거예요. 그 가발을 가장 좋아하는 것 같았답니다.”

“무슨 소린지 도무지……..”

“개러웨이 경무관이 제게 인용했던 표현이 있어요. '사람은 같은데 모자만 바꿔 썼다.'라는 말인데, 그것이 생각할 거리를 던져 주었죠.”

“전 도무지…….”

실리아가 같은 말을 되풀이하자 푸아로가 말했다.

“그리고 개라는 증거물이 있었어요…….”

“개라뇨? 개가 무슨 짓을 했는데요?”

“개가 부인을 문 일이 있었죠. 그 개는 본래 안주인을 무척 따랐다고 해요. 그런데 안주인이 죽기 몇 주 전부터, 그 개가 몇 번 안주인에게 달려들어서는 심하게 물었답니다.”

“주인이 자살할 걸 개가 알고 있었단 말씀이세요?”

데즈먼드가 푸아로를 바라보았다.

“아뇨. 그보다 훨씬 단순한 거지요.”

“무슨…….”

“누구도 모르는 것 같던 사실을 개는 알았던 겁니다. 그 사람이 자기 안주인이 아니라는 것을요. 여자는 안주인과 같은 외모를 하고 있었어요. 눈이 어둡고 가는귀가 먹었던 가정부가 본 것은 몰리 레이븐스크로프트의 옷을 입고 몰리의 가발 중에 가장 눈에 띄는, 작은 컬이 잔뜩 들어간 가발을 쓴 다른 여자의 모습이었죠. 그 가정부는 레이븐스크로트 부인의 태도가 죽기 몇 주 전부터 좀 달랐다

고만 말했어요. 사람은 같은데 모자만 바꿔 썼다는 개러웨이 경무
관의 표현을 듣는 순간 어떤 생각이, 어떤 확신이 들더군요. '모자는
같은데 사람이 바뀌었다.'라고요. 그 개는 알고 있었습니다. 코가 알
려 주는 냄새로 알았던 거죠. 상대가 자기가 사랑했던 주인이 아닌
다른 여자, 싫고 무서운 여자라는 걸요. 그래서 전 생각해 봤습니다.
그 여자가 레이븐스크로프트 부인이 아니었다면, 과연 누구였을까?
쌍둥이 언니 돌리가 아닐까?"

"그럴 리 없어요."

실리아가 말했다.

"아뇨, 그럴 수도 있습니다. 둘은 쌍둥이였다는 걸 잊지 마십시오.
그럼 이제 올리버 부인의 얘길 듣고 알게 된 것들을 말씀드리죠. 올
리버 부인이 사람들에게서 들은 얘기도 있고, 레이븐스크로프트 부
인이 무심결에 알려 준 것도 있어요. 레이븐스크로프트 부인은 사
건 즈음까지 정신 병원 아니면 요양원에 있으면서, 암에 걸렸거나
최소한 본인이 그렇게 생각히고 있었다고 했죠. 하지만 병원 기록
을 보면 그렇지 않았다는 걸 알 수 있습니다. 본인은 암에 걸렸다
고 생각했는지 모르지만 실제는 아니었다는 말입니다. 그 뒤로 저
는 레이븐스크로프트 부인과 쌍둥이 언니의 젊은 시절을 조금씩 조
사하기 시작했지요. 둘은 여느 쌍둥이들처럼 서로를 헌신적으로 아
꼈으며, 행동이나 옷차림도 비슷했고, 비슷한 일들을 겪고, 함께 아
팠고, 비슷한 시기에 결혼했습니다. 하지만 많은 쌍둥이들이 그렇듯
이제는 똑같은 길을 걷기보다 서로 반대되는 인생을 살고 싶다는

생각을 하게 되었죠. 둘이 최대한 달라지고 싶었던 겁니다. 둘 사이에 미움도 어느 정도 싹텄고요. 실은 미움 이상이었지만요. 과거를 알아보면 그럴 만도 합니다. 젊은 시절의 앨리스터 레이븐스크로프트는 쌍둥이 중 언니인 도로시아 프레스턴그레이와 사랑에 빠졌습니다. 하지만 그의 마음은 동생인 마거릿에게로 옮겨 갔고 결국 그녀와 결혼했습니다. 질투 때문에 당연히 자매 사이는 벌어지게 되었겠죠. 마거릿은 변함없이 언니를 깊이 사랑했지만, 도로시아는 더 이상 마거릿을 아끼지 않았어요. 그 점을 알고 나니 여러 가지 의혹이 풀리더군요. 도로시아는 비극적인 인물이었습니다. 자신의 잘못 때문이 아니라, 부모에게서 우연히 물려받은 태생적 유전자의 문제 때문에 정신적으로 늘 불안정했던 거죠. 분명한 원인은 모르지만, 도로시아는 오래전부터 아이들을 싫어했다죠. 도로시아가 아이를 몇 명 살해했다고 의심받는 것도 무리는 아닙니다. 확실한 물증은 없었지만 심증은 충분했기에 의사는 도로시아에게 정신 치료를 권했고, 그녀는 정신 병원에서 수년간 치료를 받았어요. 의사가 완치라는 진단을 내리자 도로시아는 다시 일상생활로 돌아가서 동생의 집에 자주 가는 한편, 레이븐스크로프트 부부가 말레이반도로 발령받자 그곳에 가서 그들 부부와 함께 지냈습니다. 그리고 거기서 또 사고가 터진 겁니다. 이번엔 이웃집 아이였죠. 이번에도 확실한 물증은 없었지만 도로시아가 일을 저질렀을 가능성이 있었어요. 레이븐스크로프트 장군은 도로시아를 영국의 고향으로 데리고 가서 또다시 입원시켰습니다. 이번에도 완전히 나은 것처럼 보였기에, 도로시아는 정신과 치료를 마치고 퇴원해서 정상적인 생활로 돌아갔고요. 마거릿은 이번에야말로 아무 문제없을 걸로 믿고, 도로시아를 데리고 살면서 정신 장애가 재발하지 않나 지켜보기로 했겠죠. 레이븐스크로프트 장군은 썩 내켜 하지 않았지만, 선천적 기형이나 신체장애와 마찬가지로 뇌의 이상도 가끔씩 재발하기 때문에 지속적으로 감시해서 또 다른 비극을 방지해야 한다고 생각했던 모양입니다."

"도로시아가 레이븐스크로프트 부부를 쏘았다는 건가요?"

데즈먼드가 물었다.

"아뇨. 내 답은 그게 아닙니다. 난 도로시아가 쌍둥이 동생 마거릿을 죽였다고 생각합니다. 어느 날, 도로시아는 마거릿과 함께 절벽 위를 산책하다가 동생을 밀어 떨어뜨렸어요. 자신과 똑같이 생겼지만 몸도 마음도 건강한 동생을 향해 품고 있던 증오와 분노가 폭발해 일을 저지르고 만 거죠. 미움과 질투, 죽이고 싶다는 욕망이 끓어올리 주체할 수 없었던 겁니다. 그런데 일이 벌어지던 때 그 자리에 있었던 외부인이 하나 있습니다. 마드무아젤 젤리, 당신은 알고 계셨죠?"

"네. 알고 있었어요. 그때 전 이곳에 있었거든요. 레이븐스크로프트 부부는 도로시아 때문에 노심초사했어요. 그러다가 도로시아가 그들 부부의 작은 아이, 에드워드를 해치려는 것을 보게 됐죠. 부부는 에드워드를 학교로 돌려보내고 실리아는 제가 운영하는 기숙 학교로 보냈어요. 저는 실리아를 학교에 입학시킨 뒤 다시 이곳으로 왔고요. 이 집에 저와 레이븐스크로프트 장군, 도로시아와 마거릿만 남으면서 근심 걱정은 사라진 듯했습니다. 그러다가 일이 터졌죠. 자매가 함께 외출했다가 돌리 혼자 돌아왔는데, 아주 불편하고 안절부절못하는 기색이 역력했어요. 돌리가 방에 들어와 티 테이블에 앉는 순간, 레이븐스크로프트 장군은 돌리의 오른손이 피에 젖은 걸 눈치챘지요. 장군이 넘어졌느냐고 물었죠. 돌리는 아무것도 아니라고, 장미 덤불에 손을 좀 긁혔다고 둘러댔지만, 언덕에 장미 덤불은 없었어요. 가시금작화 덤불이라면 그런가 보다 했겠지만. 바보같이 말도 안 되는 소리를 하는 걸 보고 우린 걱정이 됐죠. 레이븐스크로프트 장군이 먼저 나갔고 저도 뒤따라 나섰어요. 장군은 걸으면서 계속 '마거릿에게 무슨 일이 생긴 거야. 몰리에게 무슨 일이 생긴 게 틀림없어.'라고 하셨지요. 우리는 절벽 아래, 선반처럼 튀어나온 곳에서 몰리를 발견했어요. 바위와 돌에 심하게 부딪힌 채였죠. 아직 숨은 붙어 있었지만 피를 너무 많이 흘린 뒤였어요. 순간적으로 판단력을 잃은 우리는 환자를 옮길 엄두도 내지 못했죠. 번뜩의사를 불러야겠다는 생각이 들어서 돌아서려는데, 갑자기 몰리가 남편을 잡지 않겠어요. 그리고 숨을 몰아쉬면서 입을 열었죠. '맞아요, 언니 짓이에요. 하지만 스스로도 무슨 짓을 하는지 모르고 그런 거예요. 여보, 언니를 힘들게 하지 말아 줘요. 제정신으로 한 짓이 아니에요. 그건 언니가 아니었다고요. 언니는 항상 그랬어요. 약속해 줘요, 여보. 난 죽을 것 같아요. 아니, 가지 말아요. 의사를 부를 시간이 없어요. 불러도 소용없으니까. 아까부터 계속 피를 흘렸거든요……. 이젠 떠날 때가 됐어요. 난 알아요. 약속해요. 언니를 지켜 주겠다고 약속해 줘요. 경찰에 잡혀가지 않게 해 준다고요. 날 죽인 죄로 재판받고, 평생을 범죄자로 갇혀 살지 않게 해 줘요. 내 시신이 사람들 눈에 띄지 않게 숨겨 줄래요? 제발, 여보, 내 마지막 부탁이에요. 세상 누구보다도 사랑하는 당신……. 당신을 위해서 살고 싶지만, 난 곧 떠날 거예요. 느낄 수 있어요. 조금 기는 것 말고는 할 수가 없었어요. 약속해요. 그리고 젤리, 젤리도 날 사랑하죠? 알고 있어요. 언제나 내게 잘해 주고, 날 돌봐 줬죠. 우리 아이들도 예뻐해 줬고요. 그러니까 언니를 지켜 줘요. 우리 불쌍한 언니를 지켜 주세요. 제발……. 부탁이에요. 자매지간의 정 때문에라도, 언니는 살아야 해요.'"

"그래서 어떻게 하셨나요? 제가 볼 때는 두 분이……."

"네. 몰리는 그렇게 세상을 떠났어요. 마지막 말을 남기고 10분도 되지 않아 숨을 거뒀죠. 저는 레이븐스크로프트 경과 함께 절벽 저쪽 좀 외진 곳에 시신을 감췄습니다. 옮기고 보니까 바위와 돌이 많이 있기에 그걸로 최대한 시신을 덮었죠. 그쪽으로는 길이 전혀 없어서 기어 다녀야만 했어요. 저희가 몰리를 그곳에 두고 떠나던 때, 레이븐스크로프트 장군은 자꾸 이 말만 되풀이했지요. '난 약속했어. 약속을 했으니 지켜야지. 그런데 어떻게 지킬지 모르겠어. 어떻게 돌리를 지켜 줄지 모르겠어. 모르겠어…….' 그래요. 우린 약속을 지켰어요. 돌리가 집에 있더군요. 겁에 질려서 어쩔 줄을 몰라 하면서도, 섬뜩하게 만족스러운 기색이었어요. 돌리는 이러더군요. '난 알고 있었어. 몰리가 정말 못돼 먹은 애라는 걸 오래전부터 알고 있었다고. 그 애는 앨리스터 당신을 빼앗아 갔어. 당신은 내 거였는데, 몰리가 빼앗아서 자기와 결혼하게 만들었지. 난 늘 알고 있었어. 이젠 무서워. 남들이 날 어떻게 할까? 나한테 뭐라고 할까? 또 갇히는 건 싫어. 그럴 순 없어. 그럼 난 미쳐 버릴 거야. 내가 갇히게 놔두지 마. 사람들은 날 잡아가서 살인죄를 뒤집어씌우겠지. 그건 살인이 아니었어. 어쩔 수 없었다고. 가끔 그럴 때가 있잖아. 난 피를 보고 싶었어. 하지만 몰리가 죽는 걸 지켜볼 순 없어서 도망치고 말았지. 죽으리라는 건 알았지만……. 당신이 그 애를 못 찾길 바랐을 뿐이야. 몰리는 그냥 절벽에서 발을 헛디딘 거야. 사람들은 사고였다고 하겠지.'"

"끔찍한 이야기군요."

데즈먼드가 말했다.

실리아도 입을 열었다.

"……정말이야. 끔찍한 얘기지만, 그래도 알고 나니까 기분이 나아. 아는 게 낫지 않겠어? 안됐다는 생각도 들지 않아. 우리 어머니 말이야. 어머니가 상냥한 분이었다는 건 알아. 맘씨 나쁜 구석이라곤 전혀 없으셨지. 언제나 친절하셨거든. 아버지가 이모와 결혼하지 않으려 한 이유도 이젠 알겠어. 아버지가 어머니와 결혼하신 건 어머니를 사랑하셨기 때문이고, 이모에게 뭔가 문제가 있다는 걸 아셨기 때문이야. 뭔가 불길하고 정상이 아니라는 걸 말이지. 하지만……. 어떻게 그 사고를 그토록 철저히 숨기셨어요?"

젤리가 대답했다.

"우린 거짓말을 많이 했단다. 시신이 사람들의 눈에 띄면 안 되니까, 야간에 시신을 치우거나 해서 바다로 떨어진 것처럼 꾸미려고 했지. 그러던 중에 몽유병이라는 구실을 생각해 냈어. 우리가 할 일은 간단했지. 너희 아버지가 이러시더라. '두렵군요. 하지만 난 약속했어요. 죽어 가는 아내 앞에서 맹세했다고요. 소원대로 해 주겠다고. 방법이 있기는 합니다. 돌리가 자기 역할만 제대로 해 준다면, 돌리를 지켜 줄 방법이 있어요.' 내가 물었지. '그게 뭔데요?' 그랬더니 이러시더구나. '돌리를 몰리로 위장하는 겁니다. 도로시아는 몽유병으로 절벽에서 떨어져 죽은 거예요.'

우린 그럴싸하게 잘 해냈어. 사람이 살지 않는 오두막이 있길래, 내가 그곳으로 돌리를 데리고 가서 며칠을 지냈지. 앨리스터는 돌리가 몽유병 때문에 발을 헛디뎌서 떨어져 죽었고, 아내는 그걸 알고 충격으로 병원에 입원했노라 말하고 다녔지. 그리고 얼마가 지나자 놀리를 몰리로 꾸며서 섬으로 데리고 왔단다. 몰리의 옷을 입히고 몰리의 가발을 씌운 거야. 난 가발을 더 구해 왔어. 정말 비슷해 보이도록 컬이 잔뜩 들어간 가발로 말이지. 나이 많은 가정부 재닛은 눈치를 채지 못하더구나. 돌리와 몰리는 외모도 많이 닮은 데다 목소리까지 똑같았으니까 다들 쉽게 속아 넘어갔지. 가끔씩 특이한 행동을 하는 건 그때 받은 충격 탓으로 이해하고 말야. 지극히 자연스러웠지. 난 그게 무엇보다 끔찍했어……."

"그런데 이모는 어떻게 계속 남의 눈을 속일 수 있었죠? 보통 어려운 일이 아니었을 텐데."

"아니, 어려워하지 않았어. 돌리는 원하는 걸 얻었잖니. 언제나 원하던 앨리스터를 말이야."

"하지만 아버지는……. 어떻게 견딜 수 있었을까요?"

"네 아버지가 내게 말씀하시더구나. 내가 스위스로 돌아갈 수 있도록 준비해 주시면서, 내가 할 일은 무엇이고 당신은 어떻게 하실 건지 다 말씀해 주셨어.

그분은 이러셨지. '내가 할 일은 단 하나뿐입니다. 난 돌리를 경찰에 넘기지 않겠다고 아내와 약속했어요. 돌리가 살인자라는 걸 세상에 알리지 않고, 아이들에게도 이모가 사람을 죽였다는 사실을 숨기겠다고요. 돌리가 사람을 죽였다는 걸 누구에게도 알릴 필요가 없어요. 돌리는 몽유병으로 잠결에 절벽에서 떨어진 거니까요. 한 슬픈 사고가 있은 후에, 돌리는 이곳 교회 묘지에 자신의 이름으로 묻히게 될 겁니다.'

난 참지 못하고 물었지. '어떻게 그러시려고요?' 그분은 이러시더라. '내가 그렇게 만들 겁니다. 젤리에겐 알려야 할 것 같아서요. 돌리는 더 이상 살아 있어선 안 돼요. 아이들 가까이 두었다간 더 많은 목숨을 앗아갈 거예요. 불쌍한 사람……. 돌리는 살아선 안 될 사람입니다. 젤리는 이해해 줬으면 해요. 난 내 목숨으로 대가를 치르겠습니다. 돌리에겐 내 아내 행세를 하도록 내버려 두고 조용히 여기서 몇 주만 더 지내게 하겠습니다. 그러고 나면 또 한 차례의 비극이 있겠죠.' 난 그분의 말뜻을 이해하지 못하고 다시 한 번 물었단다. '또 한 차례의 비극요? 또 몽유병으로 꾸미시려고요?' 그랬더니 그분의 말씀은 이랬지. '아뇨. 세상 사람들은 몰리와 내가 동반 자살을 했다고 생각할 겁니다. 그 이유는 아무도 모르겠죠. 몰리가 암에 걸린 걸로 착각했다든가, 내가 그렇게 생각했다든가, 그밖에도 여러 의견이 분분하겠죠. 젤리가 좀 도와줘요. 몰리와 나와 아이들을 진심으로 위해 주는 사람은 젤리뿐이에요. 돌리가 죽어야 한다면, 그 일을 할 사람은 나뿐입니다. 돌리는 불행하지도 않을 거고 겁먹지도 않을 거예요. 내가 돌리부터 쏜 뒤에 자살할 테니까요. 얼마 전에 돌리가 총을 만졌으니, 총에 지문이 아직 남아 있을 겁니다. 내 지문도 남을 테죠. 죗값은 치러야 해요. 그걸 행할 사람은 바로 납니다. 과거에도, 그리고 지금도, 나는 그 둘을 모두 사랑한다는 것을 젤리는 알아 주기 바랍니다. 아내는 내 목숨보다 소중한 사람이었고, 돌리는 그 인생이 너무나 불쌍해서예요. 젤리, 그걸 잊지 말아 줘요.'"

젤리는 자리에서 일어나 실리아에게 다가갔다.

"이제 진실을 알겠니? 네겐 절대 알리지 않겠다고 너희 아버지께 약속했는데, 그 약속을 어기고 말았구나. 너는 물론 누구에게도 알리지 않을 생각이었다. 무슈 푸아로의 설득에 마음이 바뀌었지. 너무나 끔찍한 얘기여서……."

"이해해요. 젤리의 입장에선 그럴 수밖에 없으셨을 거예요. 하지만, 전 진실을 알게 되어 기뻐요. 큰 짐을 벗어 놓은 기분이에요."

실리아가 말하자 데즈먼드도 거들었다.

"이젠 우리 둘 다 알게 되었잖아요. 우리가 안다고 해서 상처받을 일은 없어요. 비극이었던 것은 사실이죠. 무슈 푸아로 말씀처럼 그건 서로 사랑하던 두 사람의 비극이었어요. 하지만 두 분은 사랑했을 뿐, 서로를 죽인 게 아니잖아요. 한 분은 살해당한 거고, 다른 한 분은 더 많은 아이들이 당하지 않도록 살인자를 단죄하신 거니까요. 설령 그분의 선택이 잘못되었다 해도 용서 못 할 건 없어요. 전 그게 그리 잘못된 행동이었다고 생각하지도 않고요."

"이모는 늘 두려운 존재였어요. 전 아주 어릴 때부터 이모를 무서워하면서도 이유를 몰랐지요. 하지만 이젠 알겠네요. 그런 일을 하신 우리 아버진 아주 용감한 분이었다고 생각해요. 아버지는 어머니가 돌아가시면서 했던 부탁을 들어주셨어요. 어머니가 깊이 아끼던 쌍둥이 언니를 지켜 주셨잖아요. 그리고 제 생각엔……. 오, 이런 말을 하긴 좀 그렇지만……."

실리아는 에르퀼 푸아로의 얼굴을 살피며 말을 이었다.

"가톨릭 교인이실 무슈 푸아로는 생각이 다르실지도 몰라요. 그분들의 묘비에 이런 글귀가 있잖아요. '죽음도 이들을 갈라놓지 못했다'. 함께 돌아가신 건 아니지만, 지금쯤 그분들은 함께 계실 거라는 생각이 들어요. 세 분은 사후에 다시 만나셨을 거예요. 너무나 서로를 사랑했던 두 분과, 가엾은 저희 이모 말이죠. 전 이제 좀 넓은 마음으로 그분을 생각하려 해요. 자신의 의지로 한 일도 아닌데 비난받을 필요는 없으니까요."

실리아의 목소리가 갑자기 평소의 어조로 돌아왔다.

"물론 친절한 분은 아니었어요. 친절하지 않은 사람을 억지로 좋아할 순 없죠. 이모 스스로 노력하셨다면 좀 달라질 수도 있었을지 모르지만, 이모 스스로도 그 노력이 안 되셨나 봐요. 그렇다면 병자나 진배없죠. 이를테면 누군가 무서운 전염병에 걸렸는데, 마을 사람들이 병을 옮기면 안 된다면서 환자를 집 안에 가둬 놓고 먹을 것도 주지 않고, 누굴 만나지도 못하게 한다고 생각해 보세요. 그러니전 그분을 가엾게 여기려고 노력할 거예요. 그리고 이제 부모님 걱정은 하지 않을래요. 두 분은 서로를 사랑하셨고, 불행과 미움으로 가득했던 이모까지도 사랑하셨으니까요."

"실리아, 난 말이야, 우리가 되도록 빨리 결혼했으면 좋겠어. 한 가지는 분명히 말해 둘게. 이 일을 우리 어머니께는 절대 말씀드리지 않을 거야. 내 친어머니도 아니고, 이런 비밀스러운 얘기를 믿고 털어놓을 수 있는 분도 아니니까."

데즈먼드의 말에 푸아로가 입을 열었다.

"데즈먼드 군, 내가 볼 때 양어머니께서는 데즈먼드 군과 실리아 사이에 끼어들어 실리아가 부모에게서 나쁜 기질을 물려받았다는 인상을 주기 위해 무던히 노력하셨던 것 같아요. 이미 아는 바와 같이(혹여 모른다 해도 내가 얘기하지 않을 이유는 없죠.), 데즈먼드 군은 얼마 전에 돌아가신 생모가 남기신 재산 전액을 물려받게 됩니다. 25살이 되면 엄청난 거액을 상속받기로 돼 있어요."

"제가 실리아와 결혼한다면 어머니는 그 돈을 자신의 생활비로 쓰려고 하시겠죠. 이해가 가네요. 제 양어머니가 돈이 궁하신 건 알고 있어요. 지금도 제가 돈을 빌려 드리고 있거든요. 제 나이가 21살이 넘었는데 유언장 하나도 써 두지 않는 건 위험한 일이라면서 변호사를 만나 보라고 하신 적도 있답니다. 그 돈을 어머니가 받길 원하신 모양이죠. 전 제가 가진 모든 재산을 어머니 앞으로 남겨 놓을까도 생각했어요. 하지만 이젠 실리아와 결혼할 테니까 그 돈을 실리아에게 남기는 걸로 해야겠네요. 어머니가 자꾸 실리아의 부정적인 면만 들춰내려 하시는게 참 싫었어요."

"어머니에 대한 데즈먼드 군의 짐작이 사실일 겁니다. 아마 모친께서는 '이게 다 너 좋으라고 하는 일이다' 하는 식으로 말씀하셨겠죠. 혹시 모르니까 실리아의 집안에 대해 알아야 한다면서요. 하지만……"

"선생님 말씀이 맞아요. 제가 좀 심한 건 압니다. 어쨌든 저를 입양하시고 지금까지 키워 주신 분이니까요. 제가 받는 금액이 충분하다면 어머니 몫도 얼마간은 챙겨 드릴 겁니다. 나머지는 실리아와 제가 갖고 행복하게 살고요. 살다 보면 가끔씩 슬픈 일도 있겠지만, 우린 이제 걱정하지 않을 거예요. 그렇지, 실리아?"

"그래. 우리 다시는 걱정하지 말자. 우리 부모님들은 정말 멋진 분들이셨던 것 같아. 어머니는 평생 이모를 보살펴 주려고 하셨지만, 너무 가망 없는 일을 하셨다고 생각해. 사람의 천성이 바뀌진 않잖아."

"오, 귀여운 애들아. 어머 참, 이젠 애도 아닌데 애들이라고 불러서 미안하다. 둘 다 이렇게 어른인데 말이야. 너희를 다시 만나게 되어서 참 기쁘고, 내가 한 일 때문에 너희가 상처받지 않은 것 같아 정말 마음이 놓이는구나."

젤리가 말했다.

"젤리는 우리에게 상처 준 게 없어요. 다시 만나서 너무 좋아요, 젤리. 제가 전부터 젤리를 얼마나 좋아했다고요."

실리아는 젤리에게 다가가 그녀를 끌어안았다.

"저도 젤리를 정말로 좋아했어요. 옆집에 살았을 때 말이죠. 저희하고 정말 재미있게 놀아 주셨잖아요."

데즈먼드도 말했다.

두 젊은이는 뒤로 돌아섰다.

"감사합니다, 올리버 부인. 저희에게 친절하게 대해 주시고, 많이 애써 주신 것 알고 있어요. 감사합니다, 무슈 푸아로."

"저도요. 고맙습니다. 정말 감사드려요."

데즈먼드와 실리아가 차례로 말했다.

두 사람이 자리를 뜨자, 남은 사람들은 그들의 뒷모습을 바라보았다.

"이제 저도 가 봐야겠네요. 무슈 푸아로는 어떠세요? 이 일을 다른 사람에게 말씀하실 건가요?"

젤리가 묻자 푸아로가 답했다.

"제가 믿고 얘기할 수 있는 사람이 하나 있기는 합니다. 은퇴한 경관이지요. 이제 현직에서 활동하진 않아요. 완전히 발을 뺐죠. 하지만 그도 아마 시간 속에 묻혀 버린 이 사건을 꼭 알려고 하지는 않을 겁니다. 아직도 재직 중이었다면 얘기가 좀 다르겠지만요."

올리버 부인이 말했다.

"참 끔찍한 얘기예요. 정말 끔찍해요. 지금 생각해 보니, 제가 만나서 얘기해 본 사람들 모두 뭔가를 조금씩은 기억하고 있었네요. 진실을 밝히는 데 필요한 얘기들이었지만, 그것들을 하나로 연결 짓는 게 참 어려웠죠. 가발이니 쌍둥이니 하는 막연한 것들을 하나로 묶는 일을 무슈 푸아로 말고 또 누가 하실 수 있겠어요."

푸아로는 멀리 풍경을 바라보며 서 있는 젤리에게로 다가갔다.

"마드무아젤을 설득해서 이곳까지 오시게 한 저를 원망하시는 건 아니죠?"

"아녜요. 오히려 기쁜걸요. 무슈 푸아로 말씀이 옳았어요. 두 아이 모두 훌륭하게 자란 것이 참 잘 어울리네요. 행복하게 잘 살 거예요. 우리가 서 있는 이곳은 사랑했던 두 사람이 살았던 곳이죠. 그 두 사람이 세상을 떠난 곳이기도 하고요. 전 레이븐스크로프트 장군을 탓하지 않아요. 잘못된 선택이었을 수도 있고, 저 역시 그 선택은 틀렸다고 생각하지만, 그게 그분 탓은 아니죠. 그분은 용감했다고 생각해요."

"그분을 사랑하셨지요?"

"네, 언제나 그랬어요. 이 집에 처음 온 순간부터요. 전 정말 그분을 사랑했어요. 그분은 모르셨을 거예요. 저희 사이에는 아무 일도 없었답니다. 그분은 저를 신뢰하고, 절 좋아하셨죠. 전 두 분 모두를 사랑했어요. 그분도, 마거릿도."

"여쭤보고 싶은 게 있습니다. 장군은 몰리와 돌리 모두를 사랑하셨습니까?"

"생애 마지막까지 두 사람 모두를 사랑하셨어요. 바로 그것 때문에 돌리를 지켜 주려고 하신 거지요. 그래서 몰리도 그런 부탁을 한 거고요. 쌍둥이 자매 중 어느 쪽을 더 사랑했느냐고요? 모르겠어요. 앞으로도 결코 알 수 없을 거예요."

푸아로는 잠시 젤리를 바라보다가 돌아서서 올리버 부인에게로 갔다.

"런던으로 돌아가십시다. 비극과 사랑 이야기는 잊어버리고, 일상으로 돌아가야죠."

"코끼리들은 기억한다죠. 하지만 우린 사람이니까, 잊을 수 있다는 게 얼마나 다행인지 몰라요."

〈끝〉

옮긴이 | 김근희

연세대학교 영어영문학과를 졸업하고 버지니아 대학교에서 교육학을 수학하였다. 현재 전문 번역가로서 방송, 문학 번역 활동을 하고 있다. 옮긴 책으로 『사탕 접시』, 『백합』, 『그들이 사랑한 시간』, 『달빛 포옹』, 『마지막 화살』 등이 있다.

애거서 크리스티 전집

코끼리는 기억한다

3판 1쇄 찍음 2022년 9월 30일
3판 1쇄 펴냄 2022년 10월 7일

지은이 | 애거서 크리스티
옮긴이 | 김근희
발행인 | 박근섭
편집인 | 김준혁
책임편집 | 정미리
펴낸곳 | 황금가지

출판등록 | 2009. 10. 8 (제2009-000273호)
주소 | 06027 서울 강남구 도산대로 1길 62 강남출판문화센터 5층
전화 | 영업부 515-2000 **편집부** 3446-8774 **팩시밀리** 515-2007
홈페이지 | www.goldenbough.co.kr

도서 파본 등의 이유로 반송이 필요할 경우에는 구매처에서 교환하시고
출판사 교환이 필요할 경우에는 아래 주소로 반송 사유를 적어 도서와 함께 보내주세요.
06027 서울 강남구 도산대로 1길 62 강남출판문화센터 6층 민음인 마케팅부

© ㈜민음인, 2022. Printed in Seoul, Korea
ISBN 978-89-8273-759-6 04840
ISBN 978-89-8273-700-8 04840(set)

㈜민음인은 민음사 출판 그룹의 자회사입니다.
황금가지는 ㈜민음인의 픽션 전문 출간 브랜드입니다.